Titus Müller

Der Kuss des Feindes

Historischer Roman

Fischer Schatzinsel

Fischer Schatzinsel ist das Kinder- und
Jugendbuchprogramm der S. Fischer Verlage
www.fischerschatzinsel.de

© S. Fischer Verlag GmbH, Frankfurt am Main 2012
Satz: Pinkuin Satz und Datentechnik, Berlin
Druck und Bindung: CPI – Clausen & Bosse, Leck
Printed in Germany
ISBN 978-3-596-85445-5

Nach den Regeln der neuen Rechtschreibung

Inhalt

Tauben fangen

»Hast du den Verstand verloren?« Jonathans Hals wurde rot vor Zorn.

Savina lachte. Sie schnippte eine weitere Handvoll Taubenmist aus dem Loch nach draußen. Es machte ihr Spaß, ihn zu ärgern.

»Hör auf damit!« Er ließ die Schaufel fallen und kam durch den Taubenschlag auf sie zu.

»Was machst du jetzt?« Sie grinste. »Mich verhauen?«

Er blieb stehen. Schließlich schlug er verlegen den Blick nieder. »Ich kann's nicht leiden, wenn du solchen Unsinn treibst.«

»Ach ja. Hatte ich vergessen.« Sie drehte sich zur Wand um, reckte sich und spähte durch das Einflugloch nach draußen.

»Du bringst uns in Gefahr«, sagte er. »Wenn ein Araber deinen Kopf im Taubenloch sieht, stürmen sie unser Versteck. Dann hast du die ganze Höhlenstadt auf dem Gewissen!«

»Ich hab aber nicht nur ein Gewissen, sondern auch ein Herz. Ich will nicht in dieser Höhle versauern. Ich will frei sein.«

»Wenn erst mal die Frauen kreischen und die Kinder von Schwertern durchbohrt werden, redest du nicht mehr so.«

»Wir haben den ganzen Sommer verpasst.«

»Wir haben überlebt.«

Was war das für ein Leben, eingesperrt in einer dunklen Höhlenstadt? Die Tauben hatten es gut. Sie konnten jederzeit rausfliegen in die Sonne, konnten über den Tälern schweben und sich auf den Felsen ausruhen. Sie waren frei.

Den Taubenkot vom Höhlenboden zu kratzen war die ekligste Aufgabe, die es in Korama gab. Aber man sah die Sonne dabei, wenigstens für ein paar Stunden, Lanzen aus Licht, die durch die Einfluglöcher in den Taubenschlag fielen und grellweiße Flecken auf den Felsenboden malten. Das war jedes Opfer wert. Und wenn sie sich wie jetzt auf die Zehenspitzen stellte, fielen sogar Sonnenstrahlen in ihr Gesicht und wärmten die Haut. Sie genoss es eine Weile, dann drehte sie sich wieder um. »Komm schon, Jon, sei nicht so langweilig! Wir haben genug gearbeitet. Mir tun die Arme weh, ich brauche eine Rast.«

Er lehnte die Schaufel an die Felswand und kam herüber. »Gib mir deine Hand.«

Sie legte ihre Hand in seine.

Zärtlich strich er über ihre Finger. »Savina, was kann ich tun, damit du es dir noch einmal überlegst?«

Sie musste ihm sagen, dass er sich den Hochzeitstraum aus dem Kopf schlagen sollte. Hart musste sie es ihm sagen, gemein sein, dann würde er es begreifen. Aber sie wollte nicht seine Freundschaft verlieren. Ihn zu verletzen tat ihr weh, weil sie ihn mochte. Savina zog seine Finger nah vor ihr Gesicht und begutachtete sie. »Du bist grün und schwarz von der beschissenen Taubenkacke.« Sie roch an den Fingern. »Und du stinkst wie Schweinepisse!« Sie stieß die Hand von sich. »Komm, wir spielen was. Wenn ich es schaffe, mit nur einer Hand eine Taube zu fangen, musst du diese Ecke« – sie zeigte neben den niedrigen Höhleneingang – »allein abkratzen, während ich in die Sonne gucke und faulenze.«

»Und wenn *ich* es schaffe?«

»Dafür bist du zu langsam.«

»Wenn ich eine Taube fange, küsst du mich«, sagte er.

Ihre Blicke hakten sich für einen Moment ineinander, und zu Savinas Erstaunen schlug ihr Herz schneller. »Einverstanden.«

Sie schlich sich an die Nischen heran. Die Wand war davon übersät, aber die meisten Nischen waren leer, die Tauben ausgeflogen, als Savina und Jon mit der Arbeit begonnen hatten. Nur wenige Vögel waren hiergeblieben und äugten vorsichtig aus ihren Nistlöchern. Ihr Gurren verstummte, als Savina sich näherte. Sie sagte leise: »Kommt, holt euch ein paar leckere Körner«, und machte eine hohle Hand. »Guckt mal, was ich hier für euch habe!«

Blitzschnell griff sie in eine der Nischen und zerrte eine Taube heraus. Sie hatte sie nur am Flügel zu greifen bekommen. Die Taube zappelte wild und riss sich los. Federn stoben durch den Taubenschlag. Mehrere Vögel flatterten dicht unter der Decke entlang und flohen durch die Einfluglöcher ins Freie. Von draußen hörte man das Pfeifen ihrer Flügelschläge.

Seltsam, da war trotzdem noch ein Gurren, und Jon sah sie glühend an, obwohl seine Hand doch leer war. Er holte die zweite Hand hinter dem Rücken hervor. Seine riesige Hand umschloss eine Taube. »Gewonnen«, sagte er.

»Na gut, dann arbeiten wir weiter.« Savina sah sich um. »Sieh dir diesen mickrigen Haufen an. Das bisschen soll reichen?«

Er trat an die Einfluglöcher heran und ließ die Taube fliegen.

Sie sagte: »Der Dünger wird mager ausfallen. Schafdung und Eselmist haben wir zur Genüge, aber wenn wir zu wenig Taubenkot beimischen, machen uns die Pflanzen schlapp.«

Seine Hand fasste sie an der Hüfte. »Savina«, sagte Jon, »seit ich dich zum ersten Mal gesehen habe, liebe ich dich.« Er zog sie an sich und küsste sie.

Sie spürte seine trockenen, warmen Lippen und seinen Brustkorb, der sich hob und senkte. Einen Augenblick kostete sie das Gefühl aus, dann befreite sie sich und sagte: »Spinnst du?«

Zwei Stunden später kletterten sie stumm hinunter in die Tiefen Koramas, der geheimen unterirdischen Stadt. Jon trug den Korb mit dem Taubenkot, sie sah seinen breiten Rücken vor sich. Im Stillen dachte sie: Vielleicht heirate ich dich doch, Jon.

Ein Spähritt

Arif fuhr mit den Fingerspitzen über die weiche, lederne Karte. Mit Kohlestrichen hatte sein Vater die Region festgehalten, vom großen Salzsee bis zum Vulkan Argaios, eine Miniatur der Wirklichkeit. Die Ortschaften, als ameisengroße Dächer eingezeichnet, waren sämtlich verlassen. Die Christen hatten sich in die Berge zurückgezogen. Seit Monaten lagerte sein Stamm hier in der Ebene und suchte sie. Wo in den Klüften hielten sie sich verborgen? Es musste ein schwer zugängliches Tal sein, von dem sie sich Schutz erhofften, ein Tal mit geheimen Zugängen. Arif rollte die Karte zusammen und wickelte den Riemen darum.

Die Luft im Zelt war heiß wie in einem Backofen. Sonnenlicht blitzte durch die Nähte der schwarzen Stoffbahnen, und obwohl Kamelhautstricke das Zelt zwei Handbreit über den Boden hochrafften, brachte kein Windhauch Kühlung.

Es roch nach Thymian und Kümmel. Auf dem kleinen Feuer kochten Bohnen. Die Mutter warf Dörrfleisch dazu. Als sie umrührte, quollen die Bohnen über den Topfrand, und einige fielen hinunter. Sie knisterten in den Flammen und wurden schwarz.

Er erhob sich von seinem Sitzkissen, wickelte sich das weiße Kufiya-Tuch um den Kopf und schnallte sich den Schwertgurt um. Aus dem Krug goss er Wasser in einen Becher und trank. Dann stellte er den Becher ab, nahm seinen Sattel und das Zaumzeug und ging zum Zeltausgang.

Die Mutter sagte: »Wohin gehst du? Was willst du mit dem Schwert?«

»Ich reite aus.«

»Deinen Bogen habe ich hinten zu den Gerbsteinen geräumt.«

»Ich gehe nicht jagen. Ich spähe nach den Ungläubigen.«

Die Mutter ließ den Löffel fallen, er versank in der Bohnensuppe. »Hast du den Verstand verloren? Niemand reitet allein zu den Ungläubigen!«

Ihr Blick wollte ihn festhalten, aber Arif löste sich von ihm und trat nach draußen. Es tat gut, die stickige Enge des Zeltes zu verlassen. Im Freien wölbte sich das Himmelsblau wunderbar weit, und die Luft erfrischte die Lungen.

Vater saß vor dem Zelt und zog einem Hasen das Fell ab. Fliegen umsurrten das nackte, rohe Fleisch und Vaters schwarzen Bart. Neben Haroun lagerte die Gepardin, den Kopf würdevoll erhoben. Ihr schlanker gefleckter Körper lag im Schatten, nur den Kopf beschien die Sonne. Die Raubkatze blickte ohne zu blinzeln auf die Berge am Horizont, mit Augen, die wie Bernsteine funkelten. Dennoch, dass ihre Schwanzspitze zuckte, verriet, dass der Geruch des Hasenfleischs die Gepardin erregte.

Hinter Arif schlug hart die Zeltplane auf, als Mutter ebenfalls aus dem Zelt trat. »Arif will allein in die Berge reiten und die Ungläubigen ausspähen. Haroun, sage ihm, dass das Irrsinn ist.«

Ungerührt schnitt Vater ein Stück Fleisch vom Hasenkörper und warf es der Gepardin hin. Sofort schnappte sich die Raubkatze den Leckerbissen. »Arif ist jetzt fünfzehn und damit erwachsen«, antwortete er. »Es wird Zeit, dass er Mut beweist wie sein Bruder Utman.«

»Aber nicht so!« Mutters Stimme war plötzlich dünn, als schnüre ihr etwas die Kehle zu. »Utman ist niemals allein losgezogen. Es waren immer andere Krieger dabei.«

Arif sagte: »Wenn ein Trupp von Reitern kommt, verstecken sie sich. Allein kann ich sie überraschen. Ich spüre ihr Versteck auf, und dann hole ich dich, Vater.«

Haroun schabte mit dem Messer über das rohe Hasenfleisch. »Finde diese verfluchten Ungläubigen.«

»Geh wenigstens du mit ihm, Haroun!«, flehte die Mutter. »Ich habe schon einen Sohn verloren, ich will nicht auch noch den zweiten verlieren.« Sie fiel nieder auf die Knie und umklammerte Harouns Füße. »Ich bitte dich, tu mir das nicht an, halte ihn zurück!«

»Der Junge hat sich entschieden. Er ist erwachsen, er kann reiten, wohin er will.«

Arif küsste seine Mutter auf die Wangen, sie erduldete es mit Tränen in den Augen, als schlage er sie, statt sie zu küssen. Kaum hatte er sich umgewandt und ging, brannten auch ihm die Augen. Vater hatte gleichgültig geklungen, so, als sei er nicht ganz bei der Sache. Und warum sollte er sich ereifern? Es ging ja nur um ihn, Arif. Vater liebte Utman mehr als ihn, das war immer so gewesen. Und dass Utman jetzt über ein Jahr tot war, änderte nichts daran. Utman war ein Held! Er war ein Sohn gewesen, wie Haroun sich ihn immer gewünscht hatte.

Auf dem Schlachtfeld war Utman der Erste gewesen, der sich den persischen Kriegselefanten entgegenwarf. Er schoss vom Pferderücken aus seine Pfeile, und jeder Pfeil war ein Treffer. Er schlug mit dem Schwert eine Bresche in die Reihen der schwergerüsteten Byzantiner, er tötete Juden, Christen und Heiden, ohne zurückzuweichen.

Vater war so stolz auf ihn gewesen, dass er sich nicht mehr Haroun nannte, sondern Abu Utman, Vater des Utman. Nun aber war Utman tot, und niemand sagte stattdessen Abu Arif zu Haroun. Dabei war er, Arif, jetzt der älteste Sohn Harouns – und das künftige Familienoberhaupt.

Vielleicht lauerten die Ungläubigen ihm auf, wie die Mutter befürchtete. Vielleicht töteten sie ihn. Dann war es eben so. Es war Zeit, dass er seinem Namen Ehre machte. Zeit, dass er wahren Mut bewies.

Die Muezzins riefen zum Nachmittagsgebet auf. »Allahu Akbar! Gott ist groß! Ich bezeuge, dass es keinen Gott gibt außer Allah. Ich bezeuge, dass Mohammed der Prophet Gottes ist. Eilt zum Gebet! Eilt zur Rettung! Allahu Akbar. Es gibt keinen Gott außer Allah.«

Männer breiteten kleine Gebetsteppiche vor ihren Zelten aus. Sie stellten sich darauf, verbeugten sich mit geradem Rücken, indem sie die Hände auf ihre Knie legten, und richteten sich wieder auf. Dann fielen sie augenblicklich nieder, berührten mit Händen und Stirn den Boden und murmelten: »La ilaha illa'llah. Es gibt keinen Gott außer Gott. Muham-

madun rasul Allah. Mohammed ist der Botschafter Gottes.«
Wieder und wieder verbeugten sie sich.

Arif ging an ihnen vorüber. Er würde das Gebet am Abend
nachholen. Wichtig war allein, dass es im Laufe des Tages
fünf Gebete waren, lehrte der Scheich. Vater konnte den
Stammesältesten nicht leiden, aber der Scheich musste es
wissen, schließlich hatte er den gesamten Koran auswendig
gelernt und trug den ruhmreichen Beinamen al-Hafiz, der
Hüter, eine Ehre, die nur wenigen Glaubensgelehrten auf der
ganzen Welt zuteil wurde.

Hinter den Zelten kamen die Dromedarherden in Sicht, der
Reichtum des Stammes. Die Tiere rissen das trockene Gras
aus und hoben die Köpfe zum Kauen. Die bepelzten Höcker
hingen schlaff von ihren Rücken, viel bot es nicht, das fel-
sige, mit Dornengestrüpp bewachsene Land. Aus der Wolle
der Dromedare spannen die Frauen Garn, und aus dem Garn
webten sie Teppiche, Zeltbahnen und Kleider. Die Kamel-
häute wurden zu Leder verarbeitet, das Fleisch und die
Kamelmilch nährten den Stamm.

Noch kostbarer als die Dromedare waren die Pferde. Ihre
Koppeln befanden sich zwischen zwei kleinen Hügeln, Arif
hielt jetzt darauf zu. Dromedare waren nützlich, wenn es
galt, Beute zu transportieren – ein Dromedar hielt bis zu vier
Wochen aus, ohne zu trinken, und es fraß nahezu alles, was
es fand. Im Kampf aber war das Kamel wertlos. Die Männer stiegen von ihrem Dromedar ab, wenn die Schlacht begann, und kämpften lieber zu Fuß mit Speer oder Schwert.
Wer reich war, wechselte auf sein mitgebrachtes Pferd. Mit

ihrer Schnelligkeit und durch die überlegene Kampfhöhe beherrschten solche Reiter das Feld, oft entschied ihre Anzahl über den Ausgang einer Schlacht: Vom Pferderücken aus führte man stärkere Schwerthiebe und konnte Gegner umreiten, man konnte den feindlichen Bogenschützen in die Flanke fallen. Pferde bedeuteten Macht. Arifs Stamm besaß zwei große Herden, insgesamt fast einhundert Tiere.

Die Stimmen von Yusuf und Nuh drangen herüber. »Ich hab dich erschlagen«, keuchte Yusuf. »Zum dritten Mal!« Klirrend schlugen ihre Klingen gegeneinander.

Nuh erwiderte: »Hast du nicht! Es war eine Finte, du Esel.«

Arif straffte seine Schultern. Erhobenen Hauptes ging er an ihnen vorüber, als sei nichts gewesen, als habe die Demütigung, die er vor fünf Tagen erlitten hatte, nie stattgefunden.

Der Streit der beiden Zakariyyas verstummte, und Yusuf rief: »Schau an, Arif kommt aus seinem Loch gekrochen.«

»Und er hat sein Spielzeugschwert dabei«, spottete der schwarzhäutige Nuh.

Arif ging schweigend weiter. Die Zakariyyas waren seit Jahrzehnten mit seiner Familie zerstritten, und das, obwohl sie dieselben Vorväter gehabt hatten. Aber im Kampf um die Herrschaft zählte entfernte Verwandtschaft nichts. Die Rivalität, die einige Jahre kaum merklich geschwelt hatte, loderte seit Utmans Tod wieder auf. Dass Utman nicht mehr am Leben war, weckte die Hoffnung der Zakariyyas, sie könnten Haroun ablösen und die Führerschaft im Stamm übernehmen.

»Suchst du Marwan, um es ihm heimzuzahlen?« Yusuf lachte böse. »Vergiss es! Er macht dich fertig.«

Sie folgten ihm.

»Alle reden von deiner Niederlage«, sagte Yusuf. »Dein Ansehen ist dahin, Arif. Geh, stürz dich irgendwo runter! Du hast nicht den Mumm, den Utman hatte, du bist einfach ein Krieger der zweiten Reihe, Futter für den Pfeilhagel.«

Das ging zu weit. Arif blieb stehen und legte die Hand an den Schwertknauf.

»Ach, hab ich dich etwa verletzt?« Yusuf trat von hinten so nahe an ihn heran, dass Arif seinen warmen Atem im Nacken spüren konnte. »Willst du dich mit mir messen? Ich mache dich fertig, genauso wie Marwan dich fertiggemacht hat.«

Utman war breitschultrig gewesen, er hatte seine Hiebe mit solcher Kraft geführt, dass Rüstungen darunter zerbarsten. Diese Kraft besaß Arif nicht. Trieb man ihn in die Enge und kam es auf ein Kräftemessen an, so versagte er. Aber in einem übertraf er alle anderen: Er war schnell.

Er drehte sich um und zog in derselben Bewegung sein Schwert.

Yusuf, der das erwartet hatte, sprang zurück und hielt seine Klinge vor sich.

Aber zu spät, Arif war mit seinem Schwert unter Yusufs Deckung hindurchgetaucht und von links wieder aufgestiegen. Er hielt es ihm an die Kehle. »Du bist zu langsam, Yusuf.«

Yusuf Zakariyya ließ sein Schwert sinken. Er hielt angestrengt den Hals still, um sich nicht an Arifs Klinge zu verletzen.

»Diesmal«, stieß er zwischen den Zähnen hervor.

»Nimm zurück, was du gesagt hast.«

Yusuf zögerte, aber als Arif den Druck der Klinge auf seine Kehle verstärkte, krächzte er: »Ich hab's nicht so gemeint.«

Natürlich hast du es so gemeint, dachte Arif, du hältst mich für feige. Er senkte sein Schwert. »Wenn ich wirklich keinen Mut hätte, würde ich wohl kaum allein zu den Ungläubigen reiten. Ihr könnt übrigens gern mitkommen und euch dort mit den richtigen Feinden messen, wenn ihr euch das traut.«

Nuh und Yusuf entglitten die Gesichtszüge. »Das erlaubt dein Vater nicht«, sagte Nuh.

»Er hat es erlaubt.«

»Sie werden dich umbringen«, sagte Yusuf. »Die schlitzen dich auf.«

Arif zuckte die Achseln. Er steckte das Schwert zurück in die Scheide, machte kehrt und ging weiter in Richtung der Koppeln. Sein Körper fühlte sich an, als sei eine neue Quelle der Kraft in ihm aufgebrochen. Ja, es war Zeit. Sie mussten endlich erkennen, wozu er in der Lage war.

Layla, seine Stute, stand wie immer abseits. Sie war von hässlicher, fahlroter Farbe, und ihr Fell war voller Narben. Sie hielt es mit anderen Pferden nicht aus. Kamen sie ihr zu nahe, wurden sie fortgejagt. Die Leitstuten ließen sich das nicht gefallen und bissen ihr wütend die Flanken wund.

Er trat an sie heran und strich ihr beruhigend über die Nüstern. »Bist du bereit für ein Abenteuer? Ich muss mich auf dich verlassen können. Es geht um alles!« Er legte der Stute das Zaumzeug an, warf die Decke und den Sattel auf ihren Rücken und zog die Gurte straff.

Nuh und Yusuf standen am Rand der Koppel und beobachteten ihn. Ihre Gesichter waren ernst. Seit Arif denken konnte, waren sie seine Feinde gewesen, sie und ihr Bruder Marwan. Sie rechneten Marwan den Vorrang auf die Führerschaft im Stamm aus, das ließen sie Arif bei jeder Gelegenheit spüren. Seltsam, dass sie ihn jetzt besorgt anblickten, als wünschten sie sich, er würde verschont bleiben.

Arif führte Layla zum Tor der Koppel und öffnete es. Er brachte sie hinaus, schloss das Tor wieder und stieg auf ihren Rücken.

»Eine gute Jagd!«, sagte der Wachposten.

»Danke.« Ich gehe nicht jagen, dachte Arif, beugte sich nach vorn und flüsterte: »Auf in die Berge.« Er drückte Layla die Fersen in die Seiten. Sie machte einen kleinen Satz, tänzelte ein wenig zur Seite. Schließlich galoppierte sie hinaus auf die Ebene. Ihr Körper streckte sich unter Arif, ihre Hufe donnerten auf den Boden. Laylas Atem ging stetig, sie genoss den Galopp genauso wie er.

Er sah sich um. Sie zogen einen Schweif von Staub hinter sich her, und die Zelte entfernten sich, bald waren es nur noch schwarze Filzfleckchen in der Unendlichkeit der Steppe. Er ließ Marwan, Yusuf und Nuh hinter sich. Auch den Vater und seine Erwartungen. Arif kam es vor, als ließe er sein ganzes Leben zurück, die Feinde und Freunde und Tagespflichten, nur noch die Steppe war da, und er verschwand in ihr und wurde Teil der weiten Ebene.

Er sah wieder nach vorn. In der Steppe verstreut standen verkrüppelte Bäume wie uralte Wächter, sie duckten sich unter den Himmel, das ruhige blaue Meer ohne Wolken. Über den Horizont hinaus erstreckten sich sandfarbene Felskegel. Dahinter lagen, in der flirrenden heißen Luft nur schwer auszumachen, die Berge, in denen sich die Christen versteckten.

Arif fühlte sich jeden Tag, als sei er versehentlich in einen Stamm und eine Familie hineingeboren worden, die nicht seine waren. Hier draußen atmete er frei. Die Ebene nahm ihn gerne auf.

Gerade war der Ramadan zu Ende gegangen, der Fastenmonat. Sie hatten das Id al-fitr gefeiert, das Ende der Fastenzeit. Es war das fröhlichste Fest im Jahr, man aß und trank und lachte. Aber wenn die anderen sich vergnügten, fühlte er sich noch weniger zugehörig. Sie staunten nicht über das Gras, das der Wind streichelte, und die Gazellen und die Hasen. Sie hörten nicht die leise Melodie der Feldlerchen. Stattdessen schlugen sie ihre Trommeln und tanzten, kauten, schluckten, stampften auf den Boden und schlugen sich auf die Schenkel.

Er hatte sich zurückgezogen, doch Marwan und seine Bande hatten ihn gefunden. Als er bei den Pferden im Gras saß und in die Ferne lauschte, schlichen sie sich von hinten an und warfen mit Erdklumpen nach ihm. Die Klumpen zerplatzten auf seinem Rücken.

Er blieb sitzen, versuchte, sie zu ignorieren. Während er so tat, als spürte er ihre Treffer nicht, feixten sie hinter ihm. Er wollte nicht aufstehen, wollte niemanden sehen, er wollte einsam sein mit der Steppe, warum begriffen sie das nicht?

»Treffer! Habt ihr's gesehen?«

»Der hat gesessen!«

»Zielt mal auf den Kopf.«

Ein staubiger Lehmbrocken zerplatzte an seinem Hinterkopf in kleine Teile. Da sprang Arif auf. Er warf sich der Bande entgegen, trat und schlug zu. Bis Marwan ihn packte, ihn zu Boden stieß und verprügelte, dass ihm Hören und Sehen verging. Jeder seiner Versuche, sich zu befreien, war gescheitert. Der Anführer der Zakariyyas hatte ihn mit überlegener Kraft in der Umklammerung gehalten. Seit jener Nacht waren Arifs Arme übersät von blauen und roten Flecken.

Es tat ihm gut, dem Zeltlager zu entkommen. Wenn er mit der Nachricht heimkehrte, dass er die Christen aufgespürt hatte, er allein, dann würde sich sein Leben vielleicht ändern. Er hätte mehr Mut bewiesen als die Krieger, die immer nur in großen Trupps ausschwärmten. Damit würde er seiner Familie die Führerschaft zurückerobern, und man würde ihm endlich wieder mit Respekt begegnen.

Arif zügelte die Stute. Näher durfte er an die Berge nicht heranreiten, solange es Tag war. Die Ungläubigen hatten sicher Späher in den Klüften aufgestellt. Die Staubwolke, die er aufwirbelte, konnte man weithin sehen. Ein wachsamer Krieger mit scharfen Augen erblickte in dieser Ebene jeden Reiter. Es war besser, wenn er erst in der Nacht die Berge erreichte.

Der Galopp war ein Vergnügen gewesen. Von jetzt an musste die Vernunft regieren, wenn er am Leben bleiben wollte.

»Teil dir deine Kräfte ein, Layla. Du wirst sie noch brauchen.« Er sprang ab. Das Fell der Stute glänzte von Schweiß, ihr Atem ging stark, und trotzdem stampfte sie unruhig mit den Vorderhufen den Sand. Arif lachte. »Ich weiß, dass du noch weiter kannst.« Auch ihn zog es voran, aber es war unumgänglich, dass er sich beherrschte. »In ein paar Stunden geht die Sonne unter. Bis dahin warten wir. Hab ein bisschen Geduld.«

Er kniete sich in den Sand und streichelte die dürren Grashalme. Überall war Leben. Selbst in diesem Landstrich, wo es selten regnete. Als sich Laylas Atem beruhigt hatte, zog er seine Jacke aus und breitete sie vor sich hin. Mit etwas Sand wusch er sich die Hände. Dann wusch er auf die gleiche Weise die Lippen, die Nase, den rechten Unterarm, den linken Unterarm, das Gesicht. Er strich sich über den Kopf, die Ohren, den rechten und den linken Fuß.

Nachdem er sich so auf das Gebet vorbereitet hatte, verneigte er sich Richtung Süden, nach Mekka hin, und betete: »La ilaha illa'llah. Muhammadun rasul Allah.«

Layla rupfte Gras und zermalmte es mit den Zähnen.

Das Mondmädchen

Die Strohsäcke von Vater und Pherenike knisterten nicht, beide lagen sie reglos und schliefen. So still war es in der Höhle, dass die Geräuschlosigkeit Savina auf die Ohren drückte. Sie setzte sich auf. Nie und nimmer hätte sie Jon den Kuss durchgehen lassen dürfen. Er hatte doch gemerkt, dass sie ihn nur halbherzig wegstieß. Was sollte er davon halten? Vielleicht lag er genauso wach wie sie, aber nicht, weil er sich Vorwürfe machte, wie sie es tat, sondern weil sich sein Herz vor Liebe zuschnürte. Wie konnte sie das ihrem besten Freund antun!

Sie blickte in die Schwärze, ihre Augen suchten den Tisch und die Sitzbänke. In der Dunkelheit tanzten farbige Staubkörner. Dass ihre Augen ihr die Staubkörner nur vorgaukelten, wusste sie. Trotzdem gefielen sie ihr. Diese Farben! Rot, Blau, Grün, Violett, Gelb. Der Berg verschluckte alles Lichte, Helle, aber er hatte es nicht geschafft, die bunten Staubkörner zu verschlingen.

Savina fühlte nach ihren Schuhen, hob sie auf und drückte sie sich an den Bauch. Sie verließ das Bettlager. Mit nackten Füßen schlich sie über den Felsboden. Als sie die Wand spürte, tastete sie sich an ihr entlang bis zum Ausgang der Höhle und schlüpfte durch den Fellvorhang nach draußen.

Der Gang war ebenso finster. Erst an seinem Ende schimmerten die Wände von entferntem Fackellicht. Savina ging dem Lichtschein entgegen, immer noch barfuß, obwohl sich die Haut an ihren Füßen vor Kälte zusammenzog. Wo die Fackeln brannten, waren Wächter, die Wächter durften sie nicht hören.

Es war verboten, die unterirdische Stadt zu verlassen. Draußen suchten Araber nach Savinas Volk, um es auszurauben. Seit achtzig Jahren kamen sie, ihr Großvater war noch ein kleines Kind gewesen, als es begonnen hatte. Seitdem zogen sie in immer neuen Wellen heran und verwüsteten das Land. Die Christen hatten sich deshalb mit den Felsen verbrüdert. In Friedenszeiten lebten sie draußen in der Sonne, aber wenn ein Angriff kam wie in diesem Sommer, nisteten sie sich im Berg ein, sie wurden Würmer, die ihre Gänge in den Stein fraßen. Alles in Korama bestand aus Stein, selbst die Sitzbänke in der Kirche.

Bevor sie den Raum der Wächter erreichte, bog Savina nach rechts ab. Sie eilte eine kleine Treppe hinauf. Schwacher Lichtschein fiel aus einer der Wohnungen auf den Flur, offenbar kochte jemand mitten in der Nacht, es roch nach angebrannter Weizengrütze. Lautlos schlich sie an dem beleuchteten Wohnungseingang vorbei, bis sie den Schacht erreichte. Die Tritte, die dort in den Felsen gehauen waren, ließen sich im schummrigen Licht kaum erkennen. Aber es war nicht das erste Mal, dass Savina auf diesem Weg nach oben kletterte. Geübt fanden ihre Finger und Zehen die richtigen Ritzen, und sie zog sich hinauf ins nächste Stockwerk der unterirdischen Stadt.

24

Bei den Ställen war die Gefahr am größten, entdeckt zu werden. Die Ziegen und Schafe durften nicht unruhig werden, sonst schöpften die Wächter Verdacht. Savina hielt den Atem an und schlich an den Ställen vorbei. Ein Schaf blökte. Hufe scharrten. Aber das war nur leise gewesen, sie konnte sich getrost weiterwagen.

Dort war es. Endlich konnte Savina die Schuhe anziehen. Wo der Gang an seiner engsten Stelle beinahe ihre Schultern berührte, stellte sie den Fuß auf einen Vorsprung in der Wand und fasste nach einem höhergelegenen Halt. Sie zog sich in den Lüftungsschacht hinauf. Steinbröckchen knirschten unter ihrer Schuhsohle. Plötzlich fiel Licht in den Gang.

Sie hielt still, lauschte. Schritte kamen näher. Ein bärtiger Wächter mit einer Fackel ging unter ihr hindurch. Savina hielt die Luft an. Ihre Arme zitterten vor Anstrengung, aber sie rührte sich nicht, bis der Mann fort war und nur noch ein schwacher Lichtschimmer weit hinten im Gang von ihm kündete. Erleichtert atmete sie aus.

Sie kletterte weiter den Schacht hinauf, setzte die Füße auf kleine Felsvorsprünge, zog sich mit den Händen höher und suchte neuen Halt. Der Schacht knickte zweimal ab, dort zwängten die Felswände ihren Brustkorb ein, als wollten sie versuchen, sie festzuhalten. Savina schob sich hindurch. Schließlich öffnete sich über ihr der Sternenhimmel. Sie stieg an einem Strauch vorbei nach draußen.

Die Mondsichel leuchtete hell und geheimnisvoll, umgeben von Tausenden Sternen. Savina tanzte den Berg hinab. Wie gern hätte sie ein Kleid aus nachtblauer Seide getragen! Sie war verbündet mit den silbernen Sternen und dem Mond, fühlte den Nachtwind auf der Haut und wilden Thymian an den Fußknöcheln.

Die Höhlenstadt erstickte und beengte sie. Nur hier draußen fand sie all das, was sie an die Höhlenwände malte: Gärten, Vögel, den Himmel. Sie trat an einen Baum heran und berührte seine Rinde. Sie war hart und rissig, und doch lebte der Baum. Was mochte er schon alles gesehen haben! Vielleicht war er ein junger Schössling gewesen, als ihr Volk noch ohne Furcht überirdisch lebte.

War das Gestrüpp dort hinten ein Vogelbeerbaum? Sie lief hin, pflückte eine Beere und steckte sie in den Mund. Als sie darauf biss, war die Beere so sauer, dass ihre Zähne ganz stumpf wurden und sich die Zunge verkrampfte. Savina spuckte auf den Boden. Eindeutig Vogelbeeren. Sie waren nur genießbar, wenn man sie kochte.

Sie pflückte weitere Beeren vom Vogelbeerbaum und steckte sie in den kleinen Beutel, der um ihren Hals hing. Morgen würde sie, wenn niemand zusah, den Saft auspressen und ihn mit Honig süßen. Sie würde ihn Großvater zu trinken geben, das trieb den Harn aus und half gegen die Gicht. Großvater konnte sich kaum noch rühren, er brauchte Linderung.

Niemand außer ihm wusste, dass sie ausbüxte, und selbst er hatte keine Ahnung, wie oft sie das tat. Sie liebte ihn, seine weichen, faltigen Hände, die wässrigen Augen und die Art, wie er ihr über den Kopf strich, obwohl sie längst kein Kind mehr war. Wenn er sie ansah, war sein Blick voller Güte und Wärme.

Arif saß ab. Er flüsterte: »Geh nicht zu weit«, und warf Layla die Zügel auf den Rücken. Sie trottete zum Rand der Steppe und begann zu grasen. Nach einem letzten prüfenden Blick trat er zwischen die Felskegel am Fuß der Berge.

Sie ragten haushoch empor wie die siebenstöckigen Lehmziegelgebäude im Jemen. Die Steinkegel hatten die Klagemäuler weit aufgerissen, Höhlen, in denen die Nacht pechschwarz war. Raubtiergestalten. Versteinerte Dschinngeister. Götzen. Sie sahen aus, als würden sie schreien, heisere böse Rufe ausstoßen, um ihn zu verraten.

Immer tiefer schlich sich Arif in das Labyrinth aus Felsen. War da eine Treppe? Sie lud ihn in einen der Schlünde ein, als strecke das Untier seine Zunge heraus und locke ihn in sein Maul.

Hier haben die Christen gewohnt!, fuhr es ihm durch den Kopf. Sie hatten die Felsen ausgehöhlt, um sie zu Häusern und Vorratskammern zu machen. Lautlos glitten Fledermäuse aus einem Augenloch der Felsen heraus, um in der Nacht zu jagen.

Troglodyten, so nannte man die Christen, die in dieser Gegend lebten. Es hieß, dass kein Gift der Welt sie töten könnte. Wenn eine Schlange einen Troglodyten biss, starb das Tier, nicht der Mensch.

Zu seinen Füßen schimmerte etwas Schwarzes. Er hob es auf. Es war ein Obsidianstein, glatt und angenehm lag er in der Hand und sah aus wie eine Träne aus Pech. Arif legte ihn zurück. Auf diesem Ort lastete ein Fluch, es war besser, er nahm nichts von hier an sich.

Arif betrat die Treppe. Sie gab nicht nach wie Zungenfleisch. Dicht an seinem Gesicht flatterte eine weitere Fledermaus vorüber. Er duckte sich und ging vorsichtig die Stufen hinauf. Dass die Troglodyten nicht vergiftet werden konnten, sei eine Legende, hatte der Vater gesagt und in sämtliche Brunnen des Landstrichs Gift streuen lassen, außer in jene drei, die sein Heerlager bewachte. So wollte er die Christen aus ihren Verstecken herauszwingen. »Nimm einem Land das Wasser, und es geht zugrunde. Jedes Dorf ist vom Wasser abhängig«, hatte Haroun erklärt.

Aber obwohl die Brunnen vergiftet waren, kamen die Troglodyten nicht heraus, und man fand auch keine Toten. Vielleicht, flüsterten die Krieger im Lager, stimmte es doch, dass Gift ihnen nichts anhaben könne.

Arif blieb stehen, wo der Kopf der Treppe in einen Hauseingang mündete, und lauschte. Er konnte kein Atmen hören. Allmählich gewöhnten sich seine Augen an die Finsternis, und er erkannte eine weitere Treppe, die im Inneren des Felsenhauses nach oben führte. Außerdem sah er etwas Dunkles am Boden. Er kauerte sich nieder und streckte die Hand aus. Seine Finger berührten scharfkantige Scherben. Ein zerborstener Tonkrug? Er stieg darüber hinweg und untersuchte den restlichen Höhlenboden. Nirgendwo lagen Matten oder Kissen. Die Troglodyten hatten alles in ihr Versteck mitgenommen, in das unwegsame Gebirgstal, in jene finstere Schlucht, die der Vater nicht finden konnte.

Plötzlich meinte er, eine Gestalt zu sehen, die an der Rückwand stand. Angst kroch ihn an, er konnte sich nicht rühren.

Die Gestalt bewegte sich genauso wenig. War es ein Dämon, der ihn lauernd beobachtete? Er umfasste den Talisman, den er um den Hals trug, und ging langsam rückwärts. Die Tonscherben krachten, von seinen Füßen zertreten. Er machte rasch kehrt und verließ den ausgehöhlten Steinkegel.

Draußen atmete er auf. Das war nichts gewesen, bloß ein gewöhnlicher Schatten. Dennoch, wenn er zur Felsöffnung hinaufsah, war ihm, als wehte ihn ein kalter Hauch an.

Er wandte sich nach links, dann wieder nach rechts. Zwischen den Steinkegeln verästelten sich enge Pfade und verwirrten ihn mit ihren Abzweigungen und Sackgassen. Was, wenn sie ihn längst beobachteten? Sein Puls beschleunigte sich. Es war ein Unterschied, ob man in ein Gebiet hineinschlich, um es auszuspähen, oder ob man darin herumirrte, immer in der Gefahr, Wachen in die Speerspitzen zu laufen.

Zwischen zwei versteinerten Dschinngeistern hindurch sah er einen Gebirgshang aufragen. Er war so froh, aus dem Labyrinth herausgefunden zu haben, dass er große Schritte machte und beinahe gegen die kleine Mauer aus behauenen Steinen lief, die sich vor ihm durch die Nacht zog. Er verharrte und strengte die Augen an, um im Dunkeln etwas zu erkennen. Jenseits der Mauer schien ein Garten zu liegen.

Arif stieg über das Mäuerchen. Melonen wuchsen hier, pralle runde Köpfe. Er fand Kichererbsenkraut und Gurken. Eine Gurke brach er ab und biss hinein. Sand knirschte zwischen seinen Zähnen, aber die Gurke war von knackiger Frische. Ihr Inneres zerplatzte im Mund und floss wässrig in seine Backen. Fluch hin oder her –

Arif stockte.

Er befühlte erneut die Pflanze. Da waren nasse Abbruchstellen! Kurz zuvor war jemand hier gewesen und hatte Gurken geerntet. Es konnte kein Tier gewesen sein, ein Tier hätte nicht zwei Gurken bis zum Strunk säuberlich verspeist und die dritte unversehrt gelassen. Er sah sich um. Layla war ruhig gewesen, als er sie am Rand des Labyrinths zurückgelassen hatte. Sie witterte Mensch und Tier zuverlässig. Aber es musste jemand hier gewesen sein. Die Gurken selbst waren ja ein Beweis dafür! Solche knackigen Gurken gediehen nur, wenn man die Pflanzen bewässerte. Die Troglodyten haben ihre Gärten nicht aufgegeben, dachte er, sie sind noch in der Nähe! Er stand auf. Böse starrten ihn die dunklen Höhlenaugen der Felshäuser an.

Womöglich zielten die Troglodyten gerade mit Wurfspeeren auf ihn, bereit, sie zu schleudern, sobald er sich näherte. Er zog den Kopf ein, schlich gebückt bis zur Mauer. Lautlos sprang er hinüber und kroch im Schatten der Steindämonen in Richtung Berghang, dahin, wo er Layla zurückgelassen hatte. Am letzten Steinkegel hielt er inne und spähte aus.

Da war Layla.

Aber sie war nicht allein.

Ein Mädchen stand bei der Stute. Auf ihrem schwarzen Haar glänzte das Mondlicht, und sie streichelte der Stute den vernarbten Hals. »Du Armes«, sagte sie leise, »wer hat dich so misshandelt? Ich wäre an deiner Stelle auch abgehauen.«

Sie sprach Griechisch. Wie sie die Worte formte, unterschied sich sehr von der Aussprache, die ihn der Scheich in den Unterrichtsstunden gelehrt hatte – ihr Griechisch war nicht durch den harten arabischen Zungenschlag eingefärbt. Weich sprach sie die Wörter aus, als sei da ein schlafendes Kind, das sie nicht wecken wollte. Ihre schmalen Schultern waren von blasser Haut. Sie musste eine Troglodytin sein, es hieß, dass Troglodyten das Sonnenlicht mieden. Wie hatte sie es geschafft, sich der Stute zu nähern? Layla hätte scheuen müssen, sie hätte nach dem Mädchen beißen müssen! Stattdessen stand sie ruhig da und ließ sich berühren.

Die Mädchen, die er kannte, trugen goldene Armreifen und Ohrringe. Dieses trug keinen Schmuck, und doch war es so schön wie der Mond. Mädchen in ihrem Alter hatten im Zelt zu bleiben, sie spazierten nicht allein im Freien herum, das gehörte sich nicht. Lief die Troglodytin wirklich ohne Begleitung durch die Nacht? Es war ihm unbegreiflich.

»Ich kann dich nicht mitnehmen«, sagte sie. »Wirst du allein zurechtkommen? Du musst die Quellen meiden, die haben sie vergiftet. Friss das taufeuchte Gras. Dann passiert dir nichts.« Sie fuhr mit ihrer bleichen Hand über Laylas Kruppe und Flanken. »All die Narben! Ich fasse es nicht, dass sie dir das angetan haben. Araber sind Bestien.«

Das Mondmädchen bückte sich, rupfte etwas Gras ab und bot es der Stute an. Layla hielt schnuppernd die Nüstern darüber. Schließlich nahm sie die Halme mit den weichen, behaarten Lippen auf und fraß sie.

»Lässt du mich aufsteigen? Ich hab noch nie auf einem Pferd gesessen.« Das Mädchen trat neben den Sattel und steckte ihren Fuß in den ledernen Steigbügel. Ein Zucken ging durch

Laylas Körper. Die Stute sprang beiseite. Das Mädchen hing im Steigbügel fest und wurde mitgerissen. Kopfunter schleifte es über den Boden.

Arif schnellte hoch. Er rannte hinterher, kürzte ab, indem er sich durch ein Gebüsch schlug, und sprang Layla mit ausgebreiteten Armen in den Weg. »Ruhig!«, befahl er. »Steh!« Layla versuchte, ihm auszuweichen, aber er fasste nach dem Zaumzeug und hielt die Stute fest.

Das Mädchen hing schreckensstarr im Steigbügel und sah ihn an. Endlich begann sie zu zappeln und befreite sich. Sie stand auf. In sicherer Entfernung klopfte sie sich das Gras vom Kleid. Ihr zartes Kinn und die gerade Nase wirkten anmutig, nur die Brauen, die beinahe über der Nase zusammenwuchsen, wölbten sich drohend.

Natürlich. Er hatte Arabisch gesprochen. Das hatte sie erschreckt. Er sagte in griechischer Sprache: »Mein Name ist Arif ibn Haroun ibn Abu Bishr ibn Asad.«

Sie verzog spöttisch den Mund. »Genug Namen für eine ganze Familie.«

»Wer bist du?«, fragte er. Als er sah, dass sie ihren Kopf massierte, fügte er hinzu: »Hast du dir weh getan?«

»Geht schon.« Sie ließ den Kopf los. »Ich bin Savina. Du bist Araber, nicht wahr?«

»Ich komme aus dem Jazirat al-Arab.«

»Das bedeutet?«

»So heißt unsere große Halbinsel im Süden. Insel der Araber.«

Ihr Gesicht verdüsterte sich. »Wenn es da so groß ist, warum bleibt ihr dann nicht dort? Warum kommt ihr hierher und wollt uns unser Land wegnehmen?«

Weil ihr zum Kaiserreich Byzanz gehört, und Byzanz sich nicht unterwerfen will, wollte er sagen. Er brachte es nicht über die Lippen, während er in das bezaubernde Gesicht des Mädchens sah.

Sie sagte: »Lass dich hier nicht mehr blicken! Die Wächter machen mit Arabern kurzen Prozess.« Sie drehte sich um und lief den Berg hinauf. Auf halber Höhe wandte sie sich noch einmal um. »Worauf wartest du? Verschwinde, ehe ich die Wächter rufe!«

Er blickte ihr weiter nach. Erst als sie nicht mehr zu sehen war, saß er auf und schnalzte mit der Zunge. Zögerlich ritt die Stute an, als fiele es ihr schwer, das Mondmädchen zu verlassen.

In der geheimen Stadt

Sie wartete hinter einem Felsengrat, bis er davongeritten war. Dann lief sie den Hang wieder hinunter, den sie hinaufgeklettert war, und schlug den richtigen Weg ein, immer bemüht, nicht auf den steinigen Flächen zu laufen, wo Kiesel ins Rollen geraten und sie verraten konnten. Wenn der junge Araber beobachtete, wo sie in die unterirdische Stadt hinabkletterte, verriet sie mehr als zehntausend Menschen an ihre Mörder.

Bevor sie den Busch beiseitebog, spähte sie noch einmal in alle Richtungen. Rasch stieg sie in den Lüftungsschacht hinab. Sie war ungeschickt beim Klettern, ihr Bein schmerzte vom missglückten Reitversuch. Zweimal rutschte sie ab und schürfte sich die Haut auf. Unten, im Gang, blieb sie lange stehen und lauschte nach oben in den Schacht. Aber es blieb still. Niemand folgte ihr.

Sie schlich zurück in die Familienhöhle. Dort kroch sie unter ihre schwere, kratzige Wolldecke. Der Strohsack knisterte, während sie sich drehte, bis sie bequem lag und kein Halm sie mehr piekte.

Von der anderen Seite des Raums kam Vaters müde Stimme. »Hast du schlecht geträumt, Schätzchen? Versuch wieder einzuschlafen.«

»Ja, Vater.« Sie sah in die Dunkelheit und dachte an das vernarbte Pferd und den jungen Araber. Wie er in die Ebene hinausgaloppiert war, frei und kraftvoll! Er war unabhängig. Er war nicht der Gefangene einer Höhlenstadt.

Savina roch an ihren Händen. Sie dufteten nach dem Pferd, es war ein herber Geruch. Sicher roch auch der junge Araber so. Unmöglich, dass er seinem Pferd die Wunden zugefügt hatte. Sein Gesicht war stolz und zugleich sanft und verletzlich gewesen.

Arif erwachte von den Kitzelschritten einer Fliege auf seiner Stirn. Er verscheuchte sie und drehte sich auf die Seite, um wieder einzuschlafen. Die Fliege landete auf seinem Hals. Ärgerlich wedelte er sie fort. Sie landete auf seinem Ohr. Arif schlug darauf. Nach dem Knallen blieb ein Pfeifton, der erst allmählich verschwand, und sein Haarschopf kitzelte, die Fliege krabbelte darin herum. Er fuhr hoch. Diese Fliege machte ihn wahnsinnig!

Er sah im Halbdunkel, dass der Vater sich ankleidete. »Du gehst?«, fragte er.

»Heute wird Brot gebacken«, sagte Haroun. »Ich hasse es, wenn die Weiber den ganzen Tag beisammenhocken und schwatzen.« Er schlüpfte in seinen Umhang.

Von draußen drangen gedämpfte Gespräche herein, und man hörte das Aufklatschen des Eimers am Brunnen. Das Lager erwachte. Arif wartete darauf, dass der Vater nach den Ergebnissen seines nächtlichen Spähritts fragte. Aber Haroun ging wortlos nach draußen.

Später stand die Mutter auf, und dann Arifs kleiner Bruder und er selbst. Die Frauen der befreundeten Familien kamen. Mutter bat Arif, vor dem Zelt Holz für ein Feuer aufzuschichten, und während er das tat, tobte al-Qabih, Arifs Bruder, um die Frauen herum. Er drückte frech seinen Zeigefinger in den Teig, den sie kneteten, und lachte nur, als die Mutter mit ihm schimpfte.

Sie buken Weizenbrote für die nächsten Wochen. Die jungen Frauen mischten den Teig und kneteten ihn. Die Frauen mittleren Alters rollten die Teigkugeln auf Tabletts zu Fladen aus. Die alten buken die Brote auf den heißen Steinen beim Feuer, indem sie Asche darüber ausbreiteten, bis sie fertiggebacken waren, und häuften die flachen Brotlaibe beim Zelt auf ein Tuch. Dabei plauderten sie in einem fort.

Arif wartete darauf, dass wenigstens die Mutter ihn fragte, ob er etwas herausgefunden hatte bei seinem Spähritt, aber sie tat es nicht. Je länger er wartete, desto wütender wurde er. Seine Eltern trauten ihm einfach nichts zu.

In der Nacht, draußen, hatte er sich stark gefühlt. Er hatte sich gefühlt wie ein Mann. Hier, bei den Eltern, war er schwach. Er verstand es nicht. Warum platzte er nicht mit der Nachricht heraus, dass er in einem verlassenen Christendorf gewesen war und bemerkt hatte, dass ihre Gärten noch gepflegt und bewässert wurden? Warum sagte er nicht, dass er sogar eine Troglodytin gesehen hatte?

Sein gekränkter Stolz verschloss ihm den Mund. Wenn sie es mir nicht zutrauen, dachte er, dann sollen sie auch nicht erfahren, welchen Mut ich bewiesen habe. Er sah schweigend der Mutter hinterher, die fortging, um Feuerholz zu holen.

»He, al-Qabih! Du furzt wie ein Wallach.«

Marwan, Nuh und Yusuf traten an das Feuer heran.

»Gemein!«, rief al-Qabih und zog ein böses Gesicht.

Sie lachten.

Die Frauen ignorierten es, dass Arifs Bruder verspottet wurde. Sie hatten sich daran gewöhnt. Al-Qabih war nicht sein wirklicher Name. Es war ein Spitzname, er bedeutete »der Hässliche«. So nannte ihn jeder im Lager. Al-Qabih sah aus wie der missratene Versuch, einen Menschen zu formen: Die Arme waren zu lang, die Finger dickknöchelig, die Hüfte war schief, und er hinkte. Obwohl er dreizehn Jahre alt war, besaß er den Verstand eines Zweijährigen.

Marwan schubste ihn. »Hast du dich schon mal ins Feuer gesetzt, Kleiner? Da wird dir schön warm.«

Al-Qabih floh zur Gepardin. »Beißt!«, drohte er. In sein Gesicht stand Angst geschrieben, während er Marwan entgegenblickte. Die Gepardin wandte desinteressiert den Kopf zur Seite.

Marwan grinste. »Ich glaube nicht, dass sie dich beschützen wird.«

Die Frauen unterbrachen nicht einmal ihr Gespräch. Einen Schwächling wie al-Qabih zu verteidigen, dazu sahen sie keinen Grund. Er fiel dem Stamm zur Last und war eine Schande für seine Familie.

Arif trat Marwan in den Weg. »Du rührst ihn nicht an.«

»Richtig, er ist dein Bruder! Hatte ich fast vergessen.« Marwan sah über seine Schulter zu Nuh und Yusuf, und die beiden lachten. Er blickte wieder nach vorn. »Wie konnte mir das entfallen, bei dieser Ähnlichkeit.«

»Nur ein Feigling vergreift sich an Schwächeren.«

»Du bist der Mutige von uns beiden, stimmt ja! Du bist zu den Ungläubigen geritten. Wie kommt's, dass sie dich am Leben gelassen haben? Mir fällt da nur eine Erklärung ein.«

Yusuf und Nuh verschränkten hinter Marwan die Arme. Der schwarzhäutige Nuh spuckte auf den Boden.

Marwan sagte: »Du warst überhaupt nicht dort. Du hast dir in die Hosen gemacht vor Angst.«

»Und ob ich dort war«, sagte Arif. »Ich bin in ihren Häusern und in einem ihrer Gärten gewesen. Ich war ganz in der Nähe ihres Verstecks.« Und ich habe ein Mädchen gesehen, dachte er, ein Mondmädchen, wie ihr sie nie erblicken werdet.

»Beweise es!«, forderte Marwan.

»Komm doch mit beim nächsten Mal, wenn du dich traust.«

Der Zakariyya zog geringschätzig die Mundwinkel nach unten. »Ich bin der Erbe. Man setzt das Leben des Erben nicht leichtfertig aufs Spiel. Meine Familie braucht mich, ich werde sie eines Tages führen, sie und den ganzen Stamm.« Als sie vor Jahren alle in den Stimmbruch gekommen waren, hatte Marwan eine besonders tiefe Stimme bekommen, er klang seitdem wie ein erfahrener Krieger. Marwans Ohren waren klein und verknorpelt, die Fingernägel abgekaut. Aber keiner konnte es an Kraft mit ihm aufnehmen. Wenn seine Familie weiterhin Ruhm ansammelte und ihre Ehre und Reinheit bewahrte, wurde er wahrscheinlich tatsächlich eines Tages der ranghöchste Mann im Stamm.

»Ich bin genauso der Erbe meiner Familie«, sagte Arif, »und noch führt mein Vater den Stamm an.«

»Was meinst du, warum er dich überhaupt losziehen lässt? Er weiß, dass du nicht den Mut hast, dich in Gefahr zu begeben. Du prahlst doch nur! Sobald du außer Sichtweite bist, steigst du vom Pferd und setzt dich unter einen Baum. Und wir sollen dir glauben, dass du die Feinde ausspähst.«

Arif hörte ein Knurren hinter sich. Al-Qabih hatte sich hingehockt und streichelte die Gepardin. Obwohl sie warnend die Zähne bleckte, so sehr, dass sich die Haut an der Schnauze kräuselte, hörte er nicht auf. Arif nahm al-Qabihs Hand und hielt sie fest. »Lass das. Sie mag es nicht.«

Al-Qabih schob schmollend die Lippe vor.

Marwan sagte: »Ich war bei der großen Schlacht im Frühjahr dabei. Ich habe Feinde getötet. Du hast feige zu Hause gesessen. Jeder weiß das.«

»Ich war krank«, sagte Arif.

Die drei Zakariyyas lachten heiser. »Denkst du, das hat dir einer geglaubt?«

»In Ordnung.« Arif reckte sich zu voller Größe auf. »Ich reite diese Nacht hin und komme mit einem Beweis zurück. Ihr werdet sehen, dass ich die Wahrheit sage. Ihr werdet euch entschuldigen und ein für alle Mal aufhören, die Ehre der Asads zu beleidigen.«

Er suchte im Mondlicht die Hänge ab. Am liebsten hätte er den Namen des Mädchens gerufen, aber das würde die Troglodytenwächter auf ihn aufmerksam machen. Still durchstreifte er die Berglandschaft auf der Suche nach geheimen Pässen, Höhlen und Pfaden. Flächen, die keine Deckung boten, mied er. Wo immer es ging, hielt er sich im Schatten. Wieder und wieder kehrte er zu dem Felsen zurück, hinter dem er sie verschwinden sehen hatte, und schlich von dort aus in die nahegelegenen Hügelzüge. Ergebnislos.

Alles, was er fand, war ein Loch im Boden, halb verdeckt von einem Gebüsch und zu klein für einen Höhleneingang. Die abgeknickten Zweige des Gebüschs jedoch machten ihn stutzig. Ihre Blätter waren noch nicht verwelkt, es konnte nicht lange her sein, dass die Zweige geknickt worden waren.

Wenn er hineinkletterte, um nachzusehen, weckte er womöglich Schlangen, die im Loch schliefen. Niemand würde ihm dabei helfen, die Wunde auszuschneiden, wenn sie ihn bissen. Besser, er ging ins steinerne Labyrinth und nahm sich eine Tonscherbe aus einem der Häuser mit.

Beim Abstieg stellte er sich vor, dass der Vater ihn mit stolz funkelnden Augen ansah wie Utman. Dass er sich Abu Arif nannte und ihm vor den Männern die Hand auf die Schulter legte und sagte: »Mein Sohn.« Im ganzen Stamm würde man sich erzählen, dass er, Arif, die Christen aufgestöbert hatte, nach denen sie seit Monaten suchten, und dass er es ganz allein geschafft hatte.

Er fasste sich an den Kragen und schüttelte das Hemd, um das Böse abzuwehren. Er zog den Augenachat hervor, den er an einem Lederband um den Hals trug, küsste ihn und murmelte: »Inshallah.« Gott allein wusste, wann man Izra'il sah, den Engel des Todes. Wenn es heute sein sollte, dann war es eben heute.

Diesmal fürchtete er sich nicht vor dem Troglodytenhaus. Er klaubte eine Tonscherbe auf und kehrte zum Erdloch um. Jeden Strauch nutzte er zur Deckung, jeden Felsbrocken. Der Mond schien hell, er durfte nicht unvorsichtig werden.

Mit angehaltenem Atem schnallte er sich das Schwert ab und legte es neben den Busch, der Schacht war zu eng, er würde darin stecken bleiben. Dann streckte er die Beine in das Loch. Er stützte sich mit den Armen auf dem Boden ab und ließ sich hinabsinken.

Es ging tief hinunter, erst als er schon bis zur Brust im Erdreich verschwunden war, erreichten seine Füße festen Grund. So weit er es in der Enge vermochte, beugte er die Knie und rutschte Fingerbreit für Fingerbreit weiter, bis er auf dem Boden kauerte. Er lauschte. Keine Schlangen zischten. Sorgfältig tastete er die Wände ab. Da war ein Gang, der sich seitwärts in den Felsen grub. Arif kroch hinein. Erdklümpchen und Staub rieselten ihm ins Haar. Es ging wieder abwärts, er musste klettern. Dann kam ein zweiter Knick, und der Gang verbreitete sich plötzlich. Arif ließ ein Steinchen hinunterfallen. Er hörte den leisen Aufprall gleich danach. Also konnte es nicht allzu tief hinabgehen. Sorgfältig suchte er sich Felsspalten für seine Finger und ließ sich an den Armen herab. Bevor er sie ganz ausstrecken musste, berührten seine Füße den Grund.

Eine Klinge legte sich an seine Gurgel. »Du hättest auf mich hören sollen«, zischte jemand.

Das Blut in seinen Adern stockte.

»Ihr könnt es einfach nicht lassen, ihr Araber. Was wollt ihr mit den Dingen, die euch nicht gehören?«

»Ich will nichts stehlen«, sagte er.

»Ach ja? Und warum bist du dann hier?«

Es musste das Mondmädchen sein. Er sagte: »Aus Neugier.«

»Du hast einen Lärm gemacht wie ein Trampel. Jetzt wird dich deine Neugier das Leben kosten.«

Arif atmete vorsichtig ein. Wenn er eine falsche Bewegung machte, schlitzte ihm die scharfe Klinge die Kehle auf. »Man erzählt sich über euch, dass ihr …« Er stockte. Vom Schlangengift durfte er nicht sprechen. Es würde sie daran erinnern, dass Vater die Brunnen vergiften lassen hatte.

»Was erzählt man sich?«

»Ich habe gehört, ihr Troglodyten seid in der Lage, euch wie Dschinns unsichtbar zu machen«, log er.

»Was sind Dschinns?«

»Geister.«

Sie nahm das Messer fort. »Du musst sterben.« Ihre Stimme zitterte, als sie das sagte. »Du hast einen Ort betreten, den du nicht betreten durftest.«

Er drehte sich um. In der Finsternis konnte er nichts erkennen. Holte sie schon aus, um ihm mit dem Messer den letzten Stoß zu versetzen? »Savina, so heißt du, richtig? Ich bin zwar Araber, aber das ist kein Grund, mich zu töten. Viele hassen mich in meinem Stamm. Man hört nicht auf mich.«

»Du lügst.«

»Ich sage die Wahrheit! Und ich werde euch nicht verraten.«

Savina schwieg. Schließlich verlangte sie: »Schwöre bei Gott, dass du diesen Ort an niemanden verrätst!«

»Du glaubst an Gott?«

»Was dachtest du denn? Ich bin Christin.«

»Ich dachte, ihr Christen habt den Glauben an Allah aufgegeben.«

»Allah nennt ihr ihn? Wir nennen ihn Gott. Und wir beten täglich zu ihm.« Sie packte seinen Arm. »Schwöre bei Allah!«

»Ich schwöre bei Allah, dass ich euch nicht verraten werde.«

»Gut. Ich kann dich trotzdem nicht gehen lassen. Aber ich verstecke dich, bis mir etwas einfällt. Die Wächter dürfen dich auf keinen Fall sehen, sonst bist du schneller tot, als du deinen Namen sagen kannst.« Sie ging in die Finsternis und zog ihn mit.

Er flüsterte: »Könnt ihr im Dunkeln sehen?«

»Ich war schon oft hier, das ist alles.«

Er hörte ein Blöken. Es schien direkt aus dem Fels zu kommen. »Was war das?«, fragte er.

»Ein Schaf, du Dummkopf. Wir haben Ställe.«

»Ställe unter der Erde!«

»Wir haben keine Wahl, ihr habt uns in die Tiefe vertrieben. Bis ihr fortgezogen seid, sind wir Gefangene unserer eigenen Stadt. Hier gibt es keine Bäume, keine Blumen, keine Vögel.

Letzten Sommer habe ich noch auf der Wiese –« Sie verharrte plötzlich und packte seinen Arm fester. »Still! Dort vorn sind Wächter.«

Ein schwacher Schimmer erschien auf den Wänden.

»Zieh deine Schuhe aus«, befahl sie.

Er gehorchte. Der Felsboden rührte kalt an die Fußsohlen.

»Jetzt lauf! Und leise! Wir müssen vor ihnen am Schacht sein, aber sie dürfen uns nicht hören.« Sie rannte los.

Er folgte ihr. Seine Füße flogen über den Felsen. Wenn die Wächter das Kufiya-Tuch auf seinem Kopf sahen und die dunkle Haut, dann begriffen sie sofort, dass ein Spion in ihr Versteck eindrang. War es nicht besser, umzudrehen und zurück zum Einstiegsloch zu rennen? Schon strahlte das Licht hell von den schroffen Felswänden. Nur noch eine Biegung des Gangs trennte sie von den Wächtern. Savina kletterte in einen Schacht zu ihrer Rechten, es sah aus, als würde sie durch Zauberei die nackten Felswände hinuntersteigen, mit Füßen, die an der Wand hafteten. Er riss verblüfft die Augen auf.

Da erkannte er Stufen und Ritzen, die in die Felswände getrieben waren. Er zog sich die Sandalen an, setzte den Fuß in eine Ritze und begann, ebenfalls abwärts zu klettern. Er hörte Schritte über sich. Das flackernde Fackellicht half ihm, die Vertiefungen im Felsen zu finden.

Unten zog ihn Savina in die Dunkelheit. »Was machst du so lange!«, flüsterte sie. »Zieh die Schuhe wieder aus. Hinter diesen Fellvorhängen schlafen Familien.« Savina wartete nicht, bis er die Sandalen ausgezogen hatte. Sie eilte, immer noch barfüßig, durch den Gang davon.

Arif schlüpfte aus den Sandalen und beeilte sich, ihr zu folgen. Je weiter er sich vom Schacht entfernte, desto dunkler wurde es. Bald sah er nichts mehr. »Savina«, flüsterte er.

Keine Antwort.

»Savina?«

Er war von Schwärze umgeben. Das Atmen von Dutzenden Schlünden hallte von den Wänden wider. Jemand schmatzte. Er, Arif ibn Haroun, war im Inneren des Berges, umgeben von Troglodyten. Ihn fröstelte.

»Wo bleibst du?« Savina fasste seine Hand und zog ihn mit. Es ging eine steile Treppe hinab, noch weiter nach unten. Ein Geländer gab es nicht, er griff ins Leere. Wenn er einen falschen Schritt machte, würde er abstürzen.

»Bekommen wir da unten Luft?«, fragte er.

»Dafür sind Schächte in den Felsen gehauen. Man kann überall frische Luft atmen.«

»Wann habt ihr das gebaut? Es muss doch Jahre gedauert haben!«

»Manche Geheimgänge sind sehr alt. Unsere Vorfahren haben sich hier schon versteckt, als die Perser aus dem Osten kamen.«

Arif blieb stehen. »Was ist das?«

Auch Savina verharrte. Er konnte ihren Atem nahe bei sich hören. »Was meinst du?«, fragte sie.

Wieder krachte es in der Tiefe. Es klang, als würde Gestein durch den Berg spritzen. »Hörst du nicht?«

»Sie erweitern einen Tunnel.«

»Warum machen sie das nachts?«

»Denk drüber nach, dann kommst du selber darauf.« Sie ging weiter.

Der Krach konnte tagsüber ihr Versteck verraten. Im Dunkeln kletterte keiner von Vaters Spähtrupps in die Berge, es war zu gefährlich, weil man lose Steine und Abgründe nicht sah. Es war sicherer für die Troglodyten, in der Nacht ihre Gänge zu graben.

Savina flüsterte: »Hier ist unser Wohnraum. Aber da kann ich dich erst verstecken, wenn mein Vater und meine Schwester arbeiten gegangen sind.«

»Wie können sie arbeiten gehen, ohne die Höhle zu verlassen?«

»Vater arbeitet in der Schule, die unterirdische Stadt hat zweitausend Kinder. Pherenike bringt Stroh in die Ställe und trocknet Dungfladen zum Heizen im Winter.« Savina führte ihn weiter. Nach gut zwei Dutzend Schritten schob sie ihn in einen Winkel. »Rühr dich nicht von der Stelle, bis ich dich am Morgen hole. Versuch nicht zu fliehen. Du würdest dich verirren. Und falls du doch einen Ausgang findest – es sind überall Wächter. Bleib hier, wenn du leben willst.«

Arif flüsterte: »Warte.« Er zögerte kurz. »Warum hilfst du mir? Ich bin dein Feind.«

»Weiß nicht. Du hast friedlich ausgesehen. Ich kann nicht glauben, dass du einer bist, der mordet.«

Ihr Lob schmeckte bitter. »Ich bin nicht feige.«

»Ich habe nur gesagt, dass du nicht wie einer aussiehst, der mordet. Wärst du feige, dann wärst du nicht hier.«

Jonathan

Das Schwert!, schoss es Arif durch den Kopf. Ich habe mein Schwert liegen gelassen! Wenn die Troglodyten es bei Sonnenaufgang am Erdloch fanden, wussten sie, dass ein arabischer Späher in ihre Höhlenstadt eingedrungen war. Sie würden überall nach ihm suchen.

Gab es Fackeln in diesem Trakt? Er betastete die kalte Steinwand. Nichts. Die Vorstellung, ohne Licht durch die pechschwarzen Gänge zu stolpern, ließ ihm das Herz sinken. Die Treppen und tiefen Schächte waren für ihn als Ortsfremden lebensgefährlich. Dennoch, länger hier zu warten, kam nicht in Frage. Er drehte sich um und betastete die andere Seite. Als er in etwas Nasses fasste, zog er erschrocken die Hand zurück. Er roch an seinen Fingern und rieb sie gegeneinander. Ranziger Geruch stieg ihm in die Nase. Erneut befühlte er die Wand, vorsichtiger diesmal. Da war eine Nische, in der ein kleines Schnabelbecken stand. Hier musste er hineingefasst haben. Neben dem Becken fühlte er einen Fetzen Werg und zwei Steine.

Er wischte seine Hand am Hemd trocken, nahm das Werg und legte es sich zwischen die Füße. Einen Stein in der Linken, den anderen in der Rechten, kauerte er sich nieder. Er schlug die Steine gegeneinander. Sofort roch es verbrannt. Das Klacken der Feuersteine hallte von den Felswänden wider, bis endlich ein Funke ins Werg flog und es entzündete. Arif hielt das brennende Werg an den Schnabel der Öllampe. Eine kleine Flamme sprang auf.

Im Lichtschein sah er sich um. Er befand sich in einer schmalen Kammer, an deren Seite ein rundbehauener Stein vor einer Öffnung in der Felswand stand. Natürlich, so schnitten sie Verfolgern den Weg ab: Die Öffnung führte in den Hauptgang, und von diesem Wachraum aus konnte ein Troglodyt mittels des Mühlsteins den Hauptgang verschließen, indem er den Stein durch die Öffnung rollte und anschließend mit Keilen befestigte. Spitzhacken zu besorgen und den Mühlstein zu zerschlagen mochte Stunden dauern, wenn nicht sogar Tage. In dieser Zeit waren die Troglodyten längst durch ihren Tunnel entkommen. Er schürzte anerkennend die Lippen. Sie waren keine verschüchterten Flüchtlinge, die sich in Felsspalten verkrochen hatten. Die Troglodyten hatten eine unterirdische Stadt errichtet und sich mit Bedacht in sie zurückgezogen.

An der Seite, die dem Schnabel gegenüberlag, besaß die Öllampe eine kleine Öse. Arif steckte seinen Zeigefinger hindurch und hob die Lampe an. Ihr unsteter Flackerschein begleitete ihn in den Felsengang.

Er schlich an Fellen vorüber, die abzweigende Höhleneingänge verdeckten. Dahinter schnarchte jemand. Ein Kind weinte und wurde mit leisem Gesang getröstet. An einer Gabelung blieb er stehen. Von wo waren Savina und er gekommen? Er leuchtete in die linke Abzweigung und ging einige Schritte hinein. Es roch seltsam hier, nach Eisen und Essig. An den Geruch konnte er sich nicht erinnern.

Wie kam es, dass die Wände in diesen ungewöhnlichen Farben leuchteten? Er trat näher an sie heran und hob die Lampe. Jemand hatte das Paradies gemalt: Bäume, Vögel mit langen, schweifartigen Schwänzen, Füchse und Hasen und tanzende Menschen.

Man hatte ihn gelehrt, dass die Troglodyten schlitzohrige Raffhälse waren, niemals fähig, Kunstwerke zu erschaffen, wie die Araber es taten: fein gemusterte Teppiche zu weben, Kamelsättel zu verzieren oder Worte wie *Ehre* und *Mut* in Schwertklingen zu gravieren. Aber diese Wandmalerei war mit großer Kunstfertigkeit erschaffen worden, mit einem Blick für Schönheit in kleinen Details. Sie stand arabischen Darstellungen in nichts nach.

Er kniff die Augen zusammen. Unmöglich! Das Pferd im Paradiesgarten … Er hätte seine Stute unter Tausenden Pferden erkannt. Die blassrote Farbe, als habe sie im Staub der Steppe gebadet, die vernarbten Flanken, der schlanke Hals, die Wölbung der Kruppe. Der Künstler hatte Layla an die Wand der unterirdischen Troglodytenstadt gemalt.

Beobachteten sie ihn? Seine Ausritte, seine wiederholte Flucht in die Wildnis – hatten die Troglodyten ihn jedes Mal belauert? Er rührte mit den Fingerspitzen an die Wand. Die Farbe war klebrig, das Bild war noch frisch. Etwas von Laylas fahlrotem Fell blieb an seinen Fingerspitzen haften. Wenn der Künstler ihn und Savina gesehen hatte, als sie versucht hatte, auf Layla zu reiten, dann war das Mondmädchen in Gefahr.

»Das dritte Mal diese Woche, dass die Archimedische

Schraube klemmt«, sagte eine raue Stimme weiter hinten im Gang.

Arif fuhr zusammen. Er blies das Licht der Öllampe aus. Trotzdem wurde es nicht dunkel. Ein heller Schein näherte sich.

»Wer hat's gemeldet?«

»Die alte Eudokia. Sie sagt, sie hat nichts angerührt. Spielt auch keine Rolle, ob sie es war. Die Leute kurbeln, als wäre der Brunnen eine Handmühle. Sie vergessen, dass die Technik auch Grenzen hat.«

Arif riss sich das Tuch vom Kopf. Sie erkennen mich, dachte er, sie erkennen mich trotzdem, niemand hier hat so dunkle Haut! Er sah sich um. Wo war der nächste Höhleneingang? Er hastete dorthin und schlüpfte durch den Fellvorhang.

»Was hilft's. Irgendwann müssen wir sie neu bauen«, sagte draußen die Männerstimme. »Das Ding taugt nichts mehr.«

Arif verharrte in der Dunkelheit der fremden Höhle und hielt den Atem an. Es war eine schlechte Idee gewesen, in das Versteck der Christen einzudringen. Nicht einmal ein Held wie Utman hätte sich aus dieser Falle herausschlagen können, geschweige denn er, Arif. Wie sollte er gegen Tausende Troglodyten ankommen!

Eine Kinderstimme fragte: »Wer bist du?«

Arif schluckte.

Das Kind sagte noch einmal: »Wer bist du?«

»Ich bin Arif.«

»Ist es schon Morgen?«

»Nein.«

»Ich kann nicht schlafen. Ich darf aber erst aufstehen, wenn es Morgen ist. Mama schimpft sonst.«

»Schlafen deine Eltern hier bei dir?«, flüsterte Arif. »Dann müssen wir leise sein!«

Das Kind redete unbeirrt weiter. »Es ist langweilig, wenn man nicht schlafen kann. Warum können Erwachsene immer schlafen? Schlafen ist blöd. Ich will spielen.«

»Ich weiß ein Spiel.« Er dachte nach. »Willst du mit mir durch die dunklen Gänge schleichen, bis zum Ausgang?«

»Gibst du mir deine Hand?«

Er starrte in die Dunkelheit. »Wie alt bist du?«

»Bald bin ich fünf.«

So klein war das Kind noch! Dann würde es keine Hilfe sein.

»Kennst du den Weg nach draußen?«

»Da darf ich nicht hin. Draußen sind böse Männer. Aber zum Geburtstag war ich unter dem schönen großen Himmel. Ich hab Mama geholfen. Wir haben Weintrauben abgerissen –«

»Nicht so laut! Du musst flüstern.«

»– von den Strünken, aber die waren schon eingetrocknet, das war ein geheimer Platz, wo die Weintrauben zu Rosinen werden. Wollen wir Weintrauben essen? In der Vorratshöhle hängt Mama die auf, und sie bleiben ganz lange lecker!«

Er folgte der Stimme des Kindes. Nach wenigen Schritten stieß er mit dem Fuß gegen einen Strohsack. Er bückte sich und hob das Kind hoch.

»Naschen wir Traubensirup?«

Vom anderen Ende der Höhle tönte scharf eine Frauenstimme: »Mit wem redest du?«

51

Der Kleine verstummte.

Arif setzte ihn auf den Boden. Er schlich zur Türöffnung und spürte regelrecht, wie die Frau auf das Knirschen der Sandkörner unter seinen Füßen lauschte.

Der Junge sagte leise: »Mit meinem Freund.«

Zeit zu gehen, dachte Arif. Gerade wollte er durch den Fellvorhang schlüpfen, da dröhnte ein tiefer Ton durch den Gang, wie von einem Widderhorn. Arif bekam eine Gänsehaut. Draußen wurde es hell, und Männerstimmen riefen: »Zu den Waffen! Araber in Korama!«

Jonathan hastete die Gänge entlang. Als die Fackel in seiner Hand beinahe erlosch und es finster wurde um ihn herum, blieb er kurz stehen und drehte sie in der Hand, damit sich das Feuer wieder in das Holz fraß. Kaum flammte die Fackel auf, rannte er weiter. Savina war ihm als Erstes eingefallen, im Augenblick des Erwachens, während die Warnrufe der Wächter durch die Höhlenstadt gellten. Dort vorn war die Wohnung ihrer Familie. Er stieß den Fellvorhang beiseite und trat ein. Ihr Vater zog sich gerade die Schuhe an und fuhr erschrocken zum Eingang herum.

Auch Savina erbleichte. »Jon! Wie kannst du uns so erschrecken!«

»Das wollte ich nicht«, entschuldigte er sich. »Musste nur sehen, ob es dir … ob es euch gutgeht.«

Sie musterte ihn.

Von ihrem Blick wurden ihm die Knie weich. Er war immer ein mutiger Mann gewesen. Während andere Händler auf sichere Routen ausgewichen waren, hatte er sich bis vor ein paar Monaten durch das Kriegsgebiet gewagt. Keiner war so oft wie er von Arabern überfallen und ausgeplündert worden, und doch war er immer wieder losgezogen, auf neuen Wegen, um die Eingeschlossenen mit Waren zu versorgen. Aber Savina brauchte ihn nur einmal anzusehen, und er fühlte sich feige und dumm wie ein kleiner Junge.

Sie schien seine Unsicherheit zu bemerken. Spöttisch lächelte sie ihn an. »Mach dir nicht in die Beinkleider, mir passiert schon nichts.«

Er sagte: »Die sind skrupellos. Du hast sie nicht erlebt, Savina.«

»Dann wird es Zeit.« Sie trat auf den Ausgang zu. »Ich helfe bei der Suche.«

Die Schwester stellte sich ihr in den Weg und umfasste ein Schwert aus Luft, das sie sich ins Herz stieß. Ob sie ihr damit sagen wollte, du bringst mich noch um, oder ob sie Savina an ihren Onkel Maurikios erinnern wollte, den die Araber vor vier Monaten draußen erwischt und getötet hatten, wusste Jonathan nicht zu deuten. Aber die Taubstumme zeigte mit der freien Hand auf den Boden, als würde sie befehlen: Du bleibst hier! Dabei gab sie einen strengen Laut von sich.

»Da draußen ist die Hölle los!«, sagte Jonathan. »Sie haben ein arabisches Schwert gleich neben einem der Lüftungsschächte gefunden. Was, wenn es nicht bloß ein Spion ist, was, wenn ein Dutzend Araber in die Stadt eingedrungen sind, und während wir hier reden, morden sie sich leise durch die Behausungen?«

»Ein Spion wäre genauso schlimm.« Savina wies nach draußen. »Wenn wir den nicht fangen, bevor er entkommt und uns verrät, werden sie ganz Korama ausräuchern! Also lasst mich mitsuchen.«

Savinas Schwester holte ein Schwert aus der Wandnische. Als sie es dem Vater reichte, malte sie Kreuze in die Luft, als würde er sich einem Heer Dämonen entgegenwerfen, sobald er aus der Wohnhöhle trat.

Er nahm das Schwert entgegen und wandte sich Savina zu. »Keine Widerrede! Du bleibst hier.«

Die Schwester rührte an den Arm ihres Vaters und zeigte dann zum Ausgang. Anschließend wies sie auf ihre Augen. Wenn man wohlwollend war, konnte man es als Aufforderung deuten, er solle auf sich achthaben da draußen. Allerdings konnte es genauso gut als Hinweis verstanden werden, er solle sich an der Suche nach dem Araber beteiligen, anstatt weitere Worte zu verlieren.

»Ich geh schon.« Er drückte ihr einen Kuss auf die Stirn. »Pass auf Savina auf.« Damit verließ er die Wohnung.

»Und du, Jon?«, fragte Savina. »Willst du feige hier warten, bis die Gefahr vorüber ist, unter dem Vorwand, zwei Frauen zu beschützen?«

Ihre Dreistigkeit verschlug ihm den Atem. »Ich habe den Arabern Dutzende Male gegenübergestanden, das weißt du genau.«

»Worauf wartest du dann? Da draußen läuft eine Treibjagd. Fang den Spion.«

Seine Fürsorge schlug in Wut um. Nichts Sanftes, Weibliches war mehr an Savina, nur Härte. Für gewöhnlich staunte er, wie sehr sich die Schwestern voneinander unterschieden, heute aber waren sie gleich: zwei ungnädige, herrische Eisblöcke. Fühlte sie wirklich, was sie da sagte, oder gab sie sich nur nach außen so verletzend? Das war doch dieselbe Savina, die wunderschöne Wandmalereien erschuf, dieselbe Savina, die sich über einen Käfer freute, der sich in die Höhlen verirrt hatte, und ihn fürsorglich befreite. Es war dieselbe Savina, die stundenlang über Wind und Sonne und Sterne reden konnte und ihn so bezaubernd anlächelte, wenn er von seinen abenteuerlichen Handelsfahrten berichtete.

Von der, die er liebte, verletzt zu werden, schnürte ihm den Hals zu. Er schüttelte den Kopf und ging. »Du bist sonderbar«, sagte er, während er nach draußen trat.

Marwan fasste die Zügel einhändig, er lenkte den Wallach mit den Schenkeln. Auf seiner rechten Hand saß der Falke, die gelben Vogelfüße in den Handschuh gekrallt. Heiße Windböen fuhren ihm in das dichte Federkleid. Der Kopf des Falken steckte unter einer Kappe.

»Ich würde sagen, er ist tot«, nahm Nuh das Gespräch wieder auf.

Marwan sagte: »Und was, wenn nicht? Was, wenn er versehentlich eine Heldentat begeht und die Christen findet?«

Sie ritten durch das unwegsame Gebiet nahe des Vulkanbergs Argaios. Die Hundemeute streunte vorneweg. Feiner Staub lag in der Luft, er erschwerte das Atmen. In der Steppe standen Pilze aus Tuffgestein, Säulen und Brücken und turmartige Felsgebilde. Im Licht der aufgehenden Sonne funkelten ihre zerklüfteten Wände blau und rotbraun. Trotz der Sommerwärme war die Spitze des Argaios, der sich aus dem Gebirgszug in den Himmel erhob, mit Schnee bedeckt.

»Glaubst du, er ist wirklich zu den Christen geritten?«, fragte Yusuf.

»Möglich, dass er es aus Verzweiflung getan hat. Vielleicht haben wir ihn unterschätzt.«

»Ach was!« Yusuf grinste. »Der ist doch kaum mutiger als sein behinderter Bruder!«

Marwan schüttelte den Kopf. »Vergiss nicht, dass auch Utman sein Bruder war. Utman war ein Held. Und sein Vater ist bis heute der angesehenste Krieger des Stammes.«

»Die Zakariyyas werden den nächsten Anführer stellen«, sagte Nuh. »Das wirst du sein. Was haben die Asads denn schon vorzuweisen?«

»Haroun jagt mit einer Gepardin. Niemand sonst besitzt ein solches Tier.« Marwan sah zu seinem Falken hinüber. Einen Falken hatten viele. »Wir haben Helme und Schilde und Schwerter, aber Haroun hat ein Kettenhemd. Er ist besser ausgerüstet als wir alle, und der Kalif hat ihn auf der Diwanliste für die Beuteverteilung weit oben eingeordnet. Er gilt beim Kalifen als verdienstvollster Krieger unseres Stammes.«

»Aber er wird alt«, sagte Nuh. »Wer soll in seine Fußstapfen treten? Arif sicher nicht. Al-Qabih schon gar nicht. Und Harouns Frau kriegt keine Kinder mehr.«

»Dann nimmt er sich eine Zweitfrau. Hast du daran mal gedacht?«

»Ehe der Balg aufgewachsen ist …«

Marwan schnaubte. »Richtig. Deshalb wird Haroun Arif unter Druck setzen. *Das* macht mir Sorgen. Aus Verzweiflung hat schon mancher Erstaunliches vollbracht.«

»Glaubst du im Ernst, Arif ist so dumm, dich herauszufordern?«

Die Hunde schlugen an. Sie stoben auf eine Gruppe von Sträuchern zu, umringten sie und bellten. Rasch zog Marwan dem Falken die Kappe vom Kopf und warf ihn in die Luft. Der Falke schlug mit den Flügeln, er stieg auf. Hoch über ihnen kreiste er am Himmel, während die Hunde bellend um das Gebüsch tobten.

Ein Ringfasan hielt das Kläffen nicht mehr aus und erhob sich flatternd aus dem Gebüsch. Der Falke griff sofort an. Er legte die Schwingen an den Körper an und fiel aus dem Himmel. Erst als er den Ringfasan fast erreicht hatte, öffnete er die Flügel. Die Vögel prallten hart gegeneinander. Der Ringfasan taumelte in der Luft. Schon jagte der Falke in einer Kehrtwende heran, packte den Ringfasan mit den Krallen und biss ihm ins Genick. Beide Vögel stürzten zu Boden.

Als Marwan und die anderen heranritten, saß der Falke bereits auf der Beute und hackte mit dem Krummschnabel Fleischstücke heraus. Die Hunde waren gut erzogen, sie hielten Abstand. Marwan stieg vom Pferd und nahm Taubenfleisch aus einem ledernen Päckchen am Sattel. Er rief den Falken. Der Falke flog zu ihm auf die behandschuhte Hand. Er begann, das Taubenfleisch zu fressen.

»Wir dürfen die Sache nicht sich selbst überlassen, Freunde«, sagte Marwan. Er sah zum Kadaver auf dem Boden hin. »Arif hat eine schwache Stelle: Er liebt seinen kleinen Bruder. Wenn wir uns den zur Brust nehmen, können wir Arif zerstören, bevor er uns gefährlich wird.«

Ein heimtückischer Plan

»Kein Wort, Frau.« Arif gab seinem Flüstern eine warnende Schärfe. »Du bleibst, wo du bist, und hältst den Mund.«
Die Troglodyten mussten Licht gehabt haben, um sein Schwert zu finden. Sicher gingen sie nicht mit Fackeln nach draußen, sonst verrieten sie ihre Höhlenstadt. Das bedeutete, dass der Morgen bereits dämmerte oder gar die Sonne schon aufgegangen war. Eine Flucht war unmöglich – bei Tageslicht sahen ihn die Troglodytenwächter draußen auf den Felsen sofort.
Das Kind würde über kurz oder lang zu weinen anfangen, hier war kein gutes Versteck für ihn. Wenn es überhaupt einen Ort in der Höhlenstadt gab, wo er Schutz finden konnte, dann bei dem Mondmädchen.
Noch schwieg die Mutter, und auch der Junge sagte nichts. Sie hielten den Atem an. Hinter dem Fellvorhang wurde es hell. Menschen hasteten vorüber. Das Licht ihrer Fackeln strahlte unter dem Vorhang hindurch in den Höhlenraum. Arif sah einen kleinen Jungen, der ihn mit großen Augen anstarrte, und er sah dessen Mutter weiter hinten im Raum auf einem Strohsack sitzen, kreidebleich, mit aufeinandergepressten Lippen.
Als das Fackellicht draußen schwächer wurde, hob Arif den Vorhang an und spähte hinaus. In einiger Entfernung sah er

die Rücken der Verfolger. Er verließ die Höhle und schlug die entgegengesetzte Richtung ein.

Savinas Wohnung musste in der Nähe sein, sie waren nicht weit gegangen, nachdem sie gesagt hatte, dass sie hier mit ihrer Familie wohne. Der linke Abzweig war es nicht gewesen, dort war er auf die Wandmalereien gestoßen, und den Geruch von Eisen und Essig hatte er vorher nicht bemerkt. Er bog nach rechts ein.

Da trat ein Nachzügler aus einem Seitengang. Arif hob die Faust, um sie dem Troglodyten ins Gesicht zu schlagen. Ihm stockte der Arm. Es war das Mondmädchen.

»Wolltest du zu mir?«, sagte sie und beobachtete, wie er seine Faust senkte. »Komm mit, rasch.«

Er folgte ihr.

Sie bog seitwärts ab in eine Höhle, die von der Glut einer Feuerstelle in rötlichen Schimmer getaucht war. »Leg dich da hin.« Sie wies auf einen Strohsack.

»Die haben mein Schwert.«

»Wir müssen dich verstecken, bis sich die Lage beruhigt hat.«

Vor der Höhle wurde es wieder hell.

»Unter die Decke«, flüsterte Savina.

Kaum hatte er die Hand danach ausgestreckt, brüllte eine Männerstimme: »Dreht jedes Fass um!«

Schon wurde das Fell vom Höhleneingang weggerissen. Fackeln leuchteten so hell, dass Arif sie durch den Stoff der groben Wolldecke sehen konnte, die er sich über den Kopf gezogen hatte. Er wagte nicht, sich zu rühren.

»Wer ist das?«, fragte eine Männerstimme barsch.

Savina sagte: »Mein Cousin. Er schläft wie ein Toter.«

»Weck ihn auf! Er soll mitsuchen. Wir müssen diesen verfluchten Araber finden.«

»Mein Cousin hatte die ganze Nacht Wachdienst. Der würde vor Müdigkeit einen Araber nicht mal erkennen, wenn er hier in der Höhle steht.«

Der Mann dröhnte: »Weck den Faulpelz auf! Begreifst du nicht, was uns droht, wenn der Araber entkommt?«

»In Ordnung, ich wecke ihn.« Sie kauerte sich nieder und rüttelte Arif an der Schulter.

»Schütte ihm kaltes Wasser über den Kopf. Und dann schick ihn zum Ausgang bei den Ställen, er soll dort die Wache verstärken.«

Die Fackeln verschwanden.

Nach einer Weile sagte Savina: »Du kannst dich wieder bewegen.«

Arif kroch unter der Decke hervor. Seine Hände zitterten. Er versuchte es zu verbergen, aber Savinas Blick fiel sofort auf seine Finger. »Du hast mir das Leben gerettet«, sagte er und versteckte die Hände hinter dem Rücken.

Er sah sich im Raum um. Zwei weitere Strohsäcke lagen dort, und in gutem Abstand dazu, in der Mitte der Höhle, befand sich die Feuerstelle mit einigen glühenden Holzscheiten. Töpfe standen daneben. In Regalfächern im Fels lagen einige Kleidungsstücke, und eine Nische war durch eine kleine Holztür verschlossen. »Passe ich da rein?«, fragte er.

»Wenn du dir die Beine abhackst, vielleicht.«

»Was ist mit dem Vorhang?«

»Die Vorratskammer meinst du? Das ist kein gutes Versteck. Da schaut man als Erstes nach.«

»Die Männer werden zurückkommen.«

»Beten wir, dass sie es nicht tun.«

»Und deine Familie?«

»Vater sucht dich, und meine Schwester habe ich angelogen. Ich hab gesagt, ich geh runter in die Kirche und bete, dass wir die Spione finden. Sie war natürlich dagegen, aber ich bin einfach nach draußen geschlüpft und bin weggerannt. Sie kam mir hinterher.«

»Dann kann sie jeden Augenblick wieder hier sein.«

»Du meinst, wenn sie gemerkt hat, dass ich nicht in der Kirche bin? Das dauert seine Zeit. Die Kirche ist im siebten unterirdischen Stockwerk. Ich hab Pherenike schon in unserem Stock abgehängt und bin auf einem Umweg zurückgekehrt, um dich zu suchen.«

Bei der Feuerstelle stand ein steinerner Tisch, umgeben von Bänken aus Stein. »Wer sitzt darauf?«, fragte er. »Er muss eine hochgestellte Persönlichkeit sein. Ist dein Vater der Scheich?«

»Was soll das sein, ein Scheich? Wir sitzen alle auf der Bank.«

»Bei uns ist das anders. Der Boden ist mit Kelims und Kissen ausgelegt, und die bequemste Sitzgelegenheit gehört dem Familienoberhaupt. Kinder und Frauen haben nur flache Kissen, mein Vater und seine Ehrengäste haben dick gepolsterte Kissen. Rechts neben ihm sitzt der Ehrengast oder der älteste Sohn.«

»Ihr seid seltsam.«

Das Mondmädchen verzauberte ihn. Er sollte längst auf dem Weg in ein neues Versteck sein, konnte aber schwer von ihr lassen. »Ich glaube, man hat uns beobachtet. Jemand hat Layla an die Höhlenwand gemalt.«

»Wer ist Layla?«

»Meine Stute. Ich bin mir sicher, sie ist es auf dem Gemälde an der Wand.«

»Das war ich.« Sie schlug die Augen nieder.

»Du?« Er schluckte. »Du kannst so wunderbar malen?«

»Die Bilder unten in der Kirche sind schöner. Ich bin nicht annähernd so gut wie die Meister.«

»Savina, du bist unglaublich. Wenn man dein Bild sieht, denkt man, man ist im Paradies.«

»Das Pferd hat mir gefallen.«

Er schmunzelte. »Es hat dich abgeworfen.«

»Mag sein. Aber es hat mir auch aus der Hand gefressen.«

»Wie machst du das?«, fragte er. »Wie malst du?«

»Ich tu's einfach. Ich sehe etwas, und dann mische ich Farben und male es.«

»Die geschweiften Vögel, hast du sie auch gesehen?«

»Ja, in meinen Träumen.«

Geh!, warnte eine Stimme in ihm. Frage sie nach einem guten Versteck, und dann verschwinde von hier! Diesmal war es kein Mondlicht, sondern der schwache Schein der Glut, der ihre blasse Haut zum Leuchten brachte. Ihr Gesicht würde er nie mehr vergessen, das wusste er. In seinem Bauch zog etwas, wie eine Sehnsucht.

»Was schaust du mich so an?«, fragte sie.

Er wandte sich ab. »Es ist nichts.« Einen Moment schwieg er. »Ich brauche einen Ort, wo ich bleiben kann, bis es Nacht ist.«

»Korama ist reich an Verstecken. Aber dich suchen zehntausend Menschen. Das ist, als würden wir dich in einem Ameisenhaufen vor den Ameisen verstecken.«

Ihm sprang die Vorstellung vor Augen, wie er in einem Felsenwinkel aufgespürt und erstochen wurde. Er würde sich nicht einmal wehren können. »Dann muss ich Korama verlassen.«

»Es ist hell draußen! Wie willst du fortkommen?«

»Lieber sterbe ich unter der Sonne als hier unten in der Finsternis.«

Die Kälte fuhr mitten in den brütend heißen Sommer, und die Wetter lieferten sich am Himmel eine Schlacht. Kräftige Böen zwangen die Vogelbeerbäume zu Verbeugungen und rissen den Pappeln Zweige und Blätter aus dem Kleid. Das Firmament verfärbte sich grün. Wolken ballten sich zu Himmelsfestungen. Im Steppenstaub zerplatzten Regentropfen, Tausende wurden es, sie sammelten sich zu Sturzbächen und spülten durch das karge Gras. Über dem Gebirge zuckten Blitze.

Al-Qabih wehrte sich nicht mehr. Er saß mit schreckgeweiteten Augen vor Marwan auf dem Pferderücken und schnaufte schwer in den Knebel. Bei jedem Blitzschlag zuckte er zusammen und wimmerte.

Vor ihnen, noch etwa eine Reitstunde entfernt, lagen die verlassenen Pflanzungen der Christen, mit ihren Walnuss-, Pflaumen- und Birnbäumen und den Aprikosenhainen. Dort durchschnitt der Halys das Land, der längste und mächtigste Fluss Anatoliens.

Nuh sagte: »Was, wenn der Sturm ein Zeichen Allahs ist? Al-Qabih gehört zum Stamm wie wir, er ist doch unser Blutsverwandter, wenn man es genau nimmt.« Der Regen lief ihm in Strömen über das schwarze Gesicht, und sein Kraushaar klebte an der Stirn.

»Dein Blutsverwandter ist er schon mal nicht!«, stellte Marwan klar.

Nuhs Mutter war eine schwarzhäutige Sklavin aus Afrika, sie diente Marwans Vater. Der Koran duldete es, dass das Familienoberhaupt auch den Sklavinnen beiwohnte. Die Kinder einer solchen Verbindung waren freie Muslime, sie wurden nicht zu Sklaven wie ihre Mutter. Allerdings schaute man auf sie herab, weil ihre Mutter nicht arabischer Herkunft war, und Marwan versäumte keine Gelegenheit, Nuh spüren zu lassen, dass er in seinen Augen aufgrund der schwarzen Haut weniger wert war.

Nuh rollte die Augen. »Du weißt genau, was ich meine. Wenn wir al-Qabih im Halys ersäufen, habe ich die nächsten Monate jede Nacht Albträume. Steht nicht im Koran in der fünften Sure geschrieben, wenn jemand einen Menschen tötet, dann ist es, als habe er die ganze Menschheit umgebracht?«

»Das betrifft nur die Gläubigen.«

»Aber al-Qabih ist gläubig.«

»Ach ja?« Marwan beugte sich im Sattel nach vorn. »Bist du gläubig?«

Al-Qabih wimmerte.

»Siehst du«, sagte Marwan, »er ist nicht gläubig. Außerdem, was soll aus ihm werden? Stell ihn dir in zehn Jahren vor! Ein Wickelkind in Erwachsenenkleidern, das ist er dann. Ein erbärmliches Geschöpf.«

»Wir tun Haroun einen Gefallen, wenn wir ihn umbringen.« Nuh wischte sich das Wasser von der Nase. »Der Schandfleck verschwindet von seiner Familie. Das ist doch nicht, was wir wollen! Man wird vergessen, dass er diesen Krüppel gezeugt hat.«

Yusuf antwortete anstelle von Marwan. »Haroun wird alt, vergiss ihn. Arif ist die größere Gefahr.«

Marwan nickte und sagte grimmig: »Genau deshalb muss al-Qabih sterben.«

»Und wie schaden wir ihm, wenn wir al-Qabih ersäufen?«, fragte Nuh.

Marwan sah auf den Gefesselten vor sich. »Wir sagen, wir hätten die beiden heute Morgen am Fluss gesehen.«

Nuh und Yusuf wechselten mit großen Augen einen Blick. »Das heißt«, raunte Yusuf ehrfurchtsvoll, »wir stellen Arif als den Mörder seines Bruders hin?«

Marwan lächelte.

Das letzte Gebet

In der Vorratskammer türmten sich Fladenbrote auf einem Brett in Kniehöhe, daneben befand sich ein Berg von Rosinen. »Ist das alles?«, fragte er. Savina hob die Lampe höher, und die wabernden Schatten verkrochen sich in die Ecken. Jetzt konnte er die gesamte Kammer überblicken. Auf ein Tuch am Boden waren getrocknete Apfelscheiben gehäuft. Trockenfleisch hing an einer Schnur. Er sah Kürbisse, Melonen, einen Getreidesack. In der Ecke standen vier Krüge. »Was ist da drin?« Savina zeigte auf den ersten. »Traubensirup.« Ihr Finger wanderte weiter. »In Essig eingelegte Gurken. In dem ist Käse. Und darin sind Kichererbsen.« Sie sah ihn an. »Dein Plan ist zu gewagt, Arif.«

»Machst du mit oder nicht?«

»Du solltest dich lieber verstecken und warten.«

»Die geben nicht auf. Irgendwann finden sie mich.« Er öffnete den Krug mit den Essiggurken und steckte sich eine in den Mund. Dann öffnete er den Käsekrug. Er enthielt weißen, getrockneten Krümelkäse. Arif stopfte sich etwas davon in den Mund. Er nahm einige Apfelscheiben dazu und kaute, ohne herunterzuschlucken.

Savina reichte ihm ihr Tuch. »Ich muss verrückt sein. Wenn herauskommt, dass ich das getan habe ...« Sie sah ihn besorgt an. »Zieh es dir tiefer ins Gesicht.«

Er bedeckte mit dem Tuch seinen Kopf und zog es so weit über der Stirn nach unten, dass es die Nasenspitze berührte. Das Tuch kratzte ihn, es war aus schlechter Wolle. Aber es duftete betörend nach Savina.

Sie ging voran. Ihren zügigen Schritten zu folgen war nicht leicht. Er würgte an dem widerlichen Brei, der seinen Mund füllte. Ohne dass er es wollte, schluckte er, und ein Teil des Breis wanderte seine Speiseröhre hinunter.

Wenn jemand nahte, drückten sie sich in Winkel. Manchmal mussten sie eine halbe Ewigkeit mit jagendem Herzen so verharren. Sie stiegen Treppen und abschüssige Gänge hinauf. Dann endlich erblickte er das Tageslicht. Es erhellte den vor ihnen liegenden Weg. Wasser floss ihnen auf dem Felsboden entgegen, und vor dem Höhlenausgang troff Regen wie ein Vorhang herab. Die Hoffnung weitete Arifs Brust. Vielleicht schafften sie es, und er würde leben!

Savina lief schneller. Sie zerrte ihn mit sich.

Bevor sie den Ausgang erreichten, traten ihnen aus einer Seitenöffnung Männer in den Weg. Sie hielten blanke Schwertklingen vor sich, und ihre fettigen Bärte glänzten.

»Wo wollt ihr hin? Niemand verlässt Korama!«

Savina sagte: »Mein Cousin kotzt uns die Höhle voll, wir müssen nach draußen.«

Der vordere der Männer musterte Arif misstrauisch.

»Er hat verdorbenes Gemüse gegessen«, erklärte Savina.

»Keine Ausnahmen. Der Rat sucht einen Eindringling.« Ein Schwarzbärtiger näherte sich Arif. »Wie kommt's, dass dein Cousin so dunkle Haut hat? Vielleicht ist er –«

Arif beugte sich vor und spie den Brei auf den Boden, den er im Mund gehabt hatte. Er würgte Speichel hinterher und hustete, als würde gleich mehr kommen.

»Verflucht.« Sie machten Platz. »Schaff ihn raus! Und lass ihn ja nicht beim Ausgang kotzen, sonst zieht die stinkende Suppe mit dem Regenwasser rein und verpestet uns den Gang!«

Sie stützte ihn und brachte ihn hinaus. Regen prasselte auf ihre Köpfe nieder, er benetzte das Gesicht, er rann über den Nacken und den Rücken hinunter. Das Regenwasser war kalt, aber Arif hätte das Unwetter umarmen mögen.

Sie schlitterten einen glitschigen, schmalen Pfad hinab. Als sie durch eine Biegung außer Sicht kamen, blieben sie stehen. Arif sah Savina in die Augen. Sie lächelte, und auch er musste lächeln.

»Danke«, sagte er.

»Du hast noch Käse am Kinn.«

Er wischte sich mit dem Arm über das Gesicht. »Allah war bei uns.«

»Das habe ich auch gerade gedacht.«

»Wenn sich alles beruhigt hat, möchtest du dann einmal mit mir in die Steppe reiten? Layla kann uns beide tragen.«

Savina zögerte. Dann sagte sie leise: »Ja, gerne.«

»Wann werden sie die Suche abbrechen?«

»In zwei, drei Tagen vielleicht.«

»Treffen wir uns in drei Tagen, vor Sonnenaufgang, dort, wo wir uns das erste Mal gesehen haben?«

Sie strich die nassen Haare aus ihrem Gesicht. »Ich werde da sein, mein arabischer Prinz.«

»Ich bin kein Prinz.«

Savina lachte leise.

»Die Wachen werden sich wundern, dass du allein zurückkommst.«

»Lass das meine Sorge sein. Ich sag ihnen, dass du dich über und über befleckt hast und dich schämst. Du bist runter zum vergifteten Brunnen gegangen, um deine Sachen zu waschen.«

»Aber sie werden darauf warten, dass ich zurückkomme.«

»Es gibt noch andere Eingänge.« Ihre Augen verengten sich.

»Du verrätst uns doch nicht?«

»Ich hab es geschworen, Savina.«

»Ja.« Sie lächelte wieder, zaghaft. »Bis in drei Tagen.«

Er sah ihr nach, wie sie im strömenden Regen den Felshang erklomm.

Marwan machte einen Fehler. Nuh spürte es bis in die Knochen. Der kleine al-Qabih konnte nichts für seine Behinderung, und er konnte nichts für die Rivalität zwischen Marwan und Arif. Er verdiente nicht zu sterben.

Sie ritten über ein Gerstenfeld. Der Regen hatte die Ähren zu Boden gedrückt, sie steckten im Schlamm. Nuhs Pferd rutschte aus. Für einen Moment sackte das Hinterteil weg, dann fand das Pferd wieder Halt. Er sah zurück: Die Hufspur im Schlamm füllte sich mit Wasser.

Dass er das Pferd besaß, verdankte er Marwan. Bei einem Grenzscharmützel hatte er es von den Byzantinern erbeutet und ihm anschließend geschenkt. Marwan und er waren gemeinsam aufgewachsen, und immer hatte Nuh den Älteren bewundert, für den Mut, für die Fähigkeit, anderen seinen Willen aufzuzwingen und sie zu führen. Er wusste aber auch, was es hieß, ein Außenseiter zu sein. Vielleicht würde al-Qabih mehr Wörter sprechen, wenn er nicht von klein auf verspottet worden wäre. Man hielt Abstand zu ihm. Man reizte ihn und ließ ihn dann mit seinem hilflosen Zorn allein. Nuh kannte all das. Auch ihn hatten die Gleichaltrigen mit seinem Aussehen aufgezogen.

»Nuh, wasch dich mal, du bist ja ganz schwarz!«

»Ich glaube, er ist zu dicht ans Feuer gegangen – seine Haare haben sich gekräuselt.«

»Warum hast du so dicke Lippen, Nuh? Vom Küssen?«

Die Spötter lachten voller Schadenfreude über ihn, erleichtert, nicht schwarzhäutig zu sein wie er. Ob er tobte oder um ihre Gunst warb, es half alles nichts, er war ihnen fremd, und darum beargwöhnten sie ihn.

In den ersten Jahren hatte die Mutter noch versucht, ihn zu trösten: »In Afrika, wo ich herkomme, sehen alle so aus wie wir. Dort ist man stolz auf seine schöne schwarze Haut. Dort würde man über das Aussehen der Araber Witze machen.«

Dann war sie immer schweigsamer geworden, und auch er lernte, die Demütigungen still hinzunehmen.

Nur wenn er mit Marwan unterwegs war, wagte es niemand, ihn zu verspotten. Marwan wurde gefürchtet und geachtet, einen Freund Marwans zu beleidigen war gefährlich. Nuh verdankte Marwan alles, was er war.

Er zügelte den Wallach. »Marwan.«

Yusuf und Marwan hielten ihre Pferde ebenfalls an. »Was ist?«

»Du machst einen Fehler.«

Marwan wendete seinen weißen Wüstenhengst und ritt nahe an Nuh heran. Das Gesicht des kleinen al-Qabih, der vor Marwan auf dem Pferderücken saß, glänzte vor Nässe. Sein Knebel hatte sich vollgesogen, er war dunkel geworden.

»Du machst einen Fehler«, wiederholte Nuh.

Am Himmel zuckte ein Blitz. Kalt sah Marwan Nuh an. »Ich führe, du folgst. So ist es immer gewesen, und so bleibt es. Fordere dein Schicksal nicht heraus.«

»Du weißt, dass ich dich verehre, Marwan. Aber was du vorhast, ist nicht richtig.« Er zögerte noch, das Unaussprechliche zu sagen, sein Leben aufs Spiel zu setzen. Schließlich brachte er es über die Lippen: »Ich werde dich davor bewahren. Eines Tages wirst du erkennen, dass ich recht hatte.«

Marwan versetzte al-Qabih einen Stoß gegen den Hinterkopf. »Diese Missgeburt wird heute sterben«, sagte er. »Was willst du dagegen tun?«

»Ich werde sagen, dass du es warst, Marwan. Tu es nicht.«

»Du willst mich verraten?« Marwan kniff die Lippen zusammen. »Du wirst diesen Tag verfluchen, Nuh.«

»Ich muss dich aufhalten. Es ist falsch!«

»Mich aufhalten?« Marwan spie aus. »Al-Qabih wird sterben. Und du wirst nichts verraten. Denn du wirst ihn töten. Vorwärts, zum Fluss! Denke daran, dass deine Mutter eine Sklavin meines Vaters ist! Wenn du mir nicht gehorchst,

wird ihr Leben zur Hölle, das verspreche ich dir.« Er trieb
den Hengst an.

Wo Erdwälle über die Bewässerungsgräben hinwegführten,
mussten sie hintereinander reiten. Marwan verlangte, dass
Nuh vor ihm ritt, und ein Fluchtversuch war sowieso zwecklos: Marwan ritt das schnellere Pferd.

Sah er nicht, dass Nuh versuchte, ihn vor einem Unglück
zu bewahren? Marwans Wut verunsicherte ihn. Ein Freund
musste es dem anderen doch sagen dürfen, wenn er im Begriff war, einen Fehler zu machen. Ich hätte ihm nicht dro-
hen dürfen, schalt er sich.

Der rote Fluss kam in Sicht. Träge wälzten die Wassermassen
sich voran. An etlichen Stellen bildeten sich Strudel, und der
Regen malte tausendfache Ringe auf die Wasserfläche. Dieses Grab war zu groß für al-Qabih.

Als sie am Ufer ankamen, befahl Marwan: »Absitzen!«, und
sprang selbst vom Pferd. Er deutete auf Arifs Bruder und sagte: »Hebe ihn runter, Nuh.«

Er fasst ihn also nicht an, dachte Nuh, vielleicht hat er doch
Skrupel. Wenn al-Qabih um Mitleid flehte, erweichte das
womöglich Marwans Herz. Nuh hob ihn aus dem Sattel und
löste den Knebel.

»Was soll das?«, fauchte Marwan.

»Er muss sein letztes Gebet sprechen.«

»Er betet nicht, das weißt du genau!«

Al-Qabih sagte mit zitternden Lippen: »Allah, Allah, Allah.«

Yusuf prustete. »Das soll ein Gebet sein? Allah, Allah, Allah?«

Aber al-Qabih hörte nicht darauf, er klammerte sich an dieses Wort, als könnte es ihn retten. »Allah, Allah, Allah, Allah.« Dabei sah er hilfesuchend zu Marwan auf.

»Du bist schwachsinnig«, sagte Marwan. »Du verdienst nicht zu leben.« Er bückte sich nach einem Stein und reichte ihn Nuh. »Gegen die Stirn. Lass es so aussehen, als wäre er vom Fluss gegen einen Felsen geworfen worden.«

Nuh schluckte. Er sah über den Halys. Al-Qabih durfte nicht sterben und schon gar nicht von seiner Hand. Unweit des Ufers trieb ein Ast im Wasser, die knorrigen Zweige in die Luft gestreckt. Er musste sich beeilen. Er hob al-Qabih hoch und sagte: »Ach was, der ertrinkt auch so, er kann nicht schwimmen.« Damit warf er ihn in den Fluss, hin zum treibenden Holz.

»Ich hab gesagt –« Marwan machte einen Satz. Aber zu spät. Er bekam al-Qabih nicht mehr zu packen.

Der Junge klatschte ins Flusswasser, strampelte vor Angst, ruderte, paddelte, bis er das Holz zu fassen bekam. Er zog sich daran hoch und reckte mit panisch verdrehten Augen den Kopf in die Höhe. Der Fluss zog ihn mit sich, schneller, als es der Anblick der behäbigen Wogen vermuten lassen hätte.

Marwan stürmte zum Ufer hin.

»Lass ihn!«, rief Yusuf. »Der ersäuft von ganz allein. Den sehen wir nie wieder.«

Schon trieb al-Qabih bei den Maulbeerbäumen zehn Klafter weiter den Fluss hinab. Nuh sah ihm hinterher. Mehr konnte ich nicht für dich tun, dachte er, Allah sei mit dir.

Marwan sprang in den Fluss. Er schwamm al-Qabih nach. Der Junge sah es und begann, wie wild mit den Beinen im

Wasser zu rudern. Nach einigem Herumplanschen fand er zu einer Froschbeinbewegung, die ihn in Richtung der Flussmitte brachte.

Zwar folgte ihm Marwan ausdauernd, aber der Abstand zwischen ihnen nahm kaum ab. Der Halys trieb sie unterdessen weiter und weiter. Marwan brüllte: »Lass dich nie wieder blicken! Sonst dreh ich dir den Hals um!« Er gab die Verfolgung auf und schwamm an Land.

Der Regen ließ nach. Yusuf sagte kein Wort zu Nuh, während sie auf Marwan warteten. Nuh saß ein flaues Gefühl in der Magengegend. Es würde sicher Wochen dauern, ehe ihm Marwan seinen Ungehorsam verziehen hatte.

Triefend nass kam der künftige Anführer der Zakariyyas unter den Maulbeerbäumen hervor. Er trat zu seinem Wüstenhengst und band das Schwert vom Sattel los, zog es aus der Scheide. Er richtete die Klinge auf Nuh. »Zieh deine Sandalen aus.«

Nuh gehorchte.

»Jetzt wirf sie in den Fluss.«

»Ich …«

Marwan setzte ihm die Schwertspitze an den Bauch. »Tu, was ich dir sage.«

Nuhs Knie wurden weich. Bemüht, sich so wenig wie möglich dabei zu bewegen, ließ er die Sandalen in den Halys fallen.

»Ich habe dich gefördert«, sagte Marwan. »Ich habe dir Ansehen verschafft und dich in den Kreis meiner engsten Vertrauten aufgenommen. Das war ein Fehler. In Zukunft sind wir Feinde.« Er steckte das Schwert zurück in die Scheide und befestigte es wieder am Sattel seines Hengstes. Dann nahm er die Züge von Nuhs Wallach auf.

»Mein Pferd«, sagte Nuh, »wie soll ich …«

»Diesen Wallach habe *ich* den Byzantinern abgenommen, er gehört dir nicht. Sieh zu, wie du zum Lager zurückkommst. Von mir aus sollen dich die Wölfe zerreißen.« Marwan sprang in den Sattel seines Hengstes, ließ ihn antraben und zog den Wallach am Zügel hinter sich her. »Wir brechen auf, Yusuf.«

Der Gesandte des Kalifen

Arif brachte Layla in die Pferdekoppel und kratzte ihr mit einem Eisenhaken die kleinen Steine aus den Hufen. Er fror vor lauter Erschöpfung. Layla stand unruhig, er musste sie mit einem scharfen Ruf ermahnen. Als er fertig war, gab er ihr einen Schlag auf die Kruppe. »Du bist frei.« Ohne Umschweife trottete sie zur Tränke.

Der Wind hatte sein Hemd schon beinahe wieder getrocknet, nur ein wenig klamm war es noch. Er verließ die Koppel und passierte die ersten schwarzen Zelte. Würde Vater gleich bemerken, dass das Schwert fehlte? Es war früher Nachmittag, vielleicht war er mit der Gepardin auf der Jagd nach Gazellen und wilden Eseln. Oder er ritt mit einigen Kriegern zu den vergifteten Brunnen, um Leichen zu suchen.

Verwirrt blieb Arif stehen. Es herrschte eine seltsame, angespannte Ruhe im Lager. Warum saßen keine Männer vor ihren Zelten? Warum hörte er keine Kinder streiten? Zögerlich ging er weiter. Beim Zelt seiner Familie standen viele Männer. War Mutter etwas zugestoßen? War Vater verletzt von der Jagd heimgekehrt, hatte ein wildes Tier ihn angefallen?

Ein mächtiges schwarzes Pferd war vor dem Zelt angebunden. Das rote Zaumzeug verzierten Goldplättchen, und am Sattel hingen mit Silberfäden durchwirkte Kordeln. Neben dem Rappen standen drei weitere Pferde, allesamt Tiere aus bester Zucht, die Nüstern groß, die Nasenrücken schmal.

Hoher Besuch. Arif überlegte kurz, ob er sich zurückziehen sollte und lieber noch Layla trockenrieb und sich bis zum Abend vom elterlichen Zelt fernhielt. Aber die Männer hatten ihn schon bemerkt. Wenn er jetzt ging, anstatt sein Privileg zu nutzen und als Sohn Harouns das Zelt zu betreten – jeder der Männer hier wünschte sich sehnlich, an seinem Platz zu sein und der Beratung mit den hohen Besuchern beiwohnen zu dürfen –, dann würde das ein schlechtes Licht auf die Familie werfen. Man würde Fragen stellen.

Also straffte er seine Haltung und trat auf den Zelteingang zu. Die Männer machten ihm Platz. Sie unterhielten sich leise.

Er schlug die Zeltplane zurück und trat ein. Der Gesandte des Kalifen!, durchzuckte es ihn. Deshalb der Menschenandrang. Deshalb das Raunen da draußen. Arif bemühte sich, keine Miene zu verziehen.

Der Gesandte saß dem Eingang gegenüber auf mehreren Kissen. Sein Gesicht war von der Sonne tiefbraun gebrannt, man sah sofort, er war ein weitgereister Mann. Die Nase besaß breite Flügel, und an den Ohren hingen goldene Ringe.

Neben dem Gesandten saßen der Vater und der Scheich. Obwohl der Scheich als der Ranghöchste des Stammes galt, war der Gesandte bei ihnen zu Gast. Es zeigte, welche Bedeutung Haroun für den Kalifen hatte.

Ringsum saßen die Begleiter des Gesandten. Sie wandten sich nach ihm um, und Haroun sagte mit einem Lächeln:

»Das ist Arif, mein Sohn.« Er winkte ihn näher. »Nimm Platz bei uns.«

Arif zog die Sandalen aus und setzte sich auf ein flaches Kissen. Er sagte in alle Richtungen: »Al-salam alaykum.« Dazu nickte er den Männern zu. »Al-salam alaykum.«

Sie erwiderten den Gruß.

Vater fragte: »Hattest du Erfolg?«

»Die Christen bauen immer noch Gemüse an. Ich habe ihre Gärten gefunden.«

»Seht ihr!« Der Vater schlug sich mit der Faust in die linke Hand. »Sie sind da. Habe ich es nicht gesagt? Zehntausend Menschen verschwinden nicht einfach.«

Der Gesandte schüttelte den Kopf. »Es bleibt dabei, Haroun. Der Kalif will dich und deine Krieger im Dhu l-Qa'da, dem elften Monat, an der Festung Saniana haben. Dort führt er euch mit zwei anderen Stämmen zusammen.«

»Bis zum Dhu l-Qa'da sind es nur noch vier Wochen«, sagte Vater.

»Deshalb bin ich hier. Ihr solltet allmählich aufbrechen.«

Die Mutter kam hinter dem Vorhang hervor, hinter den sie sich zurückziehen musste, wenn männliche Gäste im Zelt waren. Arif hatte gehört, dass es bei Muslimen, die in Kufa und Basra im Irak richtige Häuser bewohnten, dafür sogar abgetrennte Räume gab, Harem genannt. Der Gesandte fand Vaters Zelt vielleicht gar nicht so stattlich, wie es ihnen hier erschien. Er kannte Kufa und Basra und Damaskus! Und er war dennoch zu ihnen in die Steppe gekommen.

Die Mutter legte ein Tuch auf den Boden und brachte ein

Tablett mit dampfenden Schüsseln, das sie darauf abstellte. Neben das Tablett legte sie Fladenbrote. Die Gäste rückten näher und setzten sich mit untergeschlagenen Beinen um das Tuch herum.

Arif knurrte der Magen. Gierig aß er von der süßen Dattelspeise, mit der das Mahl begann. Sie klebte an den Zähnen und schmeckte köstlich. Als Nächstes gab es *tharid*, die Leibspeise des Propheten Mohammed: kleine Fleischstückchen, in Brühe gekocht und mit getrocknetem Brot bestreut.

Um sich nicht zu beflecken, schlugen sich die Gäste jeder einen Zipfel des Tuchs über die Beine. Sie nahmen ein Fladenbrot, brachen Stücke daraus und tunkten sie in die dampfenden Schüsseln ein, je nachdem, was ihnen schmeckte. Mit Messern spießten sie Fleischstücke auf. Arif bevorzugte die Schale mit dem Hammelfleisch und die gerösteten Wachtelschenkel.

»Wir werden zur Festung kommen«, sagte Vater, während er kaute. »Aber zuerst müssen wir die Christen ausfindig machen und herausfinden, wo sie ihr Gold verbergen. Das kann nicht mehr lange dauern. Gib uns ein paar Tage, damit wir die Beute abtransportieren können.«

Der Gesandte sagte: »Ich habe dir den Wunsch des Kalifen vorgetragen. Du wirst ihm sicher Folge leisten.«

»Und hier vorschnell abreisen? Nein. Aber ich werde reiche Beute machen, der Kalif wird sich über seinen Anteil freuen. Anschließend kommen wir zur Festung.«

»Du weigerst dich also.« Der Gesandte legte das Fladenbrot weg, das er in den Händen gehalten hatte.

»Der Kalif ist nicht unser militärischer Führer«, sagte der Scheich ruhig.

»So ist es.« Vater legte ebenfalls sein Brot nieder. »Die Stämme entscheiden selbst, wo sie angreifen. Der Kalif baut Handelsrouten und errichtet Brücken, er sendet Steuereintreiber aus und deckt mit seinen Spionen die Korruption auf. Das ist sein Amt.«

»Der Kalif«, donnerte der Gesandte, »ist der Nachfolger Mohammeds, des Gottesboten! Jeder Muslim ist verpflichtet, ihm zu folgen!«

Stille drückte sich in das Zelt. Arif wagte kaum zu atmen. Die Mutter legte Löffel hin und brachte Fruchtsalat aus kleingeschnittenen Mangos, Wassermelonen, Granatapfelkernen und Bananen, mit Zuckerrohr und Tamarinden. Sie sah Arif eindringlich an.

Was wollte sie von ihm? Sollte er noch einmal von den Gärten der Christen erzählen, um dem Vater Rückendeckung zu geben? Aber das würde die Lage weiter zuspitzen. Besser, er brachte das Gespräch auf ein anderes Terrain. Er wandte sich an den Gesandten: »Darf ich dir eine Frage stellen?«

»Natürlich.«

»Du lebst in Damaskus, nicht wahr? Wie ist es dort?«

Der Gesandte lächelte nachsichtig, als habe er Arifs Ziel durchschaut. Er sagte: »Damaskus ist reich an Wasser. Wohin man auch sieht, gibt es Gärten und Felder und reife Früchte. In den Höfen der Wohlhabenden sprudeln Springbrunnen. Baldachine spenden Schatten, an verzierten Gittern ranken sich Pflanzen empor. Es gibt große Moscheen und Badehäuser. Täglich bringen Karawanen Güter aus aller Welt.«

»Was für Güter?«

»Indigo zum Beispiel, eine Pflanze aus Indien, von der man blauen Farbstoff gewinnt. Seide aus Basra, Feigen aus Hulwan, Spiegel und Pinienkerne aus Jerusalem. Von Amman bringen sie Honig und Getreide, von Tiberias Teppiche. Aus Syrien kommen Kupferschalen. Aus der Jazira bringen sie Ketten und Pferde.«

»Und was nehmen sie mit von Damaskus?«

»Sie reisen natürlich vollbeladen wieder ab. Aus Damaskus bringen sie frischgepresstes Olivenöl in ihre Heimat und Nüsse und Brokatstoff und Veilchenöl.«

Die Mutter reichte dem Gesandten einen Becher Wasser, anschließend dem Scheich und Haroun, dann allen anderen, zum Schluss Arif. Sie nickte ihm dankbar zu. Offenbar war sie dem Gespräch genau gefolgt.

Die Männer tranken ihre Becher in einem Zug aus.

»Ich danke dir für deine Antwort«, sagte Arif. Auch der Vater sah ihn freundlich an. Heute war er wohl rundum zufrieden mit seinem Sohn. Arif fühlte sein Herz weit werden vor Glück. »Darf ich etwas Weiteres fragen, oder halte ich die Beratungen damit auf?«

»Nur zu«, sagte der Gesandte.

»Warum sind wir mit den Christen so schlimm verfeindet?«

»Das erklärt am besten euer gelehrter Scheich. Wie ich hörte, trägt er den Ehrennamen al-Hafiz.«

Der Scheich war schmal gebaut, über seinen Augen standen Brauen im langgezogenen Gesicht wie grauweißes Gestrüpp. Er strich sich über das Gewand und sah in die Ferne, als müsse er nachdenken. Dann sagte er: »Die Welt zerfällt für uns Muslime in zwei Bereiche. Da ist die Wohnung des Islam, auch dar al-Islam genannt, also die Wohnung der Unterordnung unter Allah. Und es gibt die Wohnung des Krieges, die dar al-harb. Überall dort, wo der Islam die tonangebende Kraft ist, darf Frieden sein. Im Rest der Welt herrscht für uns Krieg.«

»Aber das stimmt doch gar nicht.« Arif gab der Mutter mit einer Handbewegung zu verstehen, dass er kein weiteres Wasser haben wollte. »Schließen wir nicht immer wieder Bündnisse mit Völkern, die nicht dem Islam angehören?«

»Das geschieht allein, weil es uns nützlich ist.«

»Und warum schließen wir dann nicht Frieden mit den Christen?«

Der Vater zog ärgerlich die Stirn in Falten. »Sei nicht so dumm, Arif! Christen sind faul und dreckig. Sie sind unbeschnitten, sie waschen sich nicht, und sie essen Schweinefleisch. Mit solchen Barbaren schließen wir keinen Frieden!«

Der Gesandte sagte: »Die Christen behaupten, Jesus sei Gottes Sohn. Sie reden von einer Dreieinigkeit. Das ist Polytheismus, Vielgötterei. Die schlimmste aller Sünden. In der vierten Sure des Korans sagt Mohammed: ›Glaube an Gott und seine Apostel und sage nicht: drei. Das wäre besser für dich. Es gibt nur einen Gott. Gott verhüte, dass er einen Sohn habe!‹«

Arif schwirrte der Kopf. Konnte das stimmen? »Der, den wir Isa nennen, das ist doch derselbe Jesus, an den die Christen glauben, oder nicht?«

»Selbstverständlich gab es Jesus«, sagte einer der Begleiter des Gesandten, ein einäugiger, stiernackiger Mann. »Jesus war ein bewundernswerter Mann, ein großer Prophet. Aber der Koran sagt, dass er nicht gekreuzigt wurde. Die Religion der Christen ist Blasphemie.«

Der Scheich wiegte den Kopf. »Es ist nicht ausgeschlossen, dass wir mit den Christen Frieden schließen. Keineswegs. Sie müssten sich dem Islam unterwerfen, das heißt, sie müssten die Kopfsteuer bezahlen.«

»Warum tun sie das nicht?«

»Das byzantinische Kaiserreich ist stolz«, sagte der Scheich. »Und die Kopfsteuer zu überbringen ist eine Demütigung. Jeder Mann muss sie einmal im Jahr dem Aufseher auszahlen. Der schlägt ihm bei diesem Ritual gegen das Genick und sagt: ›Bezahle die Kopfsteuer, Ungläubiger!‹ Daraufhin muss man ihm das Geld unter Verbeugungen überreichen. Dieser Demütigung wollen sich die Christen nicht aussetzen.«

»Ach was!«, rief Vater. »Sie wollen ihr Land behalten und ihre Güter. Das ist der wahre Grund für ihren Widerstand. Es geht um Besitz, um Reichtum!«

Arif dachte an den Garten, den er gefunden hatte, mit den Gurken und den Melonen und den Kichererbsenpflanzen. Bisher war es ihm selbstverständlich gewesen, dass sie bei den Überfällen mitnahmen, was sie transportieren konnten,

Vieh, Silber und Gold, Kleider und Nahrungsmittel. Er hatte nichts daran gefunden, dass ihre Tiere in den Gärten der Überfallenen grasten. Aber die Tiere fraßen und zertrampelten alles. Wie fühlten sich wohl die Beraubten, die diese Gärten und Felder angelegt hatten, wenn sie die Zerstörung sahen? Wie fühlten sie sich, während ihnen die Ziegen weggenommen wurden und die Kleider? »Ist das nicht verständlich?«, fragte er, »dass sie ihr Eigentum behalten wollen?«

»Sie sind unwürdig!« Der Vater winkte ab. »Allah hat sie verstoßen.«

Lächelte der Scheich? Es war nur zu erahnen, aber seine Mundwinkel schienen sich zu kräuseln. Es sah so aus, als sei er stolz auf Arif.

Öllampen tauchten die Kirche im siebten Untergeschoss Koramas in ein mystisches Licht. Es war Sonntagmorgen, Hunderte sangen im Kirchenschiff und in den angrenzenden Gängen von Befreiung und baten Gott, sie aus der Not zu retten. Savina sang nicht mit. Sie dachte an Arif.

Auf der Flucht nach draußen hatten sie in den lichtlosen Winkeln dicht beieinandergestanden, sie hatte seinen Körper gespürt und ihn gerochen, Haut, Haare. Er duftete anders als die Männer in Korama, nicht nach Rauch und Taubenmist. Arifs Geruch war fremd, er erinnerte an Pferde, an Olivenöl.

Wie er sie angesehen hatte! Sein Blick war ihr durch und durch gegangen. Seitdem konnte sie an nichts anderes mehr denken. In ihrem Bauch tanzten Farben. Es war gefährlich, dass sie sich mit dem jungen Araber traf. Konnte sie ihm wirklich vertrauen?

Sie betrachtete die Kirchenwände. Wundervolle leuchtende Malereien in Lapislazuli, Grün, Rot und Braun zeigten Engel und Szenen aus der Bibel, von Meisterhand gefertigt. Die Menschengesichter auf den Gemälden hatten große Augen, ihre Gesichter zeigten Erstaunen. Sie waren mit der unsichtbaren Welt Gottes in Berührung gekommen. Da war Lazarus, noch in die Grabgewänder gehüllt. Jesus Christus hatte ihn gerufen. Daraufhin war der Tote wieder lebendig geworden und aus seiner dunklen Grabhöhle herausgetreten.

Genau das war Korama: ein riesiges Grab. Wann befreite Gott sie endlich, wann durften sie wieder ans Licht und leben? Wie sie die Sonne und den Himmel vermisste! Sie war eine Malerin, sie brauchte die Farben, den Wind und Bäume, Gras und Tiere.

Ein anderes Gemälde zeigte den Heiligen Georg, der auf seinem Pferd an den Drachen heranpreschte und eine Lanze in den Bestienkörper versenkte. Er erinnerte sie an Arif. Gleich kribbelte es wieder in ihrem Bauch. Niemand durfte von dieser Freundschaft erfahren. Sein Volk war es, das sie in die Höhlen gezwungen hatte, jeder hier im Raum wäre bereit, Arif deswegen zu töten.

Der Priester verlas einen Text aus der Bibel. »Ich lese den Beginn des ersten Petrusbriefs«, sagte er. »Petrus, ein Apostel Jesu Christi, den erwählten Fremdlingen hin und her in Pontus, Galatien, Kappadokien, Asien und Bithynien, nach der Vorsehung Gottes, des Vaters, durch die Heiligung des

Geistes, zum Gehorsam und zur Besprengung mit dem Blut Jesu Christi: Gott gebe euch viel Gnade und Frieden!«« Er nahm die Hände vom Lesepult. »Frieden! Petrus hat damals an Kappadokien geschrieben, an unser Land, und der Friede, den er uns gewünscht hat, wird uns zuteil werden, genauso, wie wir die Vergebung aller Schuld durch Jesus Christus erhalten haben.« Er segnete die Versammelten, und sie antworteten mit Gesang.

Nach dem Gottesdienst trat Savina nahe an das Gemälde des Heiligen Georg heran und besah die einzelnen Striche, die das Bild ausmachten. Sie suchte sich einen Strich aus, einen Teil des Pferdehalses, und stellte sich vor, wie das Bild ohne den Strich ausgesehen hätte. Wie gut er es doch ergänzte!

In zwei Tagen ritt sie mit Arif, dem Wüstenprinzen, auf Layla hinaus in die Ebene. Die frische Nachtluft würde ihr ins Gesicht wehen, und sie würde seinen Bauch umschlingen, um sich festzuhalten.

»Heute hat es dir der Heilige Georg angetan?«

Savina fuhr zusammen. Jonathan, ausgerechnet! Sie drehte sich zu ihm um. »Schleich dich nicht so an.«

»Anschleichen, ich?« Er lachte. »Erstens steh ich schon eine ganze Weile hier, und zweitens ist es so laut, dass nicht mal ein vollgefressener Braunbär schleichen müsste.«

Erst jetzt nahm Savina wieder das Reden der Menschen wahr. Sie sah ihren Vater, umringt von den Eltern seiner Schüler, die mit ihm über ihre Kinder reden wollten. Sogar Pherenike debattierte mit einer Nachbarin, indem sie mühevoll Handzeichen machte und dabei Laute ausstieß.

Hoffentlich sah Jon ihr die sehnsüchtigen Gedanken nicht an. »Ich wünschte«, sagte sie, »ich könnte bei diesem Meister lernen, wie man aus vielen kleinen Strichen ein Bild zusammenfügt.«

»Das kannst du doch längst.«

»Die ganze Aufregung wegen dieses Schwerts, man kommt kaum zur Ruhe. Den Spion haben sie immer noch nicht gefangen, oder?«

»Wahrscheinlich hat er Korama schon verlassen.«

»Wenn es überhaupt einen Spion gab. Ich glaube, wir hatten Glück, und einer der Araber hat sein Schwert ausgerechnet vor unserem Lüftungsschacht verloren, ohne zu wissen, dass er uns so nahe gekommen war.«

Jon rollte die Augen. »Welcher Krieger verliert sein Schwert? Das ist doch Unsinn. Eine Brosche kann runterfallen oder eine Münze, aber kein Schwert!«

»In Konstantinopel ist das Leben besser, oder? Die hohen Mauern, die das Volk schützen, und auf den Türmen Bewaffnete. So wird jeder Ansturm zurückgewiesen. Man muss sich nicht fürchten.« Das würde ihn ablenken. Männer schätzten es, wenn sich eine Frau schwach zeigte und sie ihr Mut zusprechen konnten.

»Konstantinopel ist groß«, erwiderte er. »Aber völlige Sicherheit gibt es nirgendwo. Die Araber haben uns genauso belagert, vor elf Jahren.«

»Da war ich vier. Wie alt du schon bist!«

»Alt und erfahren. Wer erst mal dreiundzwanzig ist, dem macht keiner mehr etwas vor.« Er grinste.

»Ihr habt sie abgewehrt, richtig?«

Jon schüttelte den Kopf. »Drei Jahre lang wurden wir vom feindlichen Heer belagert. Du jammerst wegen einer schlaflosen Nacht? Damals haben wir Hunderte Nächte gezittert. Der ständige Beschuss, und im Mondschein haben wir eilig die Mauern instand gesetzt ... Eine furchtbare Zeit war das. Oft genug hab ich die Nächte auf einem Wachturm verbracht und hab gefroren vor Hunger und Müdigkeit.«

»Du durftest schon Wache schieben?«

»Mit zwölf? Natürlich! Jeder Mann wurde gebraucht.«

»Ein zwölfjähriger Mann. Dass ich nicht lache.« Wie sie sich nach dem Wüstenjungen sehnte! Sie sah ihn vor sich, sein bronzefarbenes Gesicht, den suchenden Blick, das Lächeln, wenn sie mit ihm sprach. »Ich wünschte, wir hätten Wachtürme.«

»Ihr habt das Gebirge, das euch schützt. Und für Konstantinopel sind auch nicht die Türme das Entscheidende, sondern das Meer.«

Sie stutzte. »Das Meer beschützt euch?« Sie war noch nie am Meer gewesen. Einmal in ihrem Leben wollte sie es sehen, das blaue, bewegte Wasser bis zum Horizont. Welche Farbgewalt das haben musste!

»Konstantinopel liegt auf einer Landzunge. Zur rechten Flanke wird es vom Marmarameer umspült, zur linken vom Wasser des Goldenen Horns.«

»Und auf der Landseite habt ihr eine Mauer?«

»Ja, den mächtigen Theodosianischen Wall. Fünftausendsiebenhundert Schritt ist er lang, und er wird von sechsundneunzig Türmen bewacht. Aber das Meer ist unser wichtigster Schutz.«

»Ach«, sagte sie. Jonathan redete weiter, er hatte sich warmgeplaudert, aber sie hörte nicht mehr hin. Was machte Arif wohl gerade? Führte er Layla zur Tränke? Ging er zur Jagd? Wie belog er seine Familie, wenn sie ihn nach den Ausritten fragte? Vielleicht dachte er gerade in diesem Augenblick an sie. Der Gedanke wärmte sie von innen, sie bekam kaum noch Luft vor Freude.

Wolfsbeute

Gierig leckte der Wolf das Blut von den Steinen, den Vorgeschmack der Beute, die er in Kürze verschlingen würde. Er sah Nuh aus gelben Augen an. Nuh hob drohend das Schwert, aber der Wolf zuckte nicht einmal, er stand still da, als warte er darauf, dass Nuh sich ergab.

Nuh sah sich mit brennenden Augen um. Rings um die Hügelkuppe, auf die er hinaufgeklettert war, fegte der Wind über die Steppe, er trieb den Staub in Schwaden vor sich her. Trockene Halme wurden mitgerissen, Ziegenhaar, Wacholderblätter. Die Pfützen waren längst vertrocknet.

Der Wolf war allein. Sicher würde er mit ihm fertigwerden. Nur schlafen durfte er nicht, er musste das Tier im Blick behalten.

Um seine blutenden Füße zu untersuchen, setzte sich Nuh auf einen Felsbrocken. Er packte den rechten Fuß und hob ihn sich vor das Gesicht. Der Schnitt im Ballen war tief. Schmutz war in die Wunde eingedrungen. Am linken Fuß waren zwei Blasen aufgeplatzt, sie bluteten ebenfalls.

Der Wolf hob den Kopf und heulte. Die langgezogenen Töne hallten weit, wilde Kraft sprach aus dem Ruf. Er sah ihn wieder an mit seinen gelben Augen, ein hungriger, unerbittlicher Blick.

Von fern kam ein Heulen zur Antwort. Dann ein weiteres. Der Wolf hatte sein Rudel gerufen. Er sammelte die Gefährten zur Jagd – zur Jagd auf ihn.

Ist das der Lohn, Allah?, betete er. Weil ich einen Mord verhindern wollte, soll ich hier sterben? Er wusste, wie die Jagd ablaufen würde. Solange er noch in der Lage war, sich mit dem Schwert zu verteidigen, schnappten sie nur nach seinen Waden. Sie würden ihm keine Ruhe gönnen, ihn treiben, bis er müde wurde. Dann würden sie ihn verletzen, um ihn weiter zu schwächen, von allen Seiten würden sie nach ihm beißen, vor allem würden sie versuchen, ihm die Sehnen zu durchtrennen, damit er nicht mehr laufen konnte. War er ermattet genug, beendete ein Biss in die Kehle seine Flucht.

»Unterschätze mich bloß nicht«, sagte er zum Wolf. »Ich bin aus Afrika. Wir Afrikaner sind ausdauernd.« Er stand auf. Mühsam humpelte er den Hang hinunter. Bei jedem Schritt stach es an den Fußsohlen. Der Wolf folgte ihm.

Seit der Gesandte des Kalifen im frühen Morgengrauen aufgebrochen war und das Frühstück – zerstückelte hartgekochte Eier, Käse und schwarze Oliven – verschmäht hatte, sprach Haroun kein Wort mehr. Der Gesandte hatte ihn unhöflich behandelt und zeigte damit, dass er mit seinem Besuch unzufrieden war. Der Kalif erwartete den Stamm an der Festung Saniana, es gab kein Verhandeln.

Arif sah zum Himmel. Der Wind blies Nebelpferde auf, ließ sie steigen und schnauben am Firmament. Vater saß vor dem

Zelt und schliff die Schneidekanten seines Schwerts. Die Gepardin hatte sich, soweit die Kette es zuließ, entfernt. Sie mochte das Geräusch nicht; jedes Mal, wenn der Schleifstein den Stahl wetzte, bleckte sie die Zähne.

Vater hatte sich mit seinen Rüstungsteilen umgeben: dem Panzerhemd, dem halbkugelförmigen Eisenhelm, dem Schild und dem Wurfspeer, Bogen und Pfeilen, Messern und dem Schwert. Er sagte:»Bring mir deine Waffe. Wenn ich hiermit fertig bin, schleife ich sie auch. Diesmal kommst du mit. Wir brauchen in dieser Schlacht jeden Mann.«

Der gefürchtete Augenblick hatte irgendwann kommen müssen.»Mein Schwert ist in den Gärten der Christen«, sagte Arif.»Ich hab es im Dunkeln verloren.«

Der Vater hielt beim Schleifen inne. Er sah starr vor sich auf den Boden.»Wenn so was im Kampf passiert, sage ich nichts. Aber ohne Anlass? Wie konntest du dein Schwert liegenlassen?«

»Die Felsenhäuser sind ein Labyrinth. Ich musste durch schmale Löcher kriechen, da hab ich es abgeschnallt.«

»Und hast es vergessen? Das ist ein indisches Schwert, von Meisterhand geschmiedet! Du wirst es suchen gehen, Arif.«

»Ja, Vater.«

»Am besten reiten wir gemeinsam hin. Ich will diese Gärten sehen.«

Ihm schlug das Herz bis zum Hals.»Glaubst du mir nicht, dass es sie gibt?«

»Natürlich glaube ich dir. Ich will die Spuren lesen. Die

Ungläubigen bauen dort Gemüse an, also müssen sie auch irgendwie von ihrem Versteck dahin gelangen.«

Savina läuft draußen herum, dachte er. Wenn Vater ihre Spur findet und ihr folgt! Schlimmer noch, wenn wir ihr begegnen! Vater würde sie, ohne zu zögern, töten. »Wo ist al-Qabih?«, fragte er.

Vater sagte nichts.

»Er war heute Nacht nicht im Zelt. Das hat er noch nie gemacht, selbst wenn er weggelaufen ist, am Abend war er immer wieder da.«

»Mag sein.«

»Ich mache mir Sorgen um ihn.«

»Der kümmert sich schon um sich selbst.«

»Eben nicht. Er ist schwach und braucht uns.«

Der Vater sah hoch. In seinem Blick lag Kälte. »Manchmal frage ich mich, ob du überhaupt in ein Lager von Kriegern passt.«

Es war, als hätte er Arif einen Hieb in die Magengrube versetzt. »Warum?«, fragte er. »Weil ich das Schwert verloren habe? Oder weil ich gestern gesagt habe, dass die Christen gern ihr Eigentum behalten würden?«

»Du weißt es selbst, Arif.« Er schliff die Klinge mit gleichmäßigen Bewegungen und brachte den Stahl zum Singen. »Wir müssen uns damit abfinden. Du bist nicht Utman, und du wirst es auch nicht werden.«

Er wollte den Vater ansehen. Er konnte es nicht. »Aber ein Krieger – denkst du, ich werde kein Krieger?«

Haroun schwieg.

Wortlos wandte sich Arif ab und ging an der Gepardin vorüber. Er bekam keine Luft mehr, wollte nur fort von hier. Tränen stiegen ihm in die Augen. Er wischte sie eilig fort, aber es kamen neue nach. Er wollte nicht weinen, Memmen weinten, Feiglinge. Nichts wollte er mehr, als ein Krieger zu sein. Er wollte kämpfen und für seinen Mut vom Vater anerkannt werden. Es brannte in seinem Inneren.

Endlich trocknete die Haut in seinem Gesicht. Sie spannte sich dabei, der Wind blies darauf und gab ihm das Gefühl, die Haut sei aus Leder. Arif krallte die Fingernägel in die Handflächen und schwor sich: Ich werde nie wieder weinen. Er würde hart werden, ein Krieger werden. Er würde es dem Vater beweisen.

Es stimmte ja, er hatte jedes Mal Magengrimmen, wenn es in die Schlacht gehen sollte. Und er mochte die derbe Art der Gleichaltrigen nicht, ihre Raufereien, ihren Spott, ihre Wettkämpfe. Aber er konnte ein Krieger werden, er besaß Mut, er brauchte nur jemanden, der an ihn glaubte, er brauchte Vaters Liebe.

Hundegebell riss ihn aus seinen Gedanken. Da waren Marwan und Yusuf, eine kläffende Hundemeute umgab sie. Die beiden lachten. Sie hielten Lederbeutel hoch über ihre Köpfe. »Jetzt du«, sagte Marwan.

Yusuf holte ein blutiges Stück Gedärm aus seinem Beutel und warf es in hohem Bogen in die Meute. Die Hunde kämpften darum. »Siehst du das«, sagte er, »der Magere hat Kraft, er schnappt es den anderen weg.«

»Ja, ich seh's.« Marwans Hände waren wie die von Yusuf

blutverschmiert. »He, Arif«, rief er, »warst du das gestern mit al-Qabih am Halys?«

»Nein. Mein Bruder war am Fluss?«

»Ich wusste gar nicht, dass der kleine Krüppel schwimmen kann.« Marwan grinste.

»Kann er nicht. Bist du dir sicher, dass er es war? Er kann unmöglich bis zum Halys gelaufen sein!«

»Du hast ihn ja mitgenommen, oder nicht?«

Arif erstarrte. Marwans Gesichtsausdruck … »Ihr verfluchten Hundesöhne!« Er rannte zum Zelt und holte Wasserschlauch, Sattel und Zaumzeug. Vater fragte, was los sei, aber Arif hielt sich nicht mit Erklärungen auf, er stürmte zur Pferdekoppel, sattelte Layla, saß auf. Er gab ihr die Fersen, mitten in der Koppel. Layla galoppierte auf die Umzäunung zu, sprang, flog darüber hinweg. In donnerndem Galopp jagten sie auf die Steppe hinaus.

Vor Arifs innerem Auge spielten sich Erlebnisse ab, die er mit seinem Bruder geteilt hatte. Wie er als kleiner Junge versucht hatte, al-Qabih durch ausdauerndes Kitzeln abzuhärten, und am Ende hatten sie sich lachend in den Armen gelegen. Wie sie einige Jahre später in Fässern über einen kleinen See im Jemen gepaddelt waren und sich mit den Ruderstöcken gegenseitig nassgespritzt hatten. Wie er al-Qabih beim Spielen von giftigen Schlangen erzählt hatte, und der Bruder war daraufhin stocksteif stehen geblieben und wollte keinen Schritt mehr durchs Gras machen, aus Angst, eine dösende Schlange aufzuschrecken.

Er war verantwortlich für seinen Bruder. Was hatten sie mit

ihm angestellt? Lag er gefesselt am Ufer des Halys und schrie sich heiser? Oder hatten sie ihn ausgesetzt und er suchte verzweifelt einen Weg nach Hause?

Niemand würde ihnen etwas nachweisen können. Trotzdem, dachte er voller Zorn, sie werden büßen für die Qualen, die sie al-Qabih zugefügt haben, dafür sorge ich. Auch ein Marwan konnte nicht ungestraft Menschen drangsalieren.

Layla begann zu keuchen. Schweiß flockte von ihrem Fell. Er ließ sie in Trab fallen und schließlich in Schritt. So gingen sie, bis sich die Stute erholt hatte. Dann ließ er sie wieder antraben.

Die Ebene war weit. Al-Qabih wusste nicht, dass die Sonne im Osten aufging und im Westen unterging, und auch nicht, wo sich ihr Lager befand. Er würde sich fürchterlich verlaufen. Wie fand man einen verlorenen Bruder in dieser Endlosigkeit?

Nuh hob einen Stein auf und schleuderte ihn nach den Wölfen. Der Wurf geriet zu weit. »Haut ab!« Er schleppte sich weiter. Erneut kamen sie angesprungen, umkreisten ihn und schnappten nach seinen Beinen. Er schlug mit dem Schwert um sich. Leichtfüßig wichen die Wölfe aus.

Ich will nicht sterben, dachte er. Die Arme erlahmten ihm, das Schwert wog schwer. Ihm tanzten Sterne vor den Augen, und die Zunge klebte am ausgetrockneten Gaumen. Er blinzelte.

Am Himmel kreisten Geier und wartcten auf die Beute. Das

Ende war unausweichlich. Zuerst würden die Wölfe sein Fleisch zerreißen, dann hackten die Geier die Reste von den Knochen. Hier, mitten in der Einöde, erlosch sein Leben.

Mit einem letzten Aufbäumen schrie er die Wölfe an, schlug nach ihnen, taumelte. Er fiel. Er meinte, einen Ruf zu hören und Hufgetrappel. Ein großer Schatten bäumte sich über ihm auf, er hörte ein Pferd wiehern. Das Tier schlug mit den Hufen nach den Wölfen, es zerschmetterte einem den Schädel. Jemand sprang aus dem Sattel und verjagte die Wölfe mit Schwerthieben. Stumm flohen sie.

Nuh wischte sich Schweiß und Blut aus dem Gesicht. Er richtete sich auf. Arif! »Wie hast du mich gefunden?«, stammelte er.

Arif wies nach oben. »Die Geier.«

»Hast du Wasser?«

Gütig streckte ihm Arif den Schlauch hin.

Nuh löste den Pfropfen und setzte die Öffnung an die Lippen. Kühles Nass rann ihm die Kehle hinab. Er verschluckte sich, hustete. Die aufgesprungenen Lippen zu benetzen tat gut. Zunge und Gaumen erwachten wieder zum Leben. Er nahm einen weiteren großen Schluck. »Hab dich nicht kommen sehen.«

»Ich war hinter den Hügeln«, sagte Arif. »Junge, sehen deine Füße übel aus.«

»Bin vom Halys bis hierher gelaufen.«

»Vom Halys?« Arifs Stimme bekam einen misstrauischen Klang. »Was wolltest du da?«

Sich mit Arif zu verbünden war keine gute Wahl. Er galt als

feige und stand seit Utmans Tod im Stamm verlassen da. Seine eigenbrötlerische Art machte die Sache von Jahr zu Jahr schlimmer. Jeden Rest von Wohlwollen, auf den er, Nuh, bei Yusuf oder anderen noch hoffen konnte, verspielte er, wenn er sich auf Arifs Seite schlug.

Andererseits war al-Qabih ein großes Unrecht getan worden. Und Arif hatte ihm das Leben gerettet. »Wir haben al-Qabih entführt«, sagt er. »Marwan wollte ihn im Halys ertränken. Weil ich nicht mitgemacht habe, hat er mir die Sandalen weggenommen und mich ohne Pferd zurückgelassen.«

»Wo ist al-Qabih?«

»Ich musste ihn in den Fluss werfen, um ihn zu retten.«

Arif packte ihn an der Kehle. »Was redest du für einen Unsinn!«

»Ich hab ihn zu einem treibenden Ast geworfen, da ist er hingeschwommen. Ich hatte keine Wahl. Marwan wollte, dass ich seinen Kopf gegen einen Felsen schlage.«

»Mörder!«

»Würde ich so aussehen, wenn ich nach Marwans Wünschen gehandelt hätte?« Er wies auf seine Füße.

Arif sah hinab. Er ließ Nuhs Kehle los.

»Vielleicht lebt er. Er könnte ans Ufer geschwommen sein.«

Ohne ein weiteres Wort nahm Arif den Lederschlauch, band ihn am Sattel fest und saß auf.

»Lass mich nicht hier«, flehte Nuh. »Die Wölfe kommen zurück.«

»Du hast nichts anderes verdient.«

»Ich hab doch versucht, ihn zu retten! Glaub mir, es wäre einfacher gewesen, Marwan zu gehorchen. Aber ich habe nicht mitgemacht.«

Arif sah in die Weite. Schließlich beugte er sich hinunter und reichte Nuh den Arm. »Steig auf. Beten wir, dass al-Qabih lebt.«

Ein Heiratsantrag

Just in dem Moment, als sie den Fellvorhang anheben und die Wohnhöhle betreten wollte, hörte Savina von drinnen gedämpfte Männerstimmen. So raunte man nur, wenn man Heimliches beredete. Sie ließ die Hand sinken und lauschte.

»… die Araber ihre Belagerung aufgegeben haben und weitergezogen sind.«

Das war Jon, der da sprach. Sie runzelte die Stirn.

»Und dann?«, fragte Vater. »Soll meine Tochter etwa deine Handelszüge mitmachen, immer in der Gefahr, dass ihr überfallen werdet? Das kann ich nicht gutheißen.«

»Wir würden in Konstantinopel wohnen. Mit dem Geld, das ich angespart habe, kaufe ich Nüsse und Gewürze aus dem Umland und verkaufe sie in der Stadt. Savina wird ein Leben in Ruhe und Wohlstand führen.«

»Mein Kleine in Konstantinopel. Ja, das würde mir gefallen. Korama ist auf Dauer nichts für sie, selbst wenn wir nächsten oder übernächsten Monat die Höhlen verlassen können und wieder oberirdisch wohnen. Willst du die Reise vor dem Winter beginnen oder erst im nächsten Frühjahr?«

Savina konnte nicht glauben, was sie da hörte. Wutentbrannt stieß sie den Fellvorhang beiseite und stürmte in die Wohnung. »Seid ihr noch bei Trost? Ihr redet über mich, als könnte man mich verhökern wie einen Sack Weizen!«

»Du hast gelauscht.« Vater schüttelte missbilligend den Kopf. »Haben wir dir denn gar nichts beigebracht?«

»O doch, ihr habt mir beigebracht, dass man niemanden hintergeht!«

Jonathan trat auf sie zu. »Savina, ärgere dich nicht. Ich wollte zuerst mit deinem Vater sprechen, ohne seine Erlaubnis hätte es doch keinen Sinn gehabt.«

»Ach so? Aber ohne mein Einverständnis hat es Sinn, ja?«

Verletzung sprach aus seinem Gesicht. Er sagte: »Seit ich in Korama bin, seit ich dir zum ersten Mal begegnet bin, trage ich diesen Wunsch in mir. Wir haben so gute Monate zusammen verbracht. Ich möchte, dass es immer noch mehr werden. Ich will dich heiraten, Savina.«

Sie ballte die Fäuste. »Und was ist mit mir? Ich habe keine Lust zu heiraten.«

Vater seufzte. »Was sollen wir denn machen? Dich einsperren? Die jungen Männer in Korama … Ich sehe doch, wie sie dir nachschauen. Es wird Zeit, dass wir dir einen Ehemann suchen.«

»Willst du mich nicht?«, fragte Jon leise.

Ihn so gedemütigt zu sehen schnürte ihr das Herz ein. »Du hast immer gesagt, du bist für deinen alten Fuhrknecht hiergeblieben, weil du ihn gesund pflegen wolltest.«

»Das stimmte ja auch, anfangs.«

»Und als er Wundkrämpfe bekommen hat und gestorben ist, konntest du nicht mehr weg, weil die Araber kamen.«

Er nickte.

»Also bist du nicht wegen mir hiergeblieben.«

»Wir sind Freunde, oder nicht?«, fragte Jon.

»Natürlich.«

»Du bist jung. Aber du wirst reifer werden und lernen, was Liebe ist.« Er sah sie eindringlich an. »Heirate mich. Ich zeige dir Konstantinopel. Ich mache dich zu einer glücklichen Frau.«

Haroun führte die Gepardin durch das Lager. Wütend kläfften die Hunde sie an. Vermutlich erinnerten sie sich an den ersten Tag: Vor einem Jahr, kaum dass der Tierfänger sie abgeliefert und das Lager verlassen hatte, hatte sie sich losgerissen und zwei Hunde mit ihren scharfen Zähnen aufgeschlitzt. Sie war gezähmt, der Tierfänger hatte ganze drei Monate darauf verwendet, sie an die Gegenwart von Menschen zu gewöhnen. Ihren Jagdinstinkt betraf das allerdings nicht. Nicht immer jagte ein Gepard die vom Jäger gewünschten Tiere, mitunter fiel die Raubkatze in eine Gruppe wilder Ziegen ein, anstatt den Gazellen nachzustürmen, oder sie folgte den Hakenschlägen eines Kaninchens.

Die Gepardin tat, als hörte sie das Bellen nicht. Geschmeidig setzte sie ein Bein vor das andere, sie wusste, es ging zur Jagd, wie von selbst schlug sie den Weg zur Pferdekoppel ein.

Haroun sah aus dem Augenwinkel die neidischen Blicke der Männer. Auch er tat so, als bemerke er die Blicke nicht, ruhig führte er die Gepardin an der Kette, nur ab und an wandte er sich einem älteren Krieger zu und grüßte. Er wusste, dass seine Sippe an Autorität eingebüßt hatte, die meisten rechneten damit, dass in ein paar Jahren nicht Arif, sondern der Spross einer anderen Familie die Führung übernahm. Noch waren sie ihm, Haroun, treu ergeben, aber es wurde Zeit, dass er dem Stamm wieder einen Erfolg verschaffte.

Die Christen dieser Region hatten sich bisher vor jedem Raubzug in Sicherheit gebracht, sie mussten reich sein. Wenn es gelang, sie ausfindig zu machen und ihr Versteck zu plündern, würde das seinem Namen neuen Ruhm verleihen. Kämpfte außerdem Arif in der Schlacht an seiner Seite und zeichnete sich durch Tapferkeit aus, sah die Zukunft der Familie um einiges vielversprechender aus.

Wie konnte der Junge es nur schaffen, endlich seine Furcht zu besiegen? Er war klug, klüger als Utman, vielleicht sogar klüger als er, Haroun. Aber nicht immer war Klugheit von Vorteil, vor allem dann nicht, wenn man in die Schlacht ritt. Anstatt sich in gerechten Zorn zu versetzen, dachte Arif über die Gefahren nach oder empfand gar Mitleid mit den Feinden. Auch an seinem armseligen Bruder hing er zu sehr. Irgendwann musste ihm klarwerden, dass die Zukunft der Asads allein von ihm, Arif, abhing.

Haroun sattelte den Braunen. Der Jagdsattel besaß eine spezielle Vorrichtung für die Gepardin, eine Plattform hinter dem Sitz. Er klopfte auffordernd darauf. Die Gepardin sprang hinauf und kauerte sich nieder, wie sie es gelernt hatte. Haroun stieg auf.

Noch war sie jung, wenn sie sich nicht verletzte, würde sie ihm etliche Jahre erhalten bleiben. Die Kunst beim Abrichten der Geparden bestand darin, sie nicht zu früh zu fangen – Geparden lernten die Jagd von ihrer Mutter, kein Mensch

104

konnte ihnen das beibringen. Insofern war die Gepardin ein Glücksfall. Sie jagte ausgezeichnet, war aber gerade erst ausgewachsen.

Er zog ihr die schwarze Haube über den Kopf und ritt los. Für gewöhnlich nahm er auf die Jagd einige junge Krieger mit, um sie auszuzeichnen. Jeder von ihnen war wild darauf, die Gepardin jagen zu sehen. Heute aber zog er es vor, allein zu sein.

Nach einem längeren Ritt war sein Kopf endlich frei von den schwermütigen Gedanken. Er atmete tief die würzige Steppenluft ein. Obwohl es gestern geregnet hatte, schmeckte er den Staub der Ebene, die Pfützen waren bereits vertrocknet. Haroun kniff die Augen zusammen und spähte aus.

In der Ferne sah er eine Herde Gazellen grasen. Sie war noch zu weit weg für die Raubkatze, Geparden waren die schnellsten Läufer der Welt, aber nicht besonders ausdauernd. Er musste sie näher heranbringen.

Er ritt einen Bogen, um gegen den Wind gewandt zu sein. Längst witterte die Gepardin die Beute. Sie hatte sich aufgerichtet und wendete sich, obwohl sie durch die Haube blind war, in die Richtung der Beute. Das Schwanken des Pferdeleibs glich sie mühelos durch kleine Gewichtsverlagerungen ihres Körpers aus.

Das musste genügen, schon hoben die ersten Gazellen aufmerksam die Köpfe. Haroun löste die Kette vom Halsband der Gepardin. Er presste die Fersen in die Seiten des Braunen und ließ ihn angaloppieren. Als er einen gestreckten Galopp erreicht hatte, riss Haroun die Haube vom Kopf der Gepardin. Einen kurzen Moment brauchte sie, um ihre Augen an die Helligkeit zu gewöhnen und ein Tier der Herde auszuwählen. Dann flog sie in einem langgestreckten Sprung vom galoppierenden Wallach auf den Steppenboden. Ihr biegsamer Körper dehnte sich, schnellte zusammen, dehnte sich wieder, während sie voranjagte, auf die entsetzten Gazellen zu.

Die Herde stob auseinander. In panischer Angst sprangen die Gazellen davon. Die Gepardin aber flog wie ein gelber Pfeil über das dürre Gras der Steppe. Kaum berührten ihre Pfoten den Boden, so schien es. Sie jagte näher und näher an eines der Tiere heran, erreichte es, schlug mitten im Lauf mit der Pfote nach seinen Beinen und brachte es zu Fall. Die Gazelle überschlug sich, wollte sich aufrappeln. Da war die Gepardin schon über ihr und packte sie an der Kehle. Sie hielt den zuckenden Leib der Gazelle fest, bis er erstickt war.

Haroun ritt heran. Vor seinem inneren Auge wiederholte sich die Aufholjagd. Diese Geschmeidigkeit! Die schlanken Hüften der Raubkatze, ihre dünnen Beine, die Eleganz, mit der sie die Gazelle verfolgt und gefällt hatte!

Die Gepardin stand neben der Beute. Ihr Brustkorb pumpte Atemluft, die Raubkatze war zu erschöpft, um zu fressen. Sie verteidigte ihre Beute auch nicht, als Haroun vom Pferd stieg und sich über die Gazelle beugte. Er zückte das Messer und schlitzte das tote Tier auf. Die dampfenden Eingeweide warf er der Gepardin hin. An Ort und Stelle schnitt er Streifen von Fleisch aus dem warmen Leib. Er häutete die Gazelle und wickelte das Fleisch in ihre Haut. Mit Lederschnüren band er Päckchen daraus.

Seltsam, die Gepardin fraß nichts. Sie stand mit hoch aufgerecktem Kopf da, und obwohl ihr Atem sich allmählich beruhigte, richtete sie ihre bernsteinfarbenen Augen nicht auf das Fleisch, sondern blickte aufmerksam in nördliche Richtung und witterte.

»Was ist? Was siehst du dort?«, fragte er.

Er verschnürte das Fleischpaket am Sattel. Immer noch starrte sie auf einen unsichtbaren Punkt.

»Geh«, sagte er, »such!«

Da setzte sich ihr gefleckter Körper in Bewegung. Sie streifte im Laufen flüchtig mit der Nase die Gräser am Boden, als verfolge sie eine Spur. Schon nach einigen Pferdelängen blieb sie stehen und leckte etwas von den Steinen. Haroun stutzte. War das Blut?

Er saß ab. Keine Knochen, kein Tierkadaver waren zu sehen. Und dennoch frisches Blut. Wie ging das an? Er suchte den Boden nach Spuren ab. Als er menschliche Fußabdrücke fand, erschauderte er. Die Gepardin leckte Menschenblut. Hier war jemand gelaufen, jeder Schritt hatte den Boden mit Blut benetzt. Er war getaumelt, gefallen. Da waren Wolfsfährten. Und dort, waren das nicht die Abdrücke von Pferdehufen? Ein Reiter war gekommen und hatte den Ermatteten mit sich genommen. Wenn seine Späher einen Christen gefangen hatten, der aus den Bergen zu fliehen versucht hatte, womöglich gar einen Boten, dann mochte das die Wende bringen.

Unerklärlich war ihm nur, dass der Reiter allein gewesen war. Keiner seiner Spähtrupps bestand aus nur einem Mann.

»Hier war es«, sagte Nuh. »Hier hat Marwan verlangt, dass ich deinen Bruder in den Fluss werfe.«

Arif stieg vom Pferd und lief zum Ufer.

Er vertraut mir, dachte Nuh. Ich könnte mir die Zügel greifen und einfach davonreiten. Aber er weiß, dass ich das nicht tun werde.

Arif kam zurück und saß auf. Er lenkte die Stute am Ufer entlang. »Die Strömung ist unnachgiebig«, sagte er. »Und es gibt Wasserwirbel. Lange hat das al-Qabih sicher nicht ausgehalten.«

»Er hat sich an einen Ast geklammert.«

Je länger sie ritten, desto stärker wurde das flaue Gefühl in seinem Magen. Er ist tot, dachte Nuh. Auch wenn ich es nicht wollte, ich habe ihn umgebracht. Wir werden nicht einmal seine Leiche finden, der Halys mündet ins Schwarze Meer, er gibt nicht wieder her, was er einmal an sich gerissen hat.

Arif zügelte die Stute. Sein Körper versteifte sich. »Hörst du das?«, fragte er.

Nuh hörte nichts.

»Da weint jemand.« Er ließ die Stute antraben.

Bald hörte auch Nuh das Wimmern. »Die Insel«, rief er.

Auf einer kleinen Insel im Fluss, die von ein paar Wacholderbüschen bewachsen war, kauerte al-Qabih. Er hatte die Arme um seine Beine geschlungen und die Stirn auf die Knie gelegt, zitterte und weinte.

»Al-Qabih«, rief Arif, »Allah sei Dank, du bist am Leben!«

Der Junge hob den Kopf. Sein Gesicht war tränenüberströmt, verwirrt sah er zum Ufer und blinzelte.

Zwischen ihnen befanden sich vier Klafter reißender Strömung. Arif saß ab und ging am Ufer entlang, weg von der Insel. »Was machst du?«, fragte Nuh. Die Stute neigte den Kopf und trank. Nuh nahm die Zügel auf.

Wortlos zog sich Arif die Sandalen aus. Er sprang in den Fluss und schwamm los. Die Strömung trieb Arif genau zur Insel, er war flussaufwärts an der richtigen Stelle ins Wasser gegangen. Mit kräftigen Schwimmzügen brachte er die vier Klafter hinter sich und stieg an Land. Die nasse Kleidung hing ihm am Leib wie eine zweite, zu groß geratene Haut.

Die Brüder umarmten sich. Al-Qabih wollte gar nicht mehr loslassen. Als Arif den Jüngeren zum Ufer zog, schüttelte der den Kopf und flehte: »Nicht Wasser!«

»Willst du hier bleiben?«

»Nicht Wasser!«

»Ich habe kein Boot, al-Qabih, und auch kein Fass, in dem ich dich rüberfahren kann. Wir müssen schwimmen. Komm, du hast es schon einmal geschafft, und ich bin bei dir.«

»Wasser in Mund.«

»Diesmal schluckst du kein Wasser, ich versprech's. Du darfst dich an meinen Schultern festhalten.«

Unter gutem Zureden brachte Arif den Bruder dazu, mit ihm ins Wasser zu steigen. Gemeinsam schwammen sie auf das Flussufer zu und wurden von der Strömung flussabwärts getrieben. Nuh ritt die Stute am Wasser entlang, und als er sah, wo die Brüder an Land kommen würden, stieg er ab. Der Schmerz stach aus der Fußsohle bis ins Bein hinauf. Nuh ließ sich ächzend auf die Knie fallen. Während die Wunde am Fuß in Wellen weitere Pein aussandte, kroch er auf allen vieren zum Ufer hin. Er biss den Schmerz hinunter und half al-Qabih an Land.

»Nuh böse«, sagte al-Qabih, kaum, dass er auf trockenem Boden stand. »Nuh mich ins Wasser worfen!«

»Aber da war ein Ast, ich habe dir geholfen!«

»Nuh und Marwan.«

»Ich weiß«, sagte Arif und legte ihm den Arm um die Schultern. »Nuh hat mir alles erzählt. Ich passe jetzt auf dich auf. Dir wird keiner mehr etwas antun.«

»Böse«, sagte al-Qabih noch einmal und zeigt auf Nuh.

Arif seufzte. »Ich glaube, du musst dich entschuldigen.« Er sah seinen Bruder an. »Verzeihst du ihm, wenn er sich entschuldigt?«

Al-Qabih runzelte die Stirn. Schließlich nickte er.

Immer noch auf Knien, hielt ihm Nuh erneut die Hand hin. »Es tut mir von Herzen leid. Ich hätte nicht mitmachen sollen, als wir dich eingefangen haben, und ich wollte nicht, dass du Angst um dein Leben haben musst.«

Al-Qabih nahm die Hand. Er lächelte und richtete sich etwas höher auf. »Nuh wieder lieb.«

»Ja, ich bin wieder lieb.«

Der Ritt zurück zum Zeltlager beschämte ihn. Weil er keine Sandalen hatte, saß er im Sattel, während Arif und al-Qabih zu Fuß gingen, Stunde um Stunde. Die Sonne versank glutrot hinter den Bergen, und sie redeten vor lauter Hunger von nichts anderem als von Weizengries, Auberginen und weißen Bohnen mit Dörrfleisch. Sie schwärmten von Wurst aus

Hammelfleisch, von Wassermelonen, Mangos und Zitrus-
früchten. Um Mitternacht rasteten sie in einem verlassenen
Dorf der Christen. Dort ließ Arif ihn Schweigen geloben.

Haroun blickte auf. Ein Neuankömmling, um den sich rasch
eine Traube von jungen Männern bildete – das konnte bedeuten, dass er Nachricht von den Ungläubigen brachte. Haroun
trank den Becher Kamelmilch leer, setzte ihn vor dem Zelt
auf den Boden und erhob sich. Gemessenen Schrittes ging er
zur Menschenansammlung. Man machte ihm Platz.

Der Jüngling, um den sich die anderen geschart hatten, war
schwarzhäutig, er gehörte zu den Zakariyyas. Sein Name war
Haroun allerdings entfallen. »Wie heißt du?«, fragte er ihn.

»Ich bin Nuh.«

»Wo kommst du her, Nuh?«

»Vom Ufer des Halys.« Er kniff vor Schmerzen die Lippen
zusammen.

Haroun fuhr zusammen. Die Füße! Sie waren blutig. Dieser
Bursche hatte die Blutspur hinterlassen. »Wo sind deine Sandalen?«

»Die hab ich verloren, sie sind mir ins Wasser gefallen.«

»Wer hat dich begleitet?«

»Ich war allein unterwegs.«

Der Junge log. Daran gab es keinen Zweifel. Sollte er ihn ver-
prügeln, ihm die Wahrheit aus den Kiefern pressen? Möglich,
dass die Lüge nur das übliche Kräftemessen der Jünglinge
vertuschte. Genauso gut aber mochte etwas Größeres dahin-
terstecken, das man vor ihm zu verheimlichen suchte.

111

Nicht immer war eine harte Strafe der richtige Weg. Das hatte er im Laufe der Jahre gelernt. Einmal, in Indien, hatte ein Angehöriger des Stammes nach der Schlacht wertvolle Beutestücke in seinem Zelt versteckt. Ein anderer, der es zufällig beobachtet hatte, berichtete ihm davon. Haroun hätte den Betrüger entehren und ihm die Hand abhauen lassen können. Aber er besuchte ihn, allein und ohne Aufsehen, und hielt ihm die Würdelosigkeit seiner Tat vor Augen. Der Mann hatte sich fürchterlich geschämt, er hatte die gesamte Beute herausgegeben und war zu einem seiner treusten Nachfolger geworden. Leider hatte ihm letztes Jahr ein Ungläubiger mit dem Speer das Herz durchbohrt.

Welche Art von Mensch war dieser Nuh? Brauchte er Härte oder eine Gelegenheit, seinen Fehler zu berichtigen? Er hatte da draußen den Tod vor Augen gehabt. Ein Schmerz konnte ihn jetzt nicht mehr erschrecken. Irgendwen schützte er mit seiner Lüge, nicht aus Feigheit, sondern aus ehrenhaften Gründen.

Haroun entschloss sich zur Güte. »Wenn du mit den Lügen fertig bist«, sagte er, »komm zu mir, und wir reden von Mann zu Mann.«

Nuhs Rache

Nach der langen Strecke, die Layla nur im Schritt gegangen war, brauchte Arif sie nicht anzutreiben – die Stute trabte forsch in die Ebene hinaus, obwohl zusätzlich al-Qabih vor ihm im Sattel saß.

»Mama«, sagte al-Qabih.

»Im Lager ist es nicht mehr sicher für dich.«

Trotzig wiederholte al-Qabih: »Mama!«

»Du wirst etwas zu essen bekommen. Aber ich muss dich erst einmal in Sicherheit bringen, bis mir einfällt, wie ich Marwan das Handwerk legen kann.«

»Marwan böse.«

»Genau.«

»Wasser schmeißt.«

»Ach? Ich dachte, Nuh hat dich reingeworfen?«

»Nuh schmeißt, Marwan gehaut.«

»Er hat dich geschlagen?«

»Am Kopf.«

»Dieser Sohn des Iblis!«

»Allah Allah Allah.«

»Was redest du da?«

»Ich gebetet.«

»Überlass das Beten lieber mir.«

Er ritt einen weiten Bogen, um auf felsigen Grund zu gelangen, wo er keine Spuren hinterließ. Dann wandte er sich den Bergen zu. Er würde kräftigen Ärger mit Vater bekommen, so viel stand fest.

Bei Einbruch der Dunkelheit ließ er Layla an einer knorrigen Ölweide halten und saß ab. »Hier bleiben wir über Nacht«, sagte er. Nachdem er al-Qabih aus dem Sattel gehoben hatte, befreite er die Stute von Zaumzeug, Sattel und Decke. Er ließ sie grasen.

»Mama«, protestierte al-Qabih. »Hunger!«

»Ich hab auch Hunger. Aber wir haben nichts zu essen. Trink einen Schluck.« Er reichte al-Qabih den Wasserschlauch. Nachdem der Bruder einen langen Zug davon genommen hatte, nahm er ihm den Schlauch wieder weg.

»Mehr«, sagte al-Qabih.

Arif schüttelte den Kopf. »Das Wasser muss noch eine Weile reichen. Hier sind alle Quellen vergiftet.«

»Mama.«

Mit der Pferdedecke als Kopfstütze legte sich Arif unter dem Baum ins Gras. Die Decke stank, und der Boden war hart.

»Mama!«, quengelte al-Qabih.

»Leg dich hin.«

»Will essen.«

»Ich habe gesagt, leg dich hin.«

»Mama Brot.«

Er fuhr in die Höhe und packte al-Qabih bei den Schultern. »Willst du unbedingt sterben? Die wollen im Lager nichts mit einem Krüppel zu tun haben, versteh das doch!«

Al-Qabih riss die Augen auf.

»Ich rette dir das Leben«, sagte Arif.

Der Bruder sagte leise: »Ich nicht Krüppel.«

Nuh hob eine weitere Walnuss auf. Die Haut seiner Finger war bereits stumpf von den Schalen. Er umschloss die Nuss mit den Handballen und drückte zu, bis die Schale knackte. Mit den Daumen brach er sie auseinander und las den Kern heraus. Ein Teil davon war zerquetscht und für ihn verloren. Immerhin war der Kern nicht schwarz gewesen wie bei der letzten Nuss, die ihn enttäuscht hatte.

Der Wind fuhr durch die Blätter im Walnussbaum über ihm und ließ sie rauschen. Zwei weitere Nüsse fielen zu Boden, sie blieben nach einem kurzen Hüpfer liegen. Zum Glück war Marwan heute im Morgengrauen mit einem Spähtrupp fortgeritten. Es war schlimm genug gewesen, mit ihm in einem Zelt zu schlafen. Obwohl sie seit Kindheitstagen im selben Zelt übernachteten, hatte er sich letzte Nacht von jedem Räuspern, jedem Schnaufen Marwans angegriffen gefühlt.

Als Nuh beim Zubettgehen ansetzte, etwas zu sagen, fuhr Marwan ihn an, gefälligst den Mund zu halten. Die harsche Aufforderung hing in der Luft, auch noch Stunden später, als er verzweifelt versuchte einzuschlafen, es aber wegen seines wild pochenden Herzens nicht konnte.

Mutter hatte ihm am Morgen die Füße gewaschen und verbunden, die Wunde pochte, das bedeutete, dass sie verheilte. Anders sah es mit seinem Herzen aus. Er zweifelte daran, dass er je wieder froh werden würde.

Er knackte eine weitere Nuss und sah ins Innere. Der Kern war mit Schimmel überzogen. Wütend warf er die Nuss weg.

Bald würden alle wissen, dass er nicht mehr unter Marwans Schutz stand. Dann setzte sich der Albtraum seiner Kindertage fort, sie würden ihn verspotten und quälen und seine Ehre in den Schmutz ziehen. Was sollte er tun? Ließ er es über sich ergehen und ordnete sich unter wie früher? Oder wehrte er sich? Aber wer würde sich schon auf seine Seite schlagen! Jeder fürchtete doch, dass Marwans Zorn und die Verachtung der jungen Männer auch auf ihn abfärbten, wenn er sich mit Nuh abgab.

Nur Arif musste sich da keine Sorgen machen. Ihn verachteten sie sowieso. Er ist meine einzige Wahl, dachte Nuh. Ich muss Arifs Vertrauen gewinnen.

Die Demütigung, die er durch Marwan erlitten hatte, saß wie ein giftiger Stachel in seiner Brust. Er schluckte die letzten Nusskernreste hinunter und humpelte zurück zu den Zelten. Ein unbändiges Verlangen packte ihn, Marwan zu schaden. Niemand tat das, niemand rächte sich an ihm für seine boshafte Willkür. Es wurde Zeit, dass er einmal eine Strafe erhielt.

Nuh schlüpfte ins Zelt. Es war leer. Er ging zu Marwans Schlafplatz und zückte sein Messer. Noch einmal sah er sich prüfend an. Dann schlitzte er über der Stelle, an der Marwan seinen Kopf bettete, die Zeltplane auf. Die fingerlange Ritze bereitete ihm Genugtuung. Es ging auf den Winter zu, in dieser Zeit regnete es oft.

Am liebsten hätte er auch noch Marwans Decken zerfetzt, ach, gleich das ganze Zelt zum Einstürzen gebracht. Der Riss in der Plane befriedigte seine Zerstörungswut nicht, er stachelte sie nur weiter an.

Von draußen drangen Stimmen herein. Jemand war am Zelteingang. Rasch steckte er das Messer weg.

Marwan betrat das Zelt. »Was hast du an meinem Schlafplatz zu suchen?« Mit drei Schritten war er bei ihm und stieß ihn zur Seite. Er wühlte in den Decken, sah sich wachsam um. Nuh zwang sich, nicht nach oben zu schauen, um Marwan keinen Hinweis zu geben.

»Wolltest du mir Hagebuttenpulver in die Decken streuen, damit es mich die ganze Nacht juckt? Hast du immer noch nicht genug?« Marwan ließ die Decken fallen und stürzte sich auf Nuh. Er warf ihn um, landete mit vollem Gewicht auf Nuhs Brustkorb, so dass alle Luft daraus entwich, und schlug Nuh die Faust ins Gesicht.

Der Schmerz brannte, aber mit dem Elend verspürte Nuh Schadenfreude. Marwan würde beim nächsten nächtlichen Regenguss eine ärgerliche Nacht verbringen. Oder es regnete tagsüber, und wenn er sich schlafen legen wollte, waren seine Decken nass.

In einem zerklüfteten Tal suchte Arif, angetrieben von al-Qabihs Quengeln, nach etwas Essbarem. Die vertrockneten schwarzen Beeren ließ er lieber hängen, er kannte das Dornengewächs nicht, an dem sie hingen, vielleicht verursachten sie Krämpfe oder waren giftig. Am anderen Ende des Tals fand er einen wilden Pflaumenbaum. Die meisten Pflaumen waren von Tieren zerfressen. Die übriggebliebenen Früchte aßen sie. Das Fruchtfleisch schmeckte süß, nur die Haut war bitter und sauer.

Al-Qabih zog seit Stunden ein mürrisches Gesicht. Unser Streit hat ihn mitgenommen, dachte Arif. Er sagte: »Wir Menschen sind verschieden, daran ist nichts Schlimmes. Nuh zum Beispiel hat schwarze Haut. Deswegen ist er nicht weniger wert.«

»Will auch kämpfen«, sagte al-Qabih. »Und Pferd reiten.«

Er hatte sich oft gefragt, ob sein Bruder merkte, dass er anders war. Die meiste Zeit war al-Qabih fröhlich, er lachte viel, spielte der Mutter Streiche oder malte mit einem Stock im Sand. Aber es gab Tage, an denen er schwieg und in sich gekehrt war. Vielleicht begriff al-Qabih an solchen Tagen, mit welchen Nachteilen er zur Welt gekommen war.

»Ich nicht Krüppel.« Er sagte es trotzig.

Arif zog den Bruder an sich und umarmte ihn.

Al-Qabih wand sich frei. Er hob einen Stock auf und hielt ihn wie eine Waffe vor sich. »Kämpf!«

Arif grinste. Er las ebenfalls einen trockenen Ast auf. Sie schlugen die Äste gegeneinander, machten Ausfallschritte, tänzelten umeinander. Al-Qabih focht unüberlegt und wild, es war ein Leichtes, seinen nächsten Schlag vorherzuahnen.

Der Bruder sagte: »Ich ein guter Kämpfer! Kann mitmachen. Krieg!«

Später lagen sie ermattet im braunen Gras. Arif gestattete al-Qabih einen Schluck aus dem Wasserschlauch und nahm selbst auch einen. Er hatte Bauchschmerzen wegen der Pflaumen. Dass al-Qabih missgestaltet war, bedeutete nichts, er liebte ihn. Es ist gut, dachte er, dass ich meinen Bruder vor Marwan rette.

Die Sonne verlosch, die ersten Sterne erschienen. Auf dem moosigen, weichen Boden war al-Qabih schnell eingeschlafen. Arif hingegen lag wach und dachte an das Mondmädchen. Ihre blasse Haut und die schmalen Schultern weckten in ihm das Bedürfnis, Savina zu beschützen. Gleichzeitig kam sie ihm stark und unbändig vor, sie redete respektlos mit ihm, wie es sich keine Frau einem Mann gegenüber herausnehmen durfte. Sie sagte einfach, was sie dachte. Das gehörte sich nicht, aber sie ließ ihn damit nah an ihr Herz heran. Die Blicke, die sie ihm geschenkt hatte, waren tief in sein Innerstes gedrungen, verwundbar war er dort, und doch sehnte er sich danach, von weiteren Blicken getroffen zu werden. Dass sie ihm, einem Araber, vertraute!

Er stand auf, sattelte Layla. Als sie für den Aufbruch vorbereitet war, weckte er seinen Bruder. Al-Qabih begriff nicht, warum er aufstehen sollte. Schläfrig sank er immer wieder ins Moos zurück. Arif rüttelte ihn, um ihn wachzukriegen, und hievte ihn mit Mühe in den Sattel. Er nahm hinter ihm Platz, orientierte sich an den Klüften der Berge und hielt auf Korama zu.

Herzklopfen

Obwohl es noch Nacht war, legte sich bereits Tau auf das Gras. Savina zog die Schuhe aus. Die nassen Halme streichelten ihre Füße, als würde die Wiese sie zärtlich an den Fußsohlen kitzeln, und der kühle Tau befeuchtete sie.

Am Eingang zum verlassenen Dorf blieb sie stehen und spähte über die Ebene. War er das schon? Sie meinte, eine Bewegung am Horizont zu sehen. Sorgfältig glättete sie ihr Kleid, fuhr sich durch die Haare. Der Wüstenprinz nahm einen weiten Ritt und große Gefahren auf sich, nur um sie zu sehen. Der Gedanke an die bevorstehende Begegnung ließ Wärme in ihrem Bauch aufsteigen.

Jon hatte ihr gestern Abend angekündigt, er werde weiterziehen, wenn sie ihn nicht erhörte. Jon und Arif waren sich ähnlich: Beide waren freie Männer, weltgewandt und mutig. Sie fürchteten sich nicht davor, allein weite Strecken zurückzulegen, ungeachtet der Gefahren für Leib und Leben. Davon fühlte sie sich angezogen.

Aber wenn sie an Jon dachte, empfand sie gleichzeitig eine Enge um ihre Brust. Obwohl sie ihm bereits mehrfach gesagt hatte, dass sie ihn nicht heiraten wollte, bedrängte er sie weiter. Dass er meinte, sie mit einem angenehmen Leben kaufen zu können, enttäuschte sie.

Natürlich empfand sie Mitleid für ihn, der sie so verzweifelt liebte. Das bedeutete aber nicht, dass sie seine Liebe erwiderte. Lange Zeit hatte sie die beiden Gefühle verwechselt, sie hatte gemeint, Mitleid zu fühlen sei schon Liebe. Was Liebe war, wusste sie erst jetzt. Ihre Knie waren weich, und ihre Fingerspitzen kribbelten. Sie dachte fortwährend an den jungen Araber, an seine dunklen Augen, das wilde und doch zarte Gesicht. Sie sehnte sich danach, mit ihm zu reden, mehr, als sie sich nach Essen und Trinken, mehr sogar, als sie sich nach ihren Farben sehnte.

Aus der Dunkelheit schälte sich ein Pferdeleib, zuerst sah sie den Kopf der Stute, dann die Gestalten, die im Sattel saßen. Arif saß ab. Ein Zweiter blieb im Sattel sitzen.

»Wer ist das?«, sagte sie. »Bist du wahnsinnig geworden, hier jemanden herzubringen?«

»Das ist mein Bruder.«

»Und beim nächsten Mal kommt der Rest der Familie?«

Arif schwieg.

Im Gesicht sah der Bruder Arif ähnlich, aber die Arme waren auf seltsame Art zu lang geraten, und er saß schief im Sattel. Sein Blick war voller Furcht auf sie gerichtet. Sie sagte: »Sprichst du Griechisch?«

Statt des Bruders antwortete Arif: »Tut er nicht. Al-Qabih spricht nicht einmal ein richtiges Arabisch.«

»Was ist mit ihm?«

»Er war von Geburt an so. Stell ihn dir wie einen Zweijährigen vor.«

Sie schluckte. »Warum hast du ihn mitgebracht? Auch wenn er nicht gut reden kann, er kann uns verraten.« Der starre

Blick des Jungen irritierte sie. Savina wünschte ihn weg, sie wollte mit Arif allein sein. Ihr Wiedersehen hatte sie sich anders vorgestellt.

»Ich muss dich um etwas Großes bitten, Savina. Nimm al-Qabih bei dir auf.«

»Bist du verrückt geworden?«

Er sagt leise: »Sie wollen ihn umbringen. Ich weiß keinen anderen Ausweg.«

»Warum will jemand deinen Bruder töten?«

»Um mir zu schaden. Um zu verhindern, dass ich Stammesführer werde.«

Sie kniff die Augen zusammen. Eine Offenbarung nach der anderen, dachte sie. »Hast du nicht gesagt, auf dich hört niemand? Und jetzt haben sie plötzlich Angst, dass du Anführer wirst?«

Niedergeschlagen ließ er die Schultern sinken. »Mein Vater ist der ranghöchste Krieger im Stamm. Ich hatte einen Bruder, Utman, der wäre sein Nachfolger geworden, jeder hat ihn bewundert. Aber er ist in der Schlacht gestorben.«

»Also bist du der neue Nachfolger. Du hast mich belogen!«

»Mit mir ist es anders, mich bewundern sie nicht. Marwan und seine Spießgesellen suchen dauernd Streit mit mir, sie haben die Unterstützung der meisten jungen Männer. Um sicherzugehen, dass ich nie Anführer werde, wollten sie al-Qabih töten und es mir in die Schuhe schieben.«

»Das hat offensichtlich nicht geklappt.«

»Nein.«

»Ich kann ihn unmöglich bei mir verstecken, Arif.«

122

»Gibt es keinen Ort in der Höhle, wo selten jemand hinkommt? Keinen verlassenen Gang?«

Sie dachte nach, obwohl eine Stimme in ihrem Kopf sagte: Bist du wahnsinnig? »Es gibt die Gräber«, sagte sie. »Da geht selten jemand hin.«

»Lieber soll sich mein Bruder bei den Toten verstecken, als dass er stirbt.«

»Was, wenn sie ihn entdecken?«

»Bitte, Savina. Nur, bis ich die Sache klären konnte im Lager. Ein paar Tage. Die töten ihn sonst.«

Tu's nicht, sagte die Stimme in ihrem Kopf. »Also gut.«

Er atmete hörbar auf. »Danke.« Er lächelte.

»Hab ich doch gesagt, dass du ein Wüstenprinz bist.«

Da stand sie, mit ihrer blassen, zarten Haut, den glühenden Blick auf ihn gerichtet. Er konnte kaum Luft holen. Er sagte zu al-Qabih: »Steig ab, Brüderchen.«

»Die Frau?«, flüsterte al-Qabih.

»Eine Freundin. Sie möchte einmal reiten.«

»Ich auch!«

»Aber du bist doch die ganze Zeit geritten. Drei Leute, das ist zu schwer für Layla. Komm, raus aus dem Sattel.«

Murrend ließ sich al-Qabih zu Boden herab.

»Du wartest hier. Am besten legst du dich schlafen, da, bei dem Felsen. Geh nicht weg, sonst verläufst du dich.«

»Ich mitkommen!«

»Savina ist noch nie geritten, weißt du? Du kannst das schon besser als sie. Ich muss es ihr erst einmal zeigen.«

Da lächelte al-Qabih. Es machte ihn offensichtlich stolz, etwas besser zu beherrschen als Savina.

»Wir sind hier in gefährlichem Gebiet, die Christen sind ganz nahe. Du bist jetzt bald erwachsen. Kann ich mich auf dich verlassen, dass du im Versteck am Felsen bleibst?«

Al-Qabih lächelte noch mehr. »Erwachsen«, flüsterte er ehrfürchtig. Er nickte und ging zur Felswand.

Arif sah zu, wie er sich ins Gras legte. Er sagte noch einmal: »Nicht weggehen!« Dann wendete er sich wieder Savina zu. »Al-Qabih wird hier auf uns warten.« Er nahm Layla bei den Zügeln. »Bist du bereit?«

Savina strahlte. »Ja.«

Ihr Lächeln verschlug ihm die Sprache. Er brachte mühevoll hervor: »Gehen wir ein … Stück auf die Ebene raus.« Seine Stimme klang fremd, sie zitterte. Er führte die Stute in die Nacht. Neben ihm ging das Mondmädchen.

»Wo hat sie die Narben her?«, fragte sie.

»Layla sollte schon mehrmals vertrieben oder getötet werden. Sie hat die Stuten angesehener Krieger gebissen. Sie ordnet sich nicht in die Herde ein, ist wild und störrisch. Aber ich liebe sie.«

»Vielleicht gerade deshalb? Weil sie von niemandem sonst geschätzt wird.«

»Möglich.« Er blieb stehen und strich dem Pferd über den Hals. »Wollen wir Savina mal zeigen«, raunte er Layla zu, »was du alles kannst?« Er stellte sich vor die Stute und senkte die Hand. »Verbeug dich!«

Layla neigte den Kopf.

»Und jetzt knie dich hin.« Er senkte die Hand noch weiter.
»Knien, Layla.«

Die Stute beugte die Vorderbeine und sank auf die Knie nieder.

Savina sagte: »Das ist unglaublich! Sie hört auf dich, sie vertraut dir völlig.«

»Layla kann noch mehr.« Er ließ sie wieder aufstehen, band den Wasserschlauch vom Sattel los und legte ihn vor Layla auf den Boden. »Heb das auf«, befahl er.

Die Stute sah ihn an.

»Heb das auf.«

Reglos stand sie da, bog nur ein wenig den Kopf zur Seite.

Er fasste nach dem Lederschlauch, zeigte ihn ihr und legte ihn erneut zu Boden. »Heb das auf, Layla.«

Sie streckte das Maul hinab, fingerte zärtlich mit den Lippen über den Schlauch, bis sie eine Schnur zu greifen bekam, und hob ihn daran in die Höhe.

»Würde ich es nicht mit eigenen Augen sehen, ich glaubte es nicht. Wie hast du ihr das beigebracht?«

Er grinste. »War nicht schwer.« Savinas Bewunderung freute ihn. Er nahm Layla den Wasserschlauch ab, legte ihn nieder und begann, die Sattelgurte zu lösen. Er hievte den Sattel herunter, nahm auch die Decke ab.

»Ich dachte, wir reiten?«

»Gleich. Ich will dir noch was zeigen.« Damit sich Layla nicht weh tat, führte er sie weg vom Sattel. »Du kannst diesem Mädchen vertrauen«, raunte er ihr zu. »Weißt du noch, sie hat dich gefüttert. Du hattest keine Angst vor ihr.« Er kauerte sich nieder. »Leg dich hin«, sagte er sanft. »Hab keine Angst, Layla. Leg dich hin.« Er klopfte mit der Hand auf den Boden.

Die Stute sah sich nach Savina um. Ihre Ohren spielten nervös.

»Du musst dich nicht fürchten. Hier tut dir niemand etwas. Ich bin bei dir.« Er klopfte auf die Erde. »Leg dich hin, meine Gute. Ruh dich aus.«

Laylas Vorderbeine knickten ein, dann brachte sie ihr Gesäß nieder. Sie legte sich auf die Seite und streckte alle viere von sich. Sogar den Kopf bettete sie auf den Boden.

»Pferde tun das nur«, erklärte er, »wenn sie sich geborgen fühlen. Es ist eine schutzlose Haltung für sie. Wenn Layla jetzt angegriffen wird, kann sie sich nicht verteidigen und nicht weglaufen. Eigentlich bleibt sie, selbst wenn sie müde ist, stehen. Sie legt sich sehr selten hin.«

»Darf ich sie streicheln?«, fragte Savina.

»Komm her.«

Savina hockte sich neben ihn und rührte zaghaft mit den Fingern an den Widerrist. Allmählich wurde sie mutiger und streichelte Laylas Fell. Auch er streichelte die Stute. Die Stute lag still und ließ es sich gefallen. Aus ihren Nüstern blies warme Atemluft über seinen Arm.

Als er beim Streicheln unerwartet Savinas Hand berührte, fuhr es wie ein Blitz durch seine Glieder. Beide zuckten sie zurück, auch Savina streichelte den Pferdekörper nun weiter von ihm entfernt. Er spürte sein Herz im Hals pochen. Wie unbeabsichtigt brachte er ihr seine Hand wieder näher, bei jeder Streichelbewegung ein Stück. Sie berührten sich. Diesmal nahm er alle Kraft zusammen und hielt still, auch wenn in ihm ein Sturm losbrach. Savina ließ ebenfalls ihre Hand ruhen.

Sie sagten nichts. Sahen sich nicht an. Sie hielten einfach ihre Hände still, Seite an Seite, und er spürte die Kühle ihrer Haut. Irgendwann fing das Mondmädchen an, seine Hand mit den Fingerspitzen zu streicheln, behutsam und liebevoll. Er hatte ein Liebkosen von solcher Zartheit noch nie erlebt. Vorsichtig erwiderte er die Berührungen, streichelte nun auch ihre Hand.

Sie fassten die Hände fest ineinander und wagten nun endlich, sich anzusehen. Savina lächelte unsicher. Sie hatte Tränen in den Augen.

»Wollen wir ausreiten?«, fragte er leise.

Sie nickte.

»Komm.« Er half Savina auf die Füße. Als sie aufgestanden war, ließ sie seine Hand los, aber das Gefühl blieb, ihre Hand in seiner, die Haut vergaß das nie wieder, da war er sich sicher.

»Auf, Layla, wir reiten«, sagte er, und die Stute erhob sich. Er sattelte sie, stieg auf und reichte Savina den Arm.

»Ich will mich hinter dich setzen«, sagte sie.

»Warum?«

»Dann kann ich mich festhalten. Ich will nicht wieder runterstürzen wie letztes Mal.«

Er lachte. »Wie du meinst. Nimm meine Hand!« Er half ihr hoch, und sie nahm hinter ihm Platz. »Mach dir keine Sorgen«, sagte er, »wir fangen behutsam an.« Er drückte sanft die Unterschenkel zusammen, und Layla spazierte los. Der Mond schien hell über der Ebene, er überzog die Landschaft mit einem silbrigen Schimmer.

Savina sagte: »Ein bisschen schneller darf's schon sein.«

Da gab er Layla die Fersen. Der Körper der Stute streckte sich, sie griff weit aus mit ihren Hufen. Savina schrie auf. Sie lachte, es klang nach Angst und gleichzeitig nach herzlichem Vergnügen. Während Layla mit ihnen über die Ebene galoppierte, schlang das Mondmädchen die Arme um ihn. Er spürte ihre Hände auf seinem Bauch.

Ein Hochgefühl durchströmte ihn, am besten sollte dieser Moment ewig dauern! So lange Layla durchhielt trotz des doppelten Gewichts, lenkte er sie im Galopp durch die Nachtlandschaft. Erst als der Atem der Stute lauter wurde, ließ er sie in einen Trab fallen. Er hatte befürchtet, dass Savina ihn nun loslassen würde, aber sie hielt ihn weiter umfasst. Schweigend genossen sie den Wind und die Nähe auf dem Pferderücken.

Einige Zeit später, als sich die Stute erholt hatte, trieb er sie erneut zum Galopp an. Diesmal schrie Savina nicht, sie klammerte sich nur fester an ihn. Ihre Umarmung berauschte ihn. Er war eins mit dem Pferd und mit dem Mondmädchen, die Nachtluft fuhr ihm wild ins Gesicht, und er hielt es ihr glücklich hin.

Ein Gebüsch, das er in der Dunkelheit übersehen hatte, streifte ihn hart an der Wade. Die zerkratzte Haut brannte. Er zügelte Layla. »Verzeih. Hat es dich auch erwischt?«

»Wovon redest du? Das war wunderbar! Als wären wir geflogen.«

»Sie hat einen weichen Galopp. Nicht jedes Pferd ist so angenehm zu reiten.« Er beugte sich vor und tätschelte Layla den Hals.

Savina ließ ihn los. »Es wird bald hell.«

»Ich weiß.« Er sah es ja auch, die Sterne verblassten bereits, und am Horizont färbte sich der Himmel tiefblau. »Ich möchte dich wiedersehen, Savina.«

»Und ich dich, Arif.«

Dass sie das sagte, versöhnte ihn. Er lenkte Layla in einen weiten Bogen. »Meinst du, wir können an mein Schwert gelangen? Mein Vater macht mir Ärger deswegen.«

»Da kommen wir nicht ran. Völlig unmöglich. Und selbst wenn – sobald es weg ist, fragen sie, wer es geholt hat.«

Bei Tag würde ihn die Wirklichkeit einholen, unerbittlich. Vater wollte, dass er ihm die Gärten der Christen zeigte. Wie sollte er ihm das ausreden? Sie machten Jagd auf Savinas Volk, nur aus diesem Grund waren sie hier. »Die Feindschaft zwischen Muslimen und Christen, warum ist das so?«

»Wenn ich das wüsste.«

Ihre Hände wärmten wieder seinen Bauch, obwohl sie sich längst nicht mehr festhalten musste. Er hätte gern die Zügel fahrengelassen und seine Hände auf ihre gelegt, aber er beherrschte sich. Womöglich wäre es ihr zu viel, und sie würde sich zurückziehen.

»Ich denke«, sagte sie, »sie sind sich zu ähnlich.«

»Wie bitte? Der Islam ist grundverschieden von eurem Glauben!«

»Mein Vater hat mich einiges über euch gelehrt. Ihr glaubt doch auch, dass Gott die Erde in sechs Tagen geschaffen hat«, sagte sie, »und dass es einen Baum gab, von dem Adam und Eva nicht essen sollten. Ihr glaubt sogar an den Teufel und denkt, dass er die Menschen in Versuchung geführt hat.«

»Bei uns heißt er Iblis.«

»Der Name spielt keine Rolle. Ihr kennt eine Sintflut und Noah und die Arche. Ihr erzählt von Abraham, Joseph, dem Volk Israel in Ägypten, Mose. Und Jesus schätzt ihr auch.«

»Das macht uns noch lange nicht zu Christen.«

»Sage ich ja gar nicht.« Sie nahm die Hände von seinem Bauch. »Aber die Bibel und der Koran sind sich ähnlich, so viel steht fest.«

»Das ergibt keinen Sinn! Wieso sollten wir zerstritten sein, weil wir ähnlich glauben?«

»Na ja, wir Christen denken, ihr habt von der Bibel abgeschrieben. Sie ist um Jahrhunderte älter als der Koran, und ihr habt einfach vieles davon übernommen.«

Er lachte. »Abgeschrieben? Ich sag dir mal, was wir Muslime von euch halten. Ihr hattet eine gute Botschaft von Gott, aber ihr habt sie verlassen und seid vom Weg abgeirrt, so sieht's aus!«

Er ärgerte sich, die Sache angesprochen zu haben. Es war so zauberhaft gewesen zwischen ihnen! Hatte er unbedingt ihren unterschiedlichen Glauben erwähnen müssen, den einzigen Umstand, der sie trennte?

Ich habe mich in eine Christin verliebt, dachte er und erschrak.

»Willst du nun wissen, was ich denke, oder nicht?«

Er holte tief Atem. »Natürlich will ich's wissen. Tut mir leid.«

»Also gut. Christentum und Islam reden von derselben geschaffenen Welt und vom selben Gott. Aber in einem unterscheiden sie sich und können nicht zusammenfinden.«

»Das wäre?«

»Für euch ist Jesus Christus ein Prophet. Für uns ist er Gottes Sohn. Deshalb heißen wir ja Christen. Wenn er nicht Gottes Sohn war, so wie ihr es sagt, dann hätte er mit seinem Tod nicht unsere Schuld getilgt, und wir wären immer noch aus dem Paradies ausgestoßene, verlorene Geschöpfe.«

Was redete sie da für wirres Zeug? »Wir sind nicht im Paradies. Da kommen wir erst nach der Auferstehung hin.«

»Genauso glauben wir Christen es. Und ich als Christin sage: Den Weg zum ewigen Leben hat Jesus gebaut, wie eine Brücke über eine dunkle Schlucht. Das konnte er, weil er Gottes Sohn ist.«

Wenn der Scheich hören könnte, was sie da sagte, würde er ihr ins Gesicht schlagen. Blasphemie war das, Gotteslästerung. Es gibt nur einen Gott, lehrte Mohammed, und er hat keinen Sohn.

Nahe al-Qabihs Felsen brachte er Layla zum Stehen und saß ab. Er reichte Savina den Arm, aber sie nahm ihn nicht, sie blieb auf dem Rücken der Stute sitzen und sah ihn an. Ihr blasses Gesicht sah plötzlich traurig aus.

Sie sagte: »Ich …« Sie biss sich auf die Lippe. »Es tut mir leid.«

»Was tut dir leid?«

»Manchmal fällt es mir schwer, den Mund zu halten. Ich wollte deinen Glauben nicht beleidigen.«

»Ist schon gut.«

Sie nahm seinen Arm und stieg vom Pferd. »Der Ausritt war wunderschön.«

Al-Qabih kam näher. »Gewartet. Wie erwachsen!«

»Das hast du toll gemacht, Bruder.« An Savina gewandt, sagte er in Griechisch: »Was tun sie mit ihm, wenn sie ihn finden?«

»Ich verstecke ihn gut.«

»Und wenn sie ihn doch aufstöbern?«

»Dann kämpfe ich um sein Leben.«

Dass sie so über al-Qabih sprach! Solange er denken konnte, war der Bruder verachtet worden, nie hatte sich jemand für ihn eingesetzt. »Das bedeutet mir sehr viel«, sagte er.

Er wandte sich an al-Qabih. »Ich möchte, dass du mit Savina gehst. Sie gibt dir zu essen und zeigt dir einen Schlafplatz.«

Furcht und Hunger rangen in seinem Gesicht miteinander. Schließlich sagte er leise: »Frau lieb?«

»Ja, Savina ist lieb. Sehr lieb.«

»Gut. Erwachsen.«

»Wo sie dich hinführt, ist es gefährlich. Du darfst nicht sprechen. Alles, was sie von dir möchte, musst du tun. Hast du mich verstanden? Sei mutig, du bist es, al-Qabih.«

Der Bruder nickte.

Er umarmte ihn. Dann wollte er zum Abschied Savinas Hand nehmen, aber er wagte es nicht. »Ich komme wieder, in zwei oder drei Tagen, hoffe ich.«

»Ich bin in der Stunde vor Sonnenaufgang hier, so oft ich kann.«

Er saß auf. »Danke, dass du dich um meinen Bruder kümmerst.«

Stumm sah sie ihn an.

Sie hat Angst, dachte er, genauso wie ich.

Unter Verdacht

Der Wächter sah ihn misstrauisch an, während er Layla in der Koppel trockenrieb. Auch als er den Sattel zum Zelt trug, zog Arif die Blicke auf sich. Frauen, die eben noch mit kräftigen Bewegungen einen Stein über eine Kamelhaut gerieben hatten, um sie weich zu machen, schauten von der Arbeit auf. Bewaffnete Männer unterbrachen ihr Gespräch und musterten ihn. Haftete ihm etwas an, das sie erkennen ließ, er war beim Feind gewesen?

Kaum betrat er das Zelt und sah Mutters verweinte Augen, begriff er.

»Hast du's getan oder nicht?«, fragte sie. »Warst du mit al-Qabih am Halys?«

»Nein.«

»Hast du ihn ins Wasser gestoßen?«

»Ich war nicht dort. Also konnte ich ihn auch nicht ins Wasser stoßen.«

»Du weißt, er war für unsere Familie eine Last, aber wir haben ihn geliebt.«

Das habt ihr nicht, dachte er.

Mutter sagte: »Auch einen Krüppel darf man nicht töten. Allah wird keinen Mord gutheißen.«

»Wirklich? Wir sind doch hier, um zu morden.«

Erschrocken sah sie ihn an. »Wie redest du!«

»Die Christen dürfen wir töten, oder etwa nicht?«

»Das ist etwas anderes. Christen sind Ungläubige. Aber deinen eigenen Bruder zu ersäufen, Arif –«

»Ich hab's nicht getan, wie oft soll ich das noch sagen? Hast du vergessen, dass ich immer versuche, ihn zu beschützen? In der Nacht wolltet ihr ihn auf dem nackten Boden schlafen lassen. Ich hab ihm heimlich eine Decke abgegeben, als ihr schon geschlafen habt. Marwan hab ich nicht an ihn rangelassen, Yusuf genauso wenig. Ich würde al-Qabih niemals etwas antun.«

»Vielleicht dachtest du, es wäre besser für ihn, wenn er nicht mehr lebt.«

»Mutter! Denkst du im Ernst, ich wäre zu so etwas in der Lage?«

»Viele denken es. Manche behaupten sogar, wir hätten dich dazu aufgefordert.« Ihr schossen neue Tränen in die Augen. »Auch wenn's oft schwer war mit ihm … Habe ich dir irgendwie vermittelt, dass wir ihn loswerden wollen?«

Vater betrat das Zelt. »Er war es nicht«, sagte er.

Sie fragte: »Woher willst du das wissen?«

»Ich kenne Arif.«

Was für ihn schlimmer war, wusste er nicht: dass die Mutter ihm einen Mord zutraute oder dass der Vater davon überzeugt war, dass er nicht den Mut besaß, um zu töten.

»Wo warst du?«, fragte Vater.

»Ich habe al-Qabih gesucht.« Das war nicht mal gelogen. Er verschwieg bloß, dass er ihn gefunden hatte.

»Wir haben Wichtigeres zu tun, als deinem Bruder nachzulaufen. Ich habe dir ein neues Schwert besorgt und einen Bogen. Wir reiten sofort los. Ich muss die Gärten sehen, die du gefunden hast.«

Zitterte er vor Kälte oder vor Angst? Sie nahm den Fellumhang ab und legte ihn al-Qabih um die Schultern. Inzwischen hatte er ihr so oft seinen Namen gesagt, dass sie ihn Arabisch aussprechen konnte – er hatte ihn, solange sie ihn falsch aussprach, unnachgiebig wiederholt und damit verlangt, dass sie ihn übte. Sichtlich genoss er es, einmal der Lehrer und nicht der Schüler zu sein. »Das bist du nicht gewöhnt, al-Qabih, dass es so kalt und dunkel ist, was? Komm, hier entlang.« Sie nahm die Fackel wieder auf und führte ihn weiter in die Tiefe. Ihr Griechisch verstand er nicht, aber sie war sicher, es tat ihnen beiden gut, wenn sie, statt sich anzuschweigen, ein paar Worte wechselten.

Sie roch bereits die verwesenden Leiber, ein stechender, unangenehmer Duft. Savina widerstand mit Mühe dem Impuls, sich den Ärmel vors Gesicht zu halten. Der Geruch schützte sie, das durfte sie nicht vergessen. In diesem Teil Koramas würden sie niemandem begegnen, es sei denn, es gab eine Bestattung.

Der abschüssige Gang machte eine Biegung. Da waren die ersten Nischen, rechts und links lagen Tote in der Felswand, in Tücher eingewickelt. Der Verwesungsgeruch war kaum mehr zu ertragen.

Al-Qabih starrte furchtsam in die Gräber. Er drängte sich näher an Savina heran.

»Es wird gleich besser«, sagte sie. Sie stiegen weiter hinab, in den alten Teil der Stadt. Hier war sogar ein Lufthauch zu spüren, und es atmete sich leichter. Unter verrottenden Stoffresten lagen Skelette in den Wandhöhlen, die Knochenhände über dem Bauch gefaltet. »Schau nicht hin.«

Sie bog in einen Verbindungsgang ab, der keine Gräber enthielt, und machte Halt. Al-Qabih zitterte immer noch, er wimmerte durch zusammengebissene Zähne. Sie umarmte ihn. »Es ist gut, dir wird nichts passieren.«

Aus ihrer Tasche holte sie die Tontöpfe heraus. »Schau, ich zeige dir etwas, das wird dir gefallen.« Sie nahm die Lederhülle vom ersten Topf. »Rote Farbe, aus Ockererde.« Sie öffnete den nächsten. »Grün, aus Walnussblättern.« Einen nach dem anderen hielt sie ihm vor das Gesicht. Auch wenn er ihre Sprache nicht verstand, der Anblick der Farben lenkte ihn ab, und sie hoffte, dass ihre Stimme ihn beruhigen konnte. »Gelb aus Sanddorn. Dunkelrot aus getrockneten Trauben. Malvenfarbe, die liebe ich, sie ist aus Zwiebelschalen gemacht. Das ist Grau, das mache ich aus Minze. Und für die braune Farbe zermahle ich die Rinde der Schwarzerle.«

Al-Qabih sah sie mit großen Augen an. Er zitterte nicht mehr.

Sie holte einen Pinsel aus der Tasche. »Wollen wir deinen Bruder malen? Arif?«

»Arif.« Er wiederholte sehnsüchtig den Namen. »Arif.«

Sie tunkte den Pinsel in die rote Ockerfarbe und begann, einen Untergrund für die Stute auf die Felswand zu bringen.

Mit Braun verdunkelte sie die Farbe, dann gab sie Grau hinzu, um Laylas fahlrotes Fell nachzuahmen. Sie malte die Beine, wie zum Galopp ausgestreckt, und den Kopf.

»Layla«, sagte al-Qabih, und ein erstes schüchternes Lächeln fand auf sein Gesicht.

»Genau, das ist Layla. Und wer sitzt darauf?«

Obwohl sie den Körper erst mit wenigen Pinselstrichen begann, sagte al-Qabih erfreut: »Arif!«

»Genau, dein Bruder.«

Nachdem sie das Bild von Arif fertiggestellt hatte, malte Savina einen Dachs, eine Schildkröte, einen Bergleoparden und ließ sich von al-Qabih die arabischen Namen dazu sagen. Als sie einen grünen Skorpion zeichnete, schüttelte al-Qabih streng den Kopf und tat so, als dürfe man sich dem Bild keinesfalls nähern. Sie lachten.

»Willst du mal?« Sie gab ihm einen Pinsel. Ehrfürchtig tauchte er ihn in die Farbe ein und brachte sie an die Höhlenwand. Sie erklärte ihm, dass er für jeden Farbtopf einen anderen Pinsel nehmen müsse, und legte die Pinsel auf den Boden, jeden zu seinem Tontöpfchen. Sie nahm sich einen feinen, mit wenigen Haaren, und gab Arifs Gesicht Mund und Augen. Dass sie keinen Rinderurin dabeihatte, um den Farben mehr Glanz zu verleihen!

Al-Qabih fragte sie etwas. Er drückte auf seinen Bauch. Hatte ihm das Brot nicht gereicht? Aber das gequälte Gesicht schien etwas anderes zu sagen. Sie legte ihren Pinsel ab. »Komm.«

Wo war hier unten der nächste Abort? Sie suchten eine

Weile, krochen durch niedrige Fluchtgänge, und als sie nichts fanden, stiegen sie ein Stockwerk auf. Endlich entdeckte Savina eine der kleinen Kammern mit Tonkrügen. Sie zeigte auf den vorderen Krug.»Da, ich lass dich allein, ja?«

Al-Qabih blickte verständnislos auf das Gefäß. Im Zeltlager machten sie das offenbar anders.»Ist schon richtig«, sagte sie und hob den Deckel. Der Krug war leer, aber man roch noch, dass er für Kot verwendet worden war.»Du machst hier dein Geschäft und deckst es damit zu.« Sie holte aus dem benachbarten, offenen Krug eine Handvoll Erde.»Zum Schluss tust du den Deckel drauf.«

Immer noch sah er verwirrt auf die Krüge.

»Sie leeren die Krüge nachts, weit weg von den Eingängen. Verstehst du nicht?« Sie hockte sich über den Krug und tat so, als würde sie ihr Geschäft verrichten.

Da nickte er und sagte etwas in arabischer Sprache.

Sie ließ ihn zurück, auch die Fackel ließ sie in der Kammer und ging nach draußen ins Halbdunkel, um auf ihn zu warten. Arifs Bruder zu versorgen, gab ihr das Gefühl, fortwährend mit Arif verbunden zu sein. Wenn Arif in zwei oder drei Tagen –

Savina stutzte. Jemand kam den Gang entlang! Der Lichtschein schimmerte bereits um die Biegung herum.

Eilig ging sie ihm entgegen. Sie musste sich eine gute Lüge ausdenken, um ihn daran zu hindern, weiter dem Gang zu folgen. Denk nach, denk nach!, sagte sie sich. Als sie um die Ecke bog, blieb sie erschüttert stehen. Jon!

»Da bist du«, sagte er. »Ich hab mir solche Sorgen gemacht, den ganzen Tag suche ich dich schon. Ich war überall, in den Taubenschlägen, in der Weinkelter, im Versammlungsraum, in der Kirche, bei euren Verwandten.« Sein Gesicht war bleich, und rote Äderchen durchzogen die Augäpfel. »Was machst du hier unten?« Jons verwirrter Blick wanderte an ihr hinunter. »Ist das Farbe an deinen Händen?«

»Ich male.«

»Aber du hast doch oben –«

»Ich wollte ungestört sein«, unterbrach sie ihn. »Etwas Neues ausprobieren.«

»Darf ich's sehen?«

»Ich will das nicht zeigen, niemandem. Muss noch daran arbeiten.« Sie drängte ihn zurück. »Lass uns nach oben gehen. Mir knurrt sowieso der Magen. Warum hast du mich gesucht?«

Jon blieb stehen. »Um mich zu entschuldigen. Ich habe mich schlimm danebenbenommen. Du sollst wissen, es ist in Ordnung, wenn du mich nicht heiraten willst, solange wir Freunde bleiben können. Ich hätte dich nicht so bedrängen dürfen. Wenn du meine Frau werden willst, dann soll das aus vollem Herzen geschehen. Ich werde dir Zeit lassen, ich bin bereit, auf dich zu warten. Du bist noch so jung, du musst dich nicht jetzt schon festlegen. In deinem –« Er stockte, runzelte die Stirn. Verwundert sah er an ihr vorbei.

Sie drehte sich um. Al-Qabih war hinter sie getreten, mit der Fackel in der Hand.

»Er sieht arabisch aus«, sagte Jonathan. »Ganz sicher, das ist

140

ein Araber! Wie kommt der hier rein?« Er wandte sich um. »Alarm!«

»Nein, warte. Ich kenne ihn.« Sie griff nach Jons Arm. »Kann ich dir vertrauen?«

Er blickte sie an und hob fragend die Brauen.

»Großvater geht's schlecht, die Gicht setzt ihm übel zu. Er kann sich kaum noch rühren. Deshalb schleiche ich mich manchmal nach draußen und pflücke Vogelbeerblätter für ihn. Ich muss frische Luft atmen und Bäume sehen und Sträucher und Vögel, du kennst mich.« Ihr war unwohl bei dem Gedanken, Jonathan einzuweihen. Aber ihr blieb keine Wahl. »Heute, als ich draußen war, bin ich einem Araber begegnet. Er hat mir nichts angetan, er beherrschte unsere Sprache. Er hat mich angefleht, seinen Bruder hier zu verstecken. Bei den Arabern würde er getötet werden, weil er ein Krüppel ist.«

»Du hast ihn hier reingebracht?«, fragte Jon entsetzt.

»Den Jungen, ja. Er ist wie ein Kind, er spricht kaum.«

»Trotzdem kann er seinen Leuten den Weg in die Stadt zeigen.«

»Das wird er nicht. Ich behalte ihn immer im Auge.«

»Savina, du setzt das Leben von zehntausend Menschen aufs Spiel, das Leben deiner Mutter und deines Vaters, mein Leben, für einen Fremden?«

Sie seufzte. »Hältst du zu mir? Schweigst du?«

»Ich falle dir nicht in den Rücken. Aber bring ihn hier raus, bevor er noch mehr sieht! Das Ganze könnte eine Falle sein.«

141

Im roten Abendlicht bot die Siedlung der Christen einen merkwürdigen Anblick. Die Häuser am Fuß der Berge sahen aus wie langgezogene Zipfelmützen. Hätte er es nicht besser gewusst, er hätte geglaubt, dass in ihnen keine Menschen hausten, sondern Dschinngeister.

Vater hob den Arm und brachte die berittene Kriegerschar zum Halt. Er sagte: »Siehst du das, Arif?«, und wies in die Berge. »Auf dem Hang.«

Ein Licht blitzte auf. Kurze Zeit später blitzte es an anderer Stelle.

»Sie haben uns bemerkt.« Der Vater verzog mit Genugtuung den Mund.

»Was waren das für Lichter?«, fragte Arif.

»Spiegel. Sie fangen die Sonne ein und lenken ihr Licht zum nächsten Wächter. So geben sich die Troglodyten Zeichen von einem Felsen zum nächsten.« Haroun drehte sich um und gab allen, mit Ausnahme der Bogenschützen, den Befehl zum Absitzen. Ihre Pferde waren mit schweren Filzdecken vor Verwundungen geschützt, und die Reiter konnten sich sogar im Galopp in den ledernen Steigbügeln erheben, um Schüsse abzugeben.

Viele der Krieger, die von den Pferden stiegen, stammten nicht aus dem Jazirat al-Arab, sondern lebten mit ihren Familien in den Garnisonsstädten Basra und Kufa. Sie trugen Schild und Schwert und einen Lederhelm mit Nieten, manche außerdem einen Wurfspeer.

Narben auf den Armen und in den Gesichtern gaben Zeugnis von vergangenen Schlachten, an denen sie teilgenommen hatten. Sie waren die Wohlhabenden, die ein Pferd besaßen. Vater plante keinen Angriff, sondern eine Erkundung. Die unberittenen Krieger waren im Zeltlager geblieben.

Beruhigen konnte der Gedanke Arif nicht. Was würde Savina denken, wenn sie erfuhr, dass er ihre Feinde auf die Spur der Troglodyten führte? Ihm blieb ja keine Wahl, hätte er sich geweigert, wäre Vater misstrauisch geworden und hätte womöglich aus ihm herausgeprügelt, dass er sogar das Innere der unterirdischen Stadt kannte. Lieber gab er ihm eine Auskunft, die ihn beschwichtigte.

Vater sagte: »Bogenschützen! Ihr bleibt bei den Pferden der anderen vor der Siedlung und haltet euch bereit. Wenn ihr einen Ungläubigen fliehen seht, erschießt ihn.« An die Krieger gewandt, befahl er: »Durchsucht jedes Haus.«

Sie strömten in die Siedlung.

»Du kommst mit mir«, sagte Vater. »Zeige mir, wo du dein Schwert verloren hast.«

Arif führte ihn in das Labyrinth von Felsen. Er suchte die Treppe, die wie eine Zunge aus dem Maul des steinernen Untiers hing. Überall drangen die Krieger in die Häuser ein. Er erwartete ängstlich die Schreie sterbender Troglodyten, aber glücklicherweise blieb es still.

An einem Gebüsch neben einem der Häuser blieb er stehen. »Hier war es«, sagte er. »Es war so dunkel, ich konnte das Schwert nicht wiederfinden.«

»Dann such jetzt danach.« Der Vater bog mit seinem Schwert die Zweige des Buschs auseinander.

Arif umklammerte fest den Griff des neuen Schwerts und

tat so, als suche er im Gebüsch. Dann ging er um das Haus herum und tastete durch das Gras. Beinahe erwartete er selbst schon, den metallenen Knauf der Waffe zu sehen und die helle Lederscheide mit den arabischen Schriftzeichen, die in das Leder eingebrannt waren, so angestrengt hielt er danach Ausschau.

Der Vater kam ihm nach. »Hast du es?«, fragte er.

»Ich versteh das nicht. Es muss doch hier sein!«

Vater sagte: »Womöglich haben es die Troglodyten mitgenommen. Wir jagen's ihnen wieder ab. Wer es bei sich trägt, büßt mit dem Tod. Zeige mir die Gärten!«

Er ging zur kleinen Mauer aus behauenen Steinen. Das Kichererbsenkraut im Garten war verdorrt, und die Gurken waren alle abgeerntet. Aber es wuchsen noch Melonen mit brauner Schale.

Vater stieg über das Mäuerchen und kauerte sich zu den Melonenpflanzen. Er befühlte die Erde ringsherum. »Jemand hat die Pflanzen bewässert«, sagte er. »Woher nehmen die frisches Wasser? Haben sie Regenzisternen?« Er untersuchte einen Fußabtritt in der Erde. »Einer von ihnen war letzte Nacht hier.«

Schon sammelten sich erste Krieger bei ihnen. »Die Häuser sind leer«, meldeten sie.

Der Abend dämmerte, es wurde kühl. Vater sah gen Himmel. »Solange wir noch Licht haben, suchen wir Spuren. Dann schlagen wir ein Nachtlager auf.«

Die alten, erfahrenen Krieger murrten. »Hier? So nahe bei den Bergen? Die Ungläubigen könnten einen Ausfall wagen.«

»Wir sind hundert Mann«, sagte Vater. »Und wir haben ihre Häuser, die uns Deckung geben. Wenn wir jetzt zurückreiten, um in der Steppe zu rasten, kommen sie in der Nacht und verwischen ihre Spuren.«

Arif beherrschte das Verlangen, sich nach den Bergen umzudrehen. Er wusste, wo es in die Höhlenstadt hinabging. Inständig hoffte er, dass keine Spuren zu ihrem Eingang führten.

Der Überfall

Wie Skorpione stachen ihn seine giftigen Gedanken. Noch vor Wochen hatte Savina ihre Einfälle alle mit ihm besprochen. Heute hatte sie ihn feindselig angestarrt, als er sie mit dem Araberkind erwischte.

Jonathan wälzte sich auf dem Nachtlager hin und her. Natürlich war es eine wahnwitzige Sache, was sie da tat, wie so vieles Verrückte, das ihr unruhiger Geist ihr eingab. Aber dass sie ihm nicht mehr vertraute! Sie entglitt ihm, das spürte er deutlich. Statt ihm offenherzig zu berichten, wie sie an den Jungen geraten war, hatte sie es nur gezwungen und zögerlich preisgegeben. Eine Fremdheit war in ihrer Stimme gewesen, eine ungewohnte Kühle.

Er stand auf, entzündete das Licht und verließ damit die Kammer. Über Treppen und abschüssige Gänge stieg er zu den Grabhöhlen hinab. Sein wundes Herz tat ihm weh. Bisher hatte sie ihn so wunderbar angelacht, hatte mit ihm gescherzt und sich jedes Mal gefreut, wenn sie sich sahen. Hatte es sie wirklich so sehr erschreckt, dass er sie heiraten wollte? Sie scheute zurück wie ein Kind, dabei war sie auf dem besten Weg, eine Frau zu werden, mit allem, was dazugehörte. Es war doch ein reizvoller Gedanke, dass sie den Rest ihres Lebens miteinander verbrachten! Sie tat geradezu so, als sei das eine abstoßende Vorstellung für sie. In ihrer Abwehr vergaß sie alles Schöne, das sie bereits miteinander geteilt hatten, die Gespräche, die fröhlichen Arbeitseinsätze, die Neckereien. Er roch den Gestank der Toten. Dass auch sein Fuhrknecht hier vermoderte, dass er, Jonathan, seinen Verwesungsgeruch einatmete, war ein erschreckender Gedanke. Er versuchte, ihn zu verdrängen. Er passierte den Abort, wo er sie erwischt hatte, und folgte weiter dem Gang. Mit der flackernden Lampe leuchtete er in die Abzweigungen. Erst als er sich noch ein Stockwerk tiefer hinabbegeben hatte, mischte sich der Duft von Farben zum Leichengeruch.

Jonathan hielt die Öllampe nahe an die bemalte Wand. Tatsächlich, Savina hatte mit dem Kind gemalt, seine plumpen Farbkleckse verschandelten ihr kunstfertiges Bild. Sie hatte wieder ein Pferd auf die Wand gebracht, wie im dritten Stock bei ihrer Wohnung. Diesmal trug es einen arabischen Reiter.

Er verspürte einen Stich.

In ihrer Erzählung hatte sie behauptet, sie habe den Bruder des Jungen gestern zum ersten Mal gesehen. Aber das Bild im oberen Teil der Stadt war bereits einige Tage alt. Es zeigte zweifellos dasselbe Pferd. Gehörte es dem Araber, der ihr seinen Bruder gebracht hatte? Dass sie einem Fremden einfach so den Jungen abnahm, war ihm gleich unglaubwürdig erschienen.

Savina, die Freiheitsliebende, unterhielt sich mit dem Feind, das passte zu ihr, es besaß genau den Wahnwitz, den sie so liebte. Wie so oft übersah sie dabei die Gefahren.

Er hörte ein Geräusch und fuhr herum.

»Was machst du hier?« Savina trat aus dem Dunkel.

»Das könnte ich dich genauso fragen.«

»Ich passe auf den Kleinen auf.«

Natürlich hatte sie ihn nicht nach draußen gebracht, wie er verlangt hatte. »Er ist noch hier? Und du schläfst bei dem Araber?«

»Denkst du, ich lasse ihn allein? Er ist ein Kind, vergiss das nicht. Und er ist es nicht gewohnt, tief unter dem Berg zu leben. Er hätte Angst in der Dunkelheit, ohne Sterne, ohne Mond.«

»Was hast du deiner Familie erzählt?«

Sie sah zu Boden.

»Sag's mir.«

»Dass du heute Wachdienst hast und ich dich beim Wachgang begleite.«

Er fühlte sich geschmeichelt. Wenn Savinas Vater zustimmte, dass sie die Nacht mit ihm verbrachte, zeigte das, wie sehr er sich wünschte, dass die beiden ein Paar wurden. Er kannte ja die Vorbehalte seiner Tochter. »Komm, machen wir es wahr. Dann hast du nicht gelogen.«

»Ich kann hier nicht weg. Wenn der Junge aufwacht und merkt, er ist allein – er würde sich zu Tode fürchten.«

»Dann bleibe ich bei dir. Wir plaudern die Nacht durch. Magst du?«

»Ich bin müde, Jon. Ich möchte schlafen. Außerdem sollst du in die Sache nicht mit reingezogen werden. Schlimm genug, dass du davon weißt. Geh wieder nach oben. Wir reden morgen.«

Es war zwecklos, mit ihr zu streiten. Ihr kühler Blick sagte ihm das. Hast du unsere Freundschaft völlig vergessen?, warf er ihr in Gedanken vor. Am liebsten hätte er sie bei den Schultern genommen und geschüttelt, um sie aus ihrer Taubheit zu wecken. Aber er machte wortlos kehrt und stieg wieder hinauf über Schächte und Korridore.

Sein Inneres brannte vor Wut. Es ist nur eine vorübergehende Phase, sagte er sich, sie hat eine widerborstige Zeit, das haben die Frauen mitunter, sie wird wieder zur Vernunft kommen. Aber es gelang ihm nicht, sich zu beruhigen.

Als er in das vierte Stockwerk der Stadt gelangte, hielt er verwundert inne. Die Gänge waren hell erleuchtet. Männer traten aus den Höhlen, gürteten sich Schwerter um, zogen Lederpanzer an. Andere eilten mit Fackeln höher hinauf. Er folgte ihnen, fragte nach dem Grund. »Der Ältestenrat hat einen stillen Alarm geboten«, antworteten sie. »Wir rücken aus.«

Auch im dritten Stock sammelten sich Bewaffnete. Sie kamen mit Bogen, Wurfspeeren, Helmen aus den Waffenkammern. In den Eingängen der Wohnhöhlen standen Kinder und Erwachsene und sahen stumm zu. Die Krieger kletterten die Schächte hinauf.

Im zweiten Stock versammelte Olympus die Männer, ein Anführer. Lockige graue Haare fielen ihm in die Stirn, und die dunklen Augen blickten eindringlich über die versammelte Menge. Er legte die Finger der rechten Hand vor den Mund, um ihnen zu verstehen zu geben, dass sie weiterhin Schweigen bewahren sollten. Wieder und wieder neigte er sich der Röhre zu, die in der Felswand nach oben führte, und hielt leise Rücksprache mit den oberirdischen Wachen. Schließlich wandte er sich den wartenden Kriegern zu, teilte sie in Hundertschaften auf. »Gebt diese Botschaft nach hinten durch: Verhüllt eure Gesichter und die Schwerter, damit der Mondschein uns nicht verrät«, befahl er. »Wir nehmen die östlichen Ausgänge. Hundert Männer folgen mir, hundert Kimon und hundert Maurikios.«

Wie steifgefroren lag Arif am Boden und starrte in den Sternenhimmel. Er brachte es nicht fertig, aufzustehen und sich davonzuschleichen. Vaters Atemzüge gingen zwar ruhig, aber er wusste, dass Vater so nahe bei den Feinden selbst im Schlaf wachsam sein würde. Sobald ein Fuß auf dem Sand knirschte, würde Vater aufwachen. Zudem waren rings um das Christendorf Wachen postiert, die ihn aufhalten würden. Wie konnte er die Christen warnen?

Wenn Vater morgen bei Tageslicht tatsächlich den Weg zu Koramas Eingängen fand, würde er seine Einwohner ausräuchern. Wer nicht erstickte, kroch keuchend aus den Löchern und war eine leichte Beute für die arabischen Schwerter.

Es lag in seiner Hand, Savinas Höhlenstadt zu retten. Vielleicht genügte es, wenn er es bis zu den Gärten schaffte. Er musste die Spuren der Christen in der Umgebung der Beete verwischen, die Krieger hatten in der Abenddämmerung ja nicht gewusst, in welcher Richtung sie suchen mussten. Wenn es ihm gelang, jeden Hinweis zu vernichten, bevor der

Morgen graute, mochte das für Savinas Volk die Rettung bedeuten.

Er hob ruckhaft den Kopf. War das nicht eben ein Röcheln
gewesen, ganz in der Nähe? Arif spähte in die Dunkelheit. Es war still, die Felskegel ragten reglos in den Himmel.
Da hörte er vom anderen Ende des Dorfs einen erstickten
Schrei.

Vater schreckte auf. Er griff nach seinem Schwert, sprang in
die Höhe. Von einer dritten Seite erklang das Aufeinander-
klirren von Schwertern, dann ein Ächzen und das Auftref-
fen eines Körpers am Boden. Vater rief:»Zu den Waffen! Sie
kommen von allen Seiten!«

Arif erhob sich, aber da warf ihn der Vater auch schon zu
Boden. Erst jetzt hörte Arif das Surren von Pfeilen. Dumpf
schlugen sie neben ihm in den Boden ein. Überall erwachte Kampfeslärm.»Versammelt euch bei den Pferden!«, brüllte Vater.

»Der Weg ist abgeschnitten«, antwortete die tiefe Stimme
von Abd al-Jabbar, dem alten Kriegshelden, den Vater oft in
ihr Zelt einlud.

Vater packte Arifs Arm.»Komm.« Er zog ihn mit sich an die
Felswand eines der Häuser, und von dort weiter zum nächsten. Drei Angreifer stürmten auf sie zu, vermummte Männer. Todesangst packte Arif. Er zog hektisch die Klinge aus
der Scheide.

Vater schlug den Speer des ersten Angreifers beiseite und
bohrte ihm sein Schwert in den Leib. Mit einem Ruck zog
er es heraus und schnitt dem nächsten über die Brust. Auch

Arif hob seine Klinge und hielt mit Mühe den Hieb des Dritten auf. Da schlug Vater dem Mann bereits die Schneide seines Schwerts ins Genick. Der Mann brach ächzend zusammen.

»Weiter«, sagte Vater und schlich zum benachbarten Haus.

Beinahe fielen sie über einen Krieger, der am Boden lag. Arif bückte sich. Es war Shihab, er hielt zwei Pfeile umklammert, die ihm aus seinem Bauch ragten.

Vater sagte: »Nimm den anderen Arm«, und griff unter Shihabs Achsel.

Gehorsam steckte Arif das Schwert weg und hob gemeinsam mit Vater den Verletzten an. Sie hievten seinen schweren Körper in Richtung der Pferde. Dann aber mussten sie den Stöhnenden sinken lassen. Vor ihnen wehrten sich einige umzingelte Krieger mühsam mit ihren Schwertern gegen die vordringenden Christen.

Vater brüllte: »Abd al-Jabbar!«

»Haroun?«, tönte es aus einiger Entfernung.

»Ich brauche dich hier!«

Abd al-Jabbar antwortete, er tue, was er könne.

»Hoffen wir, dass viel von Utman in dir steckt, Arif«, sagte Vater. Er hob das Schwert in die Höhe und schrie: »Allahu akbar!« Furchtlos stürmte er auf die Feinde zu und ließ die Klinge auf den Ersten niedersausen.

Arif folgte ihm. Als sich ein Christ zu ihm umwendete, hieb Arif erschrocken nach dessen Brust. Der Gegner wich aus und griff seinerseits an. Arif duckte sich unter die pfeifende Klinge. Er versuchte, sich an die Lektionen zu erinnern, die Vater ihm erteilt hatte, aber schon rauschte der nächste Schlag heran, er fand keine Zeit zum Nachdenken. Mit Mühe parierte er den Hieb. Funken stoben in die Nacht, wo die Schwertklingen aufeinanderprallten. Sein Gegner holte erneut aus.

Gegen solche Kraft konnte er nicht lange standhalten. Eine Finte, dachte Arif, ich muss ihn reinlegen. Er gab plötzlich nach und wich zur Seite aus. Der Feind fiel nach vorn. Arif stach ihm die Schwertspitze in die Hüfte. Der Gegner griff sich an die getroffene Stelle und ächzte, Blut quoll zwischen seinen Fingern hervor. Arif stach wieder zu, rammte ihm das Schwert diesmal in die Brust. Während der Gegner zu Boden sackte, zog er die Klinge heraus.

Das Tuch, das den Kopf des Christen bedeckt hatte, verrutschte und enthüllte ein blasses, junges Gesicht. Der Fremde war nicht älter als er selbst. Ich habe ihn getötet, dachte er, ich habe sein Leben beendet, bevor er heiraten konnte und Kinder aufziehen. Er wollte sicher noch essen und lachen, wollte die Sonne auf seinem Gesicht spüren. Die Augen des Toten starrten anklagend in die Nacht.

»Gut gemacht«, lobte der Vater, während er sich seinerseits eines Gegners entledigte und den nächsten anging. »Du hast es in dir!«

Nichts war gut. Der Gedanke hallte durch ihn: Ich habe ihn getötet.

Feinde stürmten auf ihn zu. Arif schlug wild mit dem Schwert um sich, er kämpfte, er stach zu. Vater stöhnte auf und hielt sich das Bein, ein Speer steckte darin. Mit Furor stürzte sich Arif auf einen Angreifer, der nach Vaters Hals hieb, und wehrte seine Klinge ab.

Er bemerkte einen Schatten neben sich. Abd al-Jabbar war da, endlich. Der Krieger brach wie ein tollwütiger Bär zwischen die Feinde, verwundete und tötete sie.

Arif packte den Vater am Arm und zerrte ihn fort. Abseits des Kampfgetümmels pfiff er nach Layla.

»Flieht«, rief Vater laut. »Jeder Mann für sich!«

Layla trabte heran. Ihre Ohren spielten scheu, und die Augen waren so weit aufgerissen, dass man das Weiße darin sah. Arif tätschelte ihr beruhigend den Hals. »Kannst du aufsteigen?«, fragte er den Vater.

»Warte.« Haroun umfasste den Schaft und zog sich den Speer aus dem Bein. Er verharrte, zitternd vor Schmerzen. »Hilf mir hoch«, keuchte er schließlich.

Arif stemmte das gesunde Bein seines Vaters aufwärts, während der Vater sich an der Mähne hinaufzog. Endlich saß er oben. Er presste die Hand auf die blutende Wunde. Arif saß hinter ihm auf. Zügel und Sattel mussten sie zurücklassen, nur mit den Fersen gab Arif Layla das Zeichen loszureiten, fort von hier, in die Nacht hinaus.

Sie ritten, bis sich das Morgenlicht blutrot über die Ebene ergoss. Immer mehr Krieger sammelten sich bei ihnen, diejenigen, die es bis zu den Pferden geschafft hatten und entkommen waren. Keine vierzig waren es, über sechzig hatten ihr Leben verloren. Vater begrüßte grimmig Abd al-Jabbar. Die Kleidung seines alten Kampfgefährten war mit Blutspritzern übersät, aber er schien unverletzt zu sein.

Arif sah auf Vaters Bein. Dort färbte sich der Stoff dunkelrot.

»Du verlierst viel Blut«, sagte er.

»Ich habe dich wacker kämpfen gesehen. Die Wunde ist nicht wichtig.«

Der weise Scheich

In den Jubel der Krieger von Korama mischten sich die Klagerufe der Frauen, die ihren Mann verloren hatten. Auch viele Kinder weinten, weil sie zu Halbwaisen geworden waren. Ihnen half es nicht, dass die überlebenden jungen Männer von einem heldenhaften Tod der Väter für die Rettung Koramas sprachen. Hilfsversprechen und gutmütige Umarmungen brachten ihnen keinen Trost.

Onnophrios kannte diese Stunden nach der Schlacht. Gehörte es zum Alter dazu, ständig das Gefühl zu haben, eine Begebenheit zum dritten, vierten oder fünften Mal zu erleben? Viel zu oft hatte er in das fratzenhafte Antlitz des Krieges geschaut. Das Schluchzen und die Fassungslosigkeit der einen, die stolzen Berichte der anderen, all das war ihm zuwider. Begriffen sie nicht, wohin ihr Angriff führte? In dieser Nacht waren Dutzende Menschen gestorben, und es würden ihnen Hunderte, wenn nicht gar Tausende folgen. Gewalt gebar wieder Gewalt, so war es immer gewesen.

Auf seinen knorrigen Stock gestützt, ging er in Richtung der Taubenschläge davon. Aus dem Augenwinkel sah er, wie sich Pantaleon aus der Menge löste und ihm folgte. Er tat, als bemerkte er es nicht. Was die anderen dachten, war ihm längst gleichgültig geworden. Er wollte fort aus diesem Lärm.

»Onnophrios«, sagte Pantaleon, »warte! Wohin gehst du? Und warum das besorgte Gesicht?«

»Bleib ruhig bei den Feiernden. Gib ihnen Kampfesmut. Sie werden ihn brauchen.«

»Wie meinst du das?«

Trotz seiner sechsundfünfzig Jahre kam ihm Pantaleon jung vor. Damals mit sechsundfünfzig hatte er sich selbst bereits für alt gehalten, und nun, mit zweiundachtzig Jahren, was war er? Ein Schatten von einem Menschen, Haut und Knochen und ein paar graue Haare. Obwohl er kaum etwas wog, wankte seine faltige Hand bei ihrer Aufgabe, den Greisenkörper auf den Stock zu stützen.

»Sag es frei heraus«, drängte Pantaleon.

»Ich kenne Haroun.«

Verblüfft blieb der Jüngere stehen. »Du kennst den Anführer der Araber?«

»Als ich noch in Karvali lebte, mussten wir uns einmal seiner erwehren. Wir haben versucht, Verhandlungen zu führen, und so hatte ich die Gelegenheit, einige Male mit ihm zu sprechen.«

»Tut er dir leid? Ärgert es dich, dass wir ihn zurückgeschlagen haben?«

Er seufzte. »Du verstehst mich nicht.« Pantaleon war das jüngste Mitglied des Rats, er, Onnophrios, das älteste. Wie viel sie doch unterschied! »Wir haben einen kleinen Sieg errungen. Heute Nacht haben wir hundert Krieger in die Flucht geschlagen. In zwei Tagen aber werden tausend hier sein. Haroun wird nicht aufgeben.«

»Und wenn schon! Wir locken ihn in die Höhlenstadt, und dann schließen wir mit den Steintüren die schmalen Gänge und leiten Rauch ein. Wenn er und seine Männer nichts mehr sehen und nicht mehr atmen können, wird es ihnen leid tun, was sie uns angetan haben! Hier unten finden sie sich nicht zurecht.«

»Du redest, als wären das ein paar Räuber. Es ist ein kriegserprobtes Heer!«

»Auch wir können kämpfen. Das haben wir ihnen heute gezeigt. Beim nächsten Mal werden sie solche Verluste erleiden, dass sie ein für alle Mal fortziehen.«

Ich habe noch eine Verantwortung für dieses Volk, dachte er. Auch wenn es nicht leicht werden würde, die blinde Euphorie zu zügeln. »Also gut.« Er blieb stehen. »Versammeln wir die Familienoberhäupter.«

In den Gängen redeten die Einwohner durcheinander. Verwundete wurden versorgt. Die verzierten Waffen der getöteten Araber reichte man wie Trophäen von einem zum anderen. Es war bereits heller Morgen, als endlich die Oberhäupter der Familien vollzählig in der Halle versammelt waren.

Onnophrios stand es zu, als Erster vor ihnen zu sprechen, aber er hielt es für klüger, zunächst Pantaleons Brand auflodern zu lassen. Wenn es ihm gelang, das Feuer anschließend zu löschen, war ein neuer Anfang aus der Asche möglich. Der Jüngere nahm den Vortritt gerne an, er meinte wohl, aus Onnophrios' Gesicht Ermüdung zu lesen.

»Onnophrios, ich und einige andere aus dem Ältestenrat

158

haben uns besprochen«, sagte er. »Wir sind uns einig, dass die Araber kommen werden, um sich für die Getöteten zu rächen. Bisher haben sie von uns keinen nennenswerten Widerstand erwartet. Nun wissen sie, dass wir unser Volk nicht preisgeben. Allerdings wissen sie auch, wo wir uns befinden. Ich sage, lasst uns Öl in den Kesseln kochen und es ihnen durch die Kanäle über den Gängen ins Genick gießen zur Erinnerung daran, dass sie hier nicht willkommen sind. Lasst uns feuchtes Holz bereithalten, damit wir Rauch erzeugen und sie in den Gängen ersticken können. Schärft eure Klingen, macht die Speere bereit! Wir verteidigen Korama! Niemand soll sagen, dass die Christen sich ins Gesicht spucken lassen. Wir haben eine Stadt zu verteidigen!«

Die Jüngeren unter den Versammelten stießen entschlossene Rufe aus, sie rasselten mit den Waffen.

Onnophrios wartete, bis sich der Jubel gelegt hatte. Dann stand er auf. Er stützte sich mit beiden Händen auf den Stock. »Ich werde meinem Vorredner nicht in den Rücken fallen. Tut, was er gesagt hat. Und verabschiedet euch von euren Frauen, denn die Männer, die gegen Harouns Krieger kämpfen, werden sterben.«

Es wurde so still im Saal, dass man nicht einmal ein Atmen hörte.

»Wir werden die Schlacht verlieren. Bereitet die Steintore vor, sie können uns Zeit kaufen für die Flucht. Wer kämpfen will, soll kämpfen. Wenn es nach mir geht, kämpft niemand. Es sind genug Männer gestorben in dieser Nacht. Korama wird Harouns Ansturm nicht standhalten. Uns bleibt nur, in die Nachbarstädte zu fliehen.«

Pantaleon sah ihn entsetzt an. Viele Zuhörer murrten. Einer sagte laut: »Als ob das so einfach wäre! Was ist mit den Tieren? Die können wir nicht mitnehmen.«

Er nahm ihn fest in den Blick. »Willst du bei deinen Tieren bleiben und mit ihnen sterben?«

»Selbst wenn wir fortgehen wollten, die Nachbarstädte haben nicht genug Platz für uns«, wandte Pantaleon ein. »Wer kann denn zehntausend Menschen aufnehmen?«

»Deshalb müssen wir uns aufteilen.«

Pantaleon schüttelte den Kopf. »Ich bleibe dabei, wir sollten kämpfen. Wir haben diese Nacht gesiegt, und wir werden wieder siegen!«

»Kämpft und geht in den Tod, wenn ihr das wollt«, sagte er. »Bedenkt, bei der nächsten Schlacht wird es nicht Nacht sein, und Harouns Krieger werden nicht schlafen. Ihr habt vier gegen einen gekämpft, nächstes Mal geht es Mann gegen Mann. Ich kenne Harouns Männer, ich habe sie zu Felde ziehen sehen. Sie haben in so vielen Ländern Schlachten geführt, dass sie mit jedem Gegner umzugehen wissen. Glaubt ihr im Ernst, eine Höhle ist etwas Neues für diese Männer? Sie verbringen ihr Leben damit, Klingen und Speere zu führen, sie sind Meister des Schwertkampfs und geübte Strategen. Wir dagegen schicken bewaffnete Hirten und Bauern in die Schlacht. Ihr feiert einen Sieg. Ich weiß. Nur war der Sieg vergangene Nacht der Anfang von Koramas Untergang. Haroun weiß nun, wo er nach uns suchen muss. Während wir hier reden, zieht sein Heer heran.«

Wie Blei senkten sich die Worte über die Zuhörer. Ihre Augen wurden stumpf.

»Nur wer flieht, wird überleben. Harouns Stamm ist unnachgiebig.« Er wollte noch weiterreden, aber weil seine Knie zu zittern begannen, war er gezwungen sich zu setzen.

Sofort stand ein anderer Ältester auf. »Du bist kein Krieger und warst es nie, Onnophrios. Deshalb lässt du einiges außer Acht. Wir haben den großen Vorteil, dass wir diese Stadt kennen. Wir können dem Gegner durch geheime Gänge in den Rücken fallen, wir können ihn in Fallen locken, können seinen Weg mit Steintüren versperren. In manchen Türen haben wir Löcher, durch die wir den Feind beschießen können. Wir müssen Korama nicht aufgeben! Bald werden die anderen Städte von uns sprechen, wenn es darum geht, wie man die Araber zurückschlägt. Verteidigen wir unsere Heimat!«

Nach und nach stimmten die Versammelten in seine Begeisterung ein. Überlebenswille erfasste sie wie eine fiebrige Erregung.

Mit Mühe erhob sich Onnophrios noch einmal. »Als man Jesus gefangen nahm, wollte Petrus ihn mit Gewalt befreien. Da hat er ihm befohlen, sein Schwert einzustecken, und sagte: Wer das Schwert nimmt, wird durch das Schwert umkommen. Warum hören wir nicht auf ihn? Der christliche Glaube ist ein Weg des Friedens und der Güte, wir sollen einander lieben und sogar unsere Feinde von dieser Liebe nicht ausschließen.«

Nun brach ein Tumult los. Man beschimpfte ihn, zählte die Toten auf, die dem Angriff der Araber bereits zum Opfer gefallen waren. Jemand schrie: »Sollen wir uns denn alles gefallen lassen? Sollen wir zusehen, wie sie uns töten?«

Er war zu weit gegangen, das begriff er sofort. An einem Tag wie diesem hätte er nicht daran erinnern dürfen, dass sie die Feinde lieben sollten. Das Schimpfen der Familienoberhäupter dröhnte in seinen Ohren, es pfiff und gellte. Er richtete den Blick gerade nach vorn und durchquerte den Saal. Auf halber Strecke blieb er stehen und sagte: »Lasst doch wenigstens die Frauen und Kinder fliehen.« Aber man hörte ihm nicht mehr zu. Nur einige Ältere drückten ihm im Vorbeigehen die Hand oder tätschelten tröstend seinen Arm.

Auf dem Weg zur Kammer, im stillen, kühlen Gang, musste er rasten. War er früher auch so hitzig gewesen wie sie, so uneinsichtig? Aus einem schwer bestimmbaren Grund waren junge Menschen zornig auf die alten. Vielleicht, weil deren Langsamkeit sie ungeduldig machte oder weil sie die Altersweisheit als Anmaßung empfanden. Er konnte nur hoffen, dass die anderen Ratsmitglieder die Familienoberhäupter zur Einsicht brachten. Meine Zeit ist abgelaufen, dachte er, ich muss es einsehen.

In der Kammer angekommen, entzündete er zwei Öllampen, holte ein Stück Papyrus aus einer Kiste und setzte sich an den steinernen Tisch. Behutsam tunkte er die gespaltene Rohrfeder in das Glasfässchen und ließ sie Tinte aus Ruß und Akaziensaft saugen. Er kratzte kleine Buchstaben auf das Papyrus.

Haroun wird angreifen. Müssen Korama verlassen. Der Winter kommt zu spät.

Jedes Mal, wenn er seiner Tochter schrieb, fühlte es sich an,
als würde er die Nachricht eigentlich seiner Frau schicken.
Wozu bin ich aus Karvali weggezogen, dachte er, wenn
ich doch immerzu an Julia denke? Die Schlacht um Karvali hatten sie als Familie glücklich überlebt, er hatte gehofft, noch einige gute Jahre mit Julia vor sich zu haben,
und dann war sie ohne ein äußeres Anzeichen von Schwäche oder Krankheit auf dem Weg zum Brunnen zusammen-
gebrochen. Sie hatten sich nicht verabschieden können. Das schmerzte
ihn am meisten. Er hatte noch einmal ihre Hand streicheln
und ihr danken wollen für das gemeinsame Leben. Er hatte sich mit ihr erinnern wollen an die Jahre ihrer Jugend. Er
hatte ihr die Wange küssen wollen. All das war ihm durch ihren plötzlichen Tod entrissen worden. Karvalis Straßen zu sehen, ertrug er nicht mehr. Jeder Stein, jeder Baum erinnerte
ihn an Julia, selbst die Nachbarn und die Kinder der Nachbarn, die sie so gemocht hatten. Die mitleidigen Blicke der
Leute wollte er nicht sehen. Auch seine Lieblingstochter
Medeia verstand ihn nicht, sie sagte immer wieder:»Ihr hattet doch ein schönes Leben, denk an das Gute, das ihr geteilt
habt!« Aber das schöne Leben war getrübt durch diesen Tod
ohne Abschied.
Am Ende war er hierhergezogen, nach Korama, zu Medeias
Schwester, die ihren alten Vater kaum beachtete. Er war ihr

eine Last, und das wusste er. Für Medeia war er nie eine Last gewesen. Er schrieb:

Vielleicht kehre ich heim. Du fehlst mir.
Vater

Würde er es ertragen können, wieder in Karvali zu sein, in Julias Haus? Er blies über die Buchstaben, bis die Tinte getrocknet war. Dann legte er die Rohrfeder weg, zog sein Messer aus dem Gürtel und schnitt den kleinen Abschnitt, den er mit Buchstaben bedeckt hatte, aus dem Papyrus. Er rollte den Fetzen zusammen und wickelte ein kleines Stück Draht darum.

Aus dem Getreidesack in der Ecke klaubte er einige Körner. Er holte das Papyrusstück vom Tisch und verließ die Kammer. Mühsam erklomm er einige Treppen, er schlurfte die Korridore hinauf bis zum vierten Taubenschlag. Dort waren Nistlöcher mit hölzernen Gittern verschlossen. Alle waren sie leer, bis auf eines. »Meine Letzte«, sagte er zärtlich. Er öffnete die Gittertür und hielt der Taube lockend die flache Hand mit Körnern hin.

Sie kletterte heraus, ihre Füßchen umklammerten seinen Daumen. Gierig pickte sie die Körner auf, es zwickte. Während sie fraß, befestigte er mit dem Draht die Botschaft an ihrem Bein.

»Fliegst du für mich nach Karvali, meine Gute?« Er streichelte ihr den Rücken. »Lass dich von keinem Habicht fangen.« Er brachte sie zum Ausflugloch und ließ sie auf den

Rand des Lochs klettern. Eine Weile hockte sie da und blickte nach draußen. Dann stieß sie sich mit den Füßen ab und flog davon.

»Du findest nach Hause«, sagte er, »ganz sicher.«

Der Kleine vertraute ihr. Savina zog ihm die Decke bis zur Schulter hinauf und strich ihm die Haare aus dem Gesicht. Er schnaufte behaglich im Schlaf. Al-Qabih begriff nicht, in welcher Gefahr er schwebte, dass er mitten unter Feinden war. Die Nacht war anstrengend gewesen, das war wohl alles, was er mitbekam. Sie hatten umziehen müssen, waren tiefer in die alten Gänge hinabgestiegen, bis sie diesen verlassenen Stollen gefunden hatten. Die Grabhöhlen waren nicht mehr sicher, es würde heute etliche Begräbnisse geben. Al-Qabih wusste nur, dass er geweckt worden war und einige Stunden hatte laufen müssen. Nun holte er den verlorenen Schlaf nach.

Savina stand auf. Sie betrachtete ihn noch einen Moment, dann schlich sie sich fort. Es war ein weiter Aufstieg, acht Stockwerke musste sie im Inneren des Berges erklimmen. In ihrer Brust hing das Herz wie ein Eisklumpen. Bald begegnete sie den ersten Leuten. Jemand sagte: »Savina, deine Schwester sucht dich überall.«

»Ist Vater etwas zugestoßen?«

»Nein. Um dich geht es. Wo warst du die ganze Zeit?«

»Mit Jonathan unterwegs«, log sie.

Das führte zu Gekicher. Sie floh in den nächsten Gang. Männer trugen Leichen hinein, auf deren Gesicht man ein Tuch gelegt hatte. Savina sah auf die Hände der Toten. Ihre Haut war hell, es waren keine Araber.

Niemand hielt sie auf, als sie nach draußen schlüpfte. Ohne Umwege eilte sie zur Siedlung, an den Gärten vorbei. Vor ihrem Haus, das einsam und verwaist auf sie wartete, fand sie den ersten Araber. Er war von Pfeilen durchbohrt, die Hände umfassten ihre Schäfte, als hätte er im Todeskampf noch versucht, sie sich aus der Brust zu reißen.

»Was tust du hier, Mädchen?«, fragte ein Krieger, der einige erbeutete arabische Schwerter im Arm trug.

»Darf ich dir helfen, die Waffen einzusammeln?«

»Ein Schlachtfeld ist nichts für junge Frauen. Schau dich doch an, wie blass du bist! Eine zarte Frauenseele sollte so etwas nicht sehen.«

»Die toten Araber, was passiert mit ihnen?«

»Wir häufen Steine darauf. Sonst holen sie sich die Geier oder die Wölfe.«

Sie hob einen Stein auf und legte ihn auf den reglosen Körper. Es kam ihr vor, als erdrückte sie ihn damit, der Stein gehörte nicht auf die Brust. Trotzdem klaubte sie einen weiteren auf.

»Nein, lass das!«, schimpfte der Krieger. »Er hat noch seinen Gürtel an. Erst holen wir uns, was brauchbar ist.«

Er schleppte den Arm voll Waffen den geheimen Steinpfad hinauf. Sie wartete, bis sie allein war. Dann hastete sie los, sah jedem der Toten ins blutverschmierte Gesicht, suchte Arif und hoffte, ihn nicht zu finden.

Jedes Mal, wenn sie um eines der Häuser herumging und

einen weiteren Körper entdeckte, der auf den Boden hingestreckt lag, drückte die Furcht ihr die Luft ab. Wer auf dem Bauch lag, den drehte sie um.

Es herrschte eine feuchte Kälte, in der Luft schmeckte man den herannahenden Winter. Das Blut am Boden färbte sich dunkel. War es Arifs Blut? Hatte er sich schwer verwundet heimgeschleppt, einen Arm verloren, ein Bein? Lag er fiebernd im Zelt und rang mit dem Tod?

Die ganze Hässlichkeit des Krieges lag zwischen den Häusern: Menschen, die gestern noch gesprochen hatten, geatmet, gegessen, gewünscht hatten, die gelaufen waren und den Wind auf der Haut gespürt hatten – sie rührten sich nicht mehr, waren zu leblosen Formen geworden. Wie konnten sie nur so aufeinander losgehen im Streit um ein paar Ziegen und einige Klumpen Gold? Wie konnten sie sich töten, um das Sagen zu erhalten über einen kleinen Flecken Land?

Die kalte Haut der Toten zu berühren, machte ihr bewusst, welches Wunder das Leben war. Er lebt, sagte sie sich, er ist nicht hier. Da fand sie draußen, ein Stück vor der Ortschaft, eine weitere Leiche. Sie ging langsam auf sie zu, von bösen Ahnungen befallen. Die Größe, die Statur …

Sie beugte sich über den Toten. Erleichtert blickte sie in ein fremdes Gesicht. Der dunkelhäutige Mann umklammerte sein Schwert, als hoffe er, es in die Ewigkeit mitnehmen zu können. Du Narr, dachte sie. In der Unsterblichkeit gibt es keine Verwendung mehr für deine Waffe. Hast du das nicht gewusst? Was willst du nach der Auferstehung mit einem Schwert anfangen?

Er wusch sich gründlich die Hände, reinigte sich vor dem Gebet noch sorgfältiger als sonst. Aber es schien Arif, als klebe unsichtbar das Blut des jungen Christen an ihm. Immer wieder sah er das Gesicht vor sich und die starren, toten Augen.

In Gedanken verteidigte er sich: Er hat mich angegriffen! Ich musste mich doch wehren.

Gleich gab eine unnachgiebige Stimme zurück: Es war andersherum. Du bist ins Gebiet der Christen eingefallen, um sie zu töten und auszurauben. Der junge Christ hat sich verteidigt. Du, Arif, warst der mordlüsterne Angreifer.

In seinem Bauch rumorte es. Er wurde das Gefühl nicht los, dass sie irregeleitet waren mit ihrem Beutezug, dass vielleicht sogar der Kalif, der ihnen die Erlaubnis dazu gegeben hatte, vom Hass auf die Christen verblendet war.

Er schlich sich zum Zelt des Scheichs. »Sulayman«, fragte er, »darf ich eintreten?«

»Tritt ein«, drang die Stimme des Scheichs nach draußen.

Kaum war Arif ins Zelt geschlüpft, zogen sich die beiden Frauen Sulaymans hinter den Vorhang zurück, wie es geboten war. Der Scheich bot ihm einen Platz an. Arif setzte sich. Er wartete, bis die ältere der Frauen ihm und dem Scheich einen Becher Wasser brachte, trank und bedankte sich. Als sie wieder hinter dem Vorhang verschwunden war, sah er Sulayman an und sagte: »Ich muss dich etwas fragen.«

»Das sehe ich«, sagte der Scheich. »Deine Schultern sind schwer, und dein Blick hat keinen Glanz. Welche Sorge quält dich?«

»Es hat mit den Christen zu tun. Vater sagt, sie sind faul und dreckig. Stimmt das?«

»Das ist nicht deine Frage«, sagte der Alte ruhig. »Du hast dir die Antwort darauf schon gegeben.«

»Sie sind unbeschnitten, und sie essen Schweinefleisch, aber ich finde, das macht sie noch nicht zu schlechten Menschen. Letzte Nacht habe ich einen jungen Mann getötet. Er hätte auch mein Freund sein können.«

»Bereust du deine Tat?«

»Ich verstehe nicht, warum sie Feinde des Islam sind. Und warum wir in ihr Gebiet einfallen, obwohl sie uns doch nichts getan haben.«

»Oh, wenn sie könnten, würden sie uns genauso angreifen. Das byzantinische Kaiserreich ist kein friedlicher Nachbar. Es führt Kriege wie wir und erweitert sein Gebiet, wo es nur kann.«

»Aber dieses Gebiet, Kappadokien, gehört schon immer den Christen, oder nicht? Mit welchem Recht nehmen wir es ihnen weg?«

»Am Halys lebten einst die Hethiter, dann die Phryger mit ihrem reichen König Midas, dann die Meder und die Perser. Alexander der Große ist hier einmarschiert und hat das Land für die Griechen erobert. Erst nach ihm kam Byzanz.«

Er runzelte die Stirn. »Immer wer gerade am Stärksten ist, nimmt es den anderen weg? Das könnten wir doch auch hier im Lager so machen: Der Stärkere nimmt dem anderen sein Zelt weg, stiehlt ihm die Dromedare, das Brot …«

»Unsere Verwandtschaft und der gemeinsame Glaube hindern uns daran.«

Arif schüttelte den Kopf. »Auch die Christen beten zu Gott. Und sie sind Menschen, die fühlen und dürsten und Kinder aufziehen wie wir.«

»Lass deinen Vater nicht hören, was du da gerade sagst.« Der Scheich lächelte. »Du stellst gute Fragen, Junge. Was trägst du noch im Herzen?«

»Ich habe gehört, dass der Tanach der Juden und die Evangelien der Christen viel früher geschrieben wurden als der heilige Koran. Ist das wahr?«

»Juden und Christen sind abgeirrt, deshalb beauftragte Allah den Propheten Mohammed, um uns und sie zum rechten Weg zurückzuführen.«

»Das heißt, die Christen waren nicht von Anfang an gottlos?«

»Ich würde sie auch heute nicht als gottlos bezeichnen. Strenggenommen sind sie keine Ungläubigen, auch wenn wir sie oft so nennen. In Damaskus leben Christen, die –«

»In der Stadt des Kalifen?«, unterbrach ihn Arif. »Er duldet Christen bei sich?«

Sulayman sagte: »Früher gehörte die ganze Stadt den Christen. Wir haben Damaskus von ihnen übernommen und einen Vertrag mit der christlichen Gemeinde geschlossen.«

»Was für einen Vertrag?«

»Vereinbarungen. Zum Beispiel, dass ihre Kultstätten unverletzt bleiben.«

Arif kam aus dem Staunen nicht mehr heraus. »Es gibt

christliche Kirchen in der Stadt des Kalifen? Das ist erlaubt?«

»Die berühmteste ist die Johanneskirche, in der sich das Grab Johannes des Täufers befindet. Sie wurde vor zehn Jahren durch den Kalifen Al-Walid in eine Moschee umgewandelt, ein klarer Vertragsbruch. Kalif Umar, sein Nachfolger, hat das für unrechtmäßig erklärt. Er konnte die Moschee den Christen allerdings nicht zurückgeben, denn es war bereits darin gebetet worden, das wäre ein Schlag ins Gesicht der Muslime gewesen. Also hat er die Christen durch ein großzügiges Grundstück entschädigt, auf dem sie gerade eine neue Kirche errichten.«

»Ich verstehe das nicht. Wir lassen die Christen in Damaskus eine Kirche bauen, aber hier in Kappadokien töten wir sie.«

»Niemand verurteilt den Glauben der Juden und Christen grundsätzlich. Auch Mohammed und seine Familie haben mit Juden und Christen Handel getrieben. In Medina gab es mächtige jüdische Familien.«

»Juden, bei uns, im Jazirat al-Arab?«

»Natürlich. In Nedjran gab es sogar christliche arabische Stämme.«

»Christliche Araber!« Er riss die Augen auf.

»Selbst in Mekka lebten lange Zeit Christen.« Der Scheich fragte: »Wie hieß Mohammeds erste Frau?«

»Khadija.«

»Richtig.« Sulayman lächelte. »Überrascht es dich, wenn ich dir sage, dass es in ihrer Familie Christen gab? Ihr Vetter beispielsweise, Ibn Waraka, war Christ. In der zweiten Sure heißt es im Koran: Wahrlich, die Gläubigen und die Juden und Christen – wer immer unter diesen wahrhaft an Allah glaubt und an den Jüngsten Tag und gute Werke tut –, sie sollen ihren Lohn empfangen von ihrem Herrn, und keine Furcht soll über sie kommen.«

»Das bedeutet, dass sie nicht zum Islam übertreten müssen.«

»Der Koran lehrt, es soll kein Zwang sein im Glauben.«

Arif sagte leise: »Ich habe das noch nie gehört.«

»Wenige verkünden es.« Der Scheich beugte sich vor. »Du bist ein kluger Kopf, Arif. Wer meint, du könntest kein Anführer werden, irrt sich. Vielleicht wirst du einmal der Scheich oder der führende Krieger sein.«

Nie hatte jemand so etwas Freundliches zu ihm gesagt.

Arif schoss das Blut ins Gesicht. »Darf ich noch etwas fragen?«

»Gern.«

»Wenn nicht jeder zum Islam übertreten muss, ist der Islam dann überhaupt der richtige, der wahre Glaube?«

»Abraham war weder Jude noch Christ, und er war Gott immer gehorsam.«

»Ich verstehe nicht.«

»Wir Araber brauchen den Islam, Abraham brauchte ihn nicht. Du musst wissen, wir waren nicht immer die Überlegenen. Heute erobern wir Spanien von den Westgoten und greifen sogar das Frankenreich an, wir haben Carcassonne und Nîmes eingenommen, und unsere Krieger machen

Beute in Aquitanien, in der Provence und in Burgund. Aber früher waren die Juden und Christen stärker, und wir, die heidnischen Araber, waren ungebildet und schwach. Erst der Prophet Mohammed hat uns geeint.«

»Und der Glaube gibt uns das Recht, zu töten und Beute zu rauben?«

»Wir führen nicht nur Krieg, Arif, das siehst du zu eng. Wir bringen auch Weisheit. Heute ist Arabisch die Dienstsprache in so vielen Ländern, in Nordafrika und Syrien und Spanien und bald auch bei den Franken. Wir errichten prächtige Bauwerke wie den Felsendom in Jerusalem mit seiner leuchtenden goldenen Kuppel. Wir erinnern die Völker an Allah, den Allmächtigen.«

Sulayman redete nicht in Hasstiraden über die Christen wie Vater. Vielleicht würde er sogar Savina freundlich empfangen, wenn sie hier wäre – nur, dass sie nicht unbehelligt durch das Lager bis zu seinem Zelt kommen würde.

Seine letzte Frage auszusprechen, kostete ihn einiges an Mut.

»Ein Muslim darf Allah um Vergebung bitten, wenn er einen Fehler gemacht hat, richtig?«

»Ja. Er soll das sogar tun. Dazu gehört, die falsche Tat zu bereuen und Allah Besserung zu geloben.«

»Ist es ein Frevel, wenn ich Allah um Vergebung dafür bitte, dass ich einen Ungläubigen getötet habe? Muss ich stolz darauf sein? Ich kann das nicht.«

Der Scheich erhob sich von seinen Kissen. Er kam herüber zu ihm und legte ihm die Hand auf den Arm. »Ich bin ein alter Mann, ich habe viel gesehen und viel gehört. Aber ich

habe in meinem ganzen Leben keinen Jungen wie dich ken-
nengelernt. Was auch immer sie dir sagen, Arif, gleichgültig,
wie sie versuchen, dein Herz umzuformen, bleibe standhaft.
Bewahre dir deine Güte.«

Der Verrat

Jonathan wickelte seine Gewichte und die Handwaage aus ihren Tüchern und fuhr mit den Fingerspitzen über das gekerbte Metall. Die Waage schimmerte bronzen. Er hob sie an, legte einige von den stumpfen Bleiklumpen in ihre Schalen und tarierte das Gewicht aus.

Bald würde es wieder sein Alltag sein, Waren preiswert einzukaufen, mit ihnen durch die Wildnis zu reisen und sie an abgelegenen Orten zu verkaufen. Er würde Listen schreiben, Wegstrecken planen, mit Käufern verhandeln.

Er klaubte die Gewichte aus den Waagschalen, legte die Waage zusammen und wickelte sie ein. Auch die Bleiklumpen wickelte er in ein Tuch. Korama zurückzulassen fiel ihm schwer. Er fürchtete, dass sich Savina gegen ihn entscheiden könnte. Wie konnte er ihre Liebe, ihre Zuneigung gewinnen?

Er verschnürte die Waage und die Gewichte in den Lederbeutel und schob sein Säckchen mit Münzen nach. Den Inhalt kannte er auswendig, selbst im Schlaf hätte er ihn herzählen können: den Goldsolidus, die vier silbernen Miliarense und die kleinen Bronzestücke, acht im Wert von zehn Nummi, drei im Wert von zwanzig Nummi und fünf im Wert von vierzig Nummi oder einem Follis, das machte neun Folles, und das Silber und Gold.

Was würde Savina ihn auslachen, wenn sie wüsste, dass er in

Gedanken sein Geld zählte! Ihr bedeuteten Münzen nichts. Blind war sie für die Erfordernisse des Lebens, ein leichtfüßiges Wesen, das nicht einen Gedanken an die Zukunft verschwendete. Sie lebte im Augenblick, Monate und Jahre waren ihr fremd, nur der Tag zählte.

Er beneidete sie um ihre Sorglosigkeit. In ihrer Nähe hatte er das Gefühl, dass sich auch von seinen Schultern eine Bürde hob. Wenn sie lachte, befreite ihn das von allen schweren Gedanken. Ihr staunender, dankbarer Blick auf die Welt steckte an.

Aber gleichzeitig brauchte sie einen wie ihn. Einen, der das Leben nüchtern betrachtete, der die Geschäfte vorantrieb und auf Savina aufpasste. Sie ließ sich vom erstbesten Gauner hereinlegen, das Araberkind war ein erneuter Beweis dafür. Wäre die Lage nicht so ernst, es wäre zum Feixen. Da kam der Feind vorbei und bat sie um einen Gefallen, und sie hatte nichts Besseres zu tun, als ihm seine Wünsche zu erfüllen!

Was, wenn der Junge gar kein Idiot war? Wenn er sich nur verstellte, und bei der erstbesten Gelegenheit entkam er, um den Arabern die Zugänge zur Stadt zu verraten? Sie schien sich diese Frage nicht zu stellen. In ihrer Gutgläubigkeit vertraute sie Koramas Feinden.

Er hatte viele Frauen gesehen auf seinen Reisen. Savina war anders. Er verspürte eine Nähe zu ihr, die über die bloße Anziehungskraft ihres schlanken Körpers weit hinausging. Natürlich, sie war bezaubernd, ihre Haut, ihr Duft, die gazellenhaften Glieder. Zugleich aber war sie auch kindlich und vertrauensvoll und liebte ihn auf eine Weise, wie er es noch nie erlebt hatte.

Wie glücklich sie miteinander sein würden! Er musste ihr nur den Weg in die Ehe erleichtern. Auch hier war sie flatterhaft und sah nicht die Erfordernisse. Mal machte sie ihm schöne Augen, dann wieder wies sie ihn zurück. Das bedeutete nicht, dass sie ihn nicht heiraten wollte, es entsprach einfach ihrem Wesen. Er war jetzt gefragt, er musste ihr den Weg weisen, mit seiner Hilfe würde sie sich finden und ihn heiraten.

Entschlossen schulterte Jonathan den Beutel und machte sich auf den Weg durch die unterirdischen Straßen Koramas. Er sah Frauen, die schluchzend an der Brust ihrer Männer lagen, während die Männer ihnen mit unbewegtem Gesicht den Kopf streichelten, den Schwertgurt bereits umgelegt. An den Kreuzungen standen Krieger beisammen und stritten darüber, was die beste Taktik sei, welche Steintore zuerst zu verschließen seien und wo man dem Feind am besten in den Rücken fallen könne.

Wie erwartet fand er die Ältesten in der Versammlungshalle. Sie hatten einen Papyrus zwischen sich ausgebreitet, der die Lage der Städte rings um Korama zeigte. »Nie und nimmer fünfhundert«, sagte einer, »die nehmen höchstens dreihundert auf.«

»Ich habe Verwandte in Osiana«, sagte ein anderer. »Ich kann mit ihnen reden.«

Jonathan räusperte sich. »Ich störe ungern«, sagte er, »aber ich fürchte, es steht noch schlimmer als befürchtet.«

»Welche Kunde bringst du uns?«, fragte Pantaleon.

»Es gibt in Korama eine junge Frau namens Savina. Sie bemalt die Gänge, vielleicht habt ihr von ihr gehört.«

Einige der Ältesten nickten.

»Schwört ihr, dass ihr Savina nichts davon sagt, dass ich hier war?«

Pantaleon versprach: »Sie wird es nicht erfahren.«

»Savina hat einen arabischen Spion in die Stadt eingelassen«, sagte Jonathan. »Er ist sehr jung und verstellt sich als Schwachsinniger, sie war naiv genug, ihm zu glauben, und meint, ein gutes Werk zu tun, indem sie ihn versteckt.«

Pantaleon kniff die Augen zusammen. »Er wird ihnen alles verraten, die geheimen Gänge, die Verteidigungsanlagen. Dann sind wir verloren. Wir müssen ihn fangen – er darf die Stadt nicht verlassen!« Er stockte. »Du willst nicht, dass dein Name fällt, Jonathan. Mir bist du als tapferer Mann bekannt, ich kenne kaum einen Händler, der so wagemutig ist wie du. Warum sollen wir deinen Namen verheimlichen?«

»Ich schätze Savina. Sie hat einen Fehler gemacht, unwillentlich. Aber ich möchte nicht, dass unsere Freundschaft zerbricht.«

»Du sagst die Wahrheit.« Pantaleon sah ihm tief in die Augen. »Du hast richtig gehandelt, indem du unsere Stadt deinen persönlichen Interessen vorziehst. Wir werden Savina milde bestrafen. Kennst du ihr Versteck?«

»Sie ist misstrauisch geworden und hat mich nicht bis zum Letzten eingeweiht. Aber ich werde mich an der Suche beteiligen.«

»Alarmiert die Wachen!«

Nuhs Mutter kniete am Boden und säuberte mit Sand den eisernen Topf. Breitbeinig stand Marwan vor ihr. »Wir füttern dich jahrelang durch, und du lohnst es mit Faulheit? Das muss schneller gehen, Bakundukize! Es gibt noch mehr zu reinigen.«

Nuh versuchte es ein weiteres Mal. »Marwan, sie kann nichts dafür. Du hasst mich, nicht sie.«

Marwan tat, als hörte er es nicht. »Einen Tag vor dem Aufbruch mit dem Putzen zu beginnen, das sieht dir ähnlich. Undankbar bist du! Und nachlässig obendrein.« Er beugte sich nieder und schrie ihr ins Ohr: »Jetzt ist Schluss mit dem Schlendrian, hast du mich verstanden?«

Nuh stand fassungslos daneben. Sein Inneres krampfte sich zusammen. Das konnte er nicht verkraften, dass die Mutter seinetwegen gedemütigt wurde. Er fiel nieder, nahm ihr den Lappen aus der Hand und putzte an ihrer Stelle den Topf weiter.

»Lass das!«, gellte Marwan. »Die Sklavin soll das machen!«

Nuh scheuerte den Topf.

»Hör sofort auf!«

Er schrubbte, kratzte.

»Also gut, Bakundukize, du siehst, dein Sohn möchte Frauenarbeit verrichten. Die anderen werden sich freuen, das zu hören. Dir gebe ich eine neue Aufgabe. Schaff mir Kamelkot her.«

Sie sah zu Boden. »Der Herr hat mich nie –«

»Ich bin dein Herr!«, brüllte Marwan. »Vater ist nicht da, und ich bin sein ältester Sohn. Du hast mir zu gehorchen!«

Mit furchtsam emporgezogenen Schultern holte sie eine der Holzschalen und wollte das Zelt verlassen.

Marwan stellte sich ihr in den Weg. »Hast du den Verstand verloren, Weib? Aus diesen Schüsseln essen wir! Du willst doch nicht im Ernst darin Kamelkot herholen?«

»Du hast befohlen –«

»Ich habe befohlen, dass du Kamelkot holst, aber nicht in einer Schüssel. Verwende deine Hände! Wozu sollen Sklavenhände sonst gut sein?« Er nahm ihr die Schüssel weg.

Nuh stand auf. »Warte, Mutter. Du musst das nicht tun.«

Sie schüttelte den Kopf. »Ich tu's. Sonst wird es noch schlimmer.«

»Hast du allen Stolz vergessen?«, fragte Nuh mit Tränen in den Augen. »Er darf dich nicht derart erniedrigen!«

Marwan höhnte: »Was ich darf und was nicht, das beschäftigt dich ja oft in letzter Zeit.«

Nuh stellte sich vor ihn. »Ich tue alles. Schick mich. Aber lass meine Mutter in Frieden.«

»Du willst mir den Kamelkot holen?«

Nuh zögerte. Dann nickte er. »Ich mache das.«

»Einverstanden.« Marwan trat in den Zelteingang und hob für Nuh die Plane an. »Geh nicht zu schnell, ich will noch ein paar Freunden Bescheid sagen.«

Es ist zu ihrem eigenen Besten, besänftigte Jonathan sein pochendes Gewissen. Wenn wir erst einmal in Konstantinopel sind, wird sie überglücklich sein. Er eilte in die Grabhöhlen. »Savina, da bist du. Es ist etwas Furchtbares passiert.«

»Was?« Sie ließ den Pinsel sinken.

Auch der Araber sah ihn mit großen Augen an. Er malte nicht, sondern biss in ein Fladenbrot. Vor ihm lagen auf einem Tuch Rosinen und einige Streifen Trockenfleisch.

»Ihr wurdet gesehen. Jemand hat dich bei den Ältesten angeschwärzt, ich kam gerade dazu, als er ihnen von dem da« – er zeigte auf das Araberkind – »erzählt hat.«

»O mein Gott!«

»Ich hab noch versucht, sie zu besänftigen, und habe gesagt, dass das Unsinn ist und dass ich die Nacht mit dir verbracht habe, weil du mich auf meinem Wachgang begleitet hast. Du bist doch nicht böse, dass ich das gesagt hab?«

»Haben sie's geglaubt?«

»Leider nicht. Sie suchen jetzt überall nach dir und dem Kind. Sie glauben, dass er ein Spion ist, der dir bloß vorgaukelt, ein bemitleidenswerter Verrückter zu sein.«

»Ich muss ihn hier rausschaffen, bevor sie ihn zu fassen kriegen. Al-Qabih darf nichts zustoßen. Was kann er für diesen Krieg?«

»Ich helfe euch. Ich kann vorgehen und erkunden, welche Gänge frei sind.«

»Jon, wie kann ich dir nur danken?«

Er lächelte. »Mit einem Kuss.«

»Du bist unverbesserlich.«

»Ich setze einiges aufs Spiel, wenn ich euch helfe. Habe ich mir da nicht eine Belohnung verdient?«

Sie trat an ihn heran und küsste ihn. Ein Hochgefühl brauste durch seinen Körper. Aber der Kuss währte nur kurz. Er war enttäuscht. Das Araberkind musste sie sehr beschäftigen. Sie konnte sich offenbar nicht auf zärtliche Empfindungen einlassen, solange es in Gefahr war.

»Hab dir doch gesagt, dass du dich auf mich verlassen kannst«, sagte er und versuchte, sich dabei die Enttäuschung nicht anhören zu lassen. »Du bist mir wichtig, Savina.«

»Wir dürfen keine Zeit verlieren. Bringen wir al-Qabih nach draußen, ehe es zu spät ist!«

Diese Frau!, seufzte Jonathan in Gedanken. Aber vielleicht liebte er sie gerade deswegen: weil sie ihm nicht um den Hals fiel, sondern sich nur mühsam erobern ließ.

Im Lager des Feindes

Wie eine gefräßige Schlange wand sich das Heer durch die kappadokischen Hügel. Berittene Bogenschützen begleiteten es auf Pferden und Dromedaren. Die zahllosen Krieger zu Fuß ergossen sich in die Täler, sie trugen Schwerter mit Gurten auf den Schultern und Helme, deren Eisengeflecht ihre Nacken schützte. Lastkamelen ragten Zeltstangen von den Rücken wie Pfauenräder, und dicke Bündel waren neben die Höcker gebunden. Frauen und Kinder liefen stumm neben den Tieren her.

Der Stamm hatte sich furchtlos den persischen Kriegselefanten gestellt, jetzt zog er in die Berge, um Troglodyten zu töten. Vier Fünftel der Beute würden sie unter sich aufteilen, ein Fünftel ging an den Diwan des Kalifen, um den verdienstvollen Familien und den Kriegshelden des Kalifats zuzufließen.

Über dem Heer strahlte der blaue Himmel. Aber die Winterkälte lag bereits in der Luft, es duftete nach dem Schnee, der das sonnenverbrannte braune Gras bald zudecken würde. Das Heer passierte Hügel mit kümmerlichen Weinstöcken, jeder Weinstock in einen kleinen Erdhaufen gepflanzt, damit die Erde die Feuchtigkeit hielt. Felseidechsen mit gestachelten Schwänzen flohen vor den Tritten der Krieger. Füchse schnürten eilig davon.

Der Argaios war von einem Wolkenring umgeben, sein Schneegipfel ragte aus den Wolken heraus. Über den Bergen der Christen hing ein Dunst, als habe sich Kappadokiens Wetter mit den Christen verbündet und versuche, sie zu verbergen. Gelb, rotbraun und grün schimmerten die bizarr zerklüfteten Felswände.

Arif ritt mit dem Heer. Wortlos hörte er den Kriegern neben sich zu, die über den Koran sprachen und darüber, dass Mohammed das *jihad fi sabil Allah*, das Eifern im Weg Gottes, befohlen hatte. Der eine sagte: »Gott wird sie durch euch bestrafen, heißt es in der neunten Sure, er wird sie zuschanden machen, euch zum Sieg über sie verhelfen und Leuten, die gläubig sind, innere Genugtuung verschaffen.«

»Ach, da gibt es bessere Stellen«, erwiderte der andere. »Ich hab sie in der Koranschule gelernt und kann sie immer noch. Zum Beispiel: Tötet die Heiden, wo immer ihr sie findet, greift sie, umzingelt sie und lauert ihnen überall auf! Wenn sie sich aber bekehren, das Gebet verrichten und die Almosensteuer geben, dann lasst sie ihres Weges ziehen.«

»Ich würde sagen, sie sollten sich besser beeilen, wenn sie sich zum Islam bekehren wollen. Die Zeit läuft ab!« Die Krieger lachten.

Es brannte in Arifs Herz. Er wusste, er sollte besser schweigen, aber er musste es sagen. »Im Koran steht auch, es soll kein Zwang sein im Glauben.«

Der Krieger neben ihm schüttelte den Kopf. »Neunte Sure, mein Freund: Kämpft gegen diejenigen, die nicht an Gott und den jüngsten Tag glauben und nicht verbieten, was

Gott und sein Gesandter verboten haben, und nicht der wahren Religion angehören – von denen, die die Schrift erhalten haben –, kämpft gegen sie, bis sie kleinlaut Tribut entrichten!«

»Aber die Christen glauben an Gott.«

»Sie gehören nicht der wahren Religion an. Mit ›denen, die die Schrift erhalten haben‹, sind eindeutig die Christen und die Juden gemeint. Sie hätten sich dem Islam unterwerfen müssen. In der dritten Sure heißt es: Hätte das Volk des Buchs den Glauben akzeptiert, wäre es sicher besser für sie gewesen. Manche sind wahre Gläubige, aber die meisten tun Böses.«

»Ach was«, sagte der andere, »wahre Gläubige unter den Christen, das ist Unfug. Gott hat einen Bund mit Abraham geschlossen und hat ihm gesagt, er soll sich die Vorhaut beschneiden. Wir machen das, wir gehören zum Bund. Und die Christen? Allesamt unbeschnitten! Der Dschihad trifft sie zu Recht.«

Ein Frösteln zog über Arifs Haut. Sie würden die Höhlenstadt einnehmen und plündern und etliche Christen töten. Was geschah mit Savina und mit ihrer Familie? Wie sollte er ihnen helfen, wenn rings um ihn das Blut floss?

Die Wirren der Schlachtvorbereitungen spielten Savina, al-Qabih und Jonathan in die Hände. Während die drei durch die Gänge schlichen, schleppten Familien ihre Habe aus den Höhlen, Männer trugen Holzbündel zu den Kesseln, andere brachten Krüge mit Öl. Den Trupps von Kriegern, die in den

Kammern nach ihr suchten, mussten sie ausweichen, aber mit Jonathan als Späher gelang es gut.

Sie wählten einen der hinteren Ausgänge, der nicht zur Ebene hin zeigte. Vorn errichteten die Araber ein gewaltiges Heerlager. Dort konzentrierten sich auch Koramas Krieger. Hier hinten waren am geheimen Ausgang nur zwei Männer als Posten verblieben.

Savina packte Jon am Ärmel und zog ihn zurück. »Du musst sie weglocken«, raunte sie. »Nur für ein paar Augenblicke.«

Er sah sich um. Am Mühlstein, mit dem sich der Gang verschließen ließ, blieb sein Blick hängen. »Versteckt euch dort. Hinter dem Stein.«

»Danke, Jon, dass du das tust.«

»Für dich. Ich tu's für dich.«

Savina zog al-Qabih mit sich. Sie drängte ihn in den Winkel unter der Rundung des Mühlsteins und zog ihm die Sandalen aus. Verwirrt sah er sie an. Sie selbst schlüpfte auch aus den Schuhen und drückte sich neben ihm in den Schatten.

Jonathan rief: »Der Araberspion! Hier ist er! Schnell, helft mir!« Er polterte den Gang hinunter. »Bleib stehen, Hundesohn! Wolltest hinausschlüpfen, was? Du entkommst uns nicht.«

Savina sah Jonathan im Dunkel des Gangs verschwinden. Von den Wächtern keine Spur. »Verflucht!«, gurgelte er. »Hilfe! Helft mir!«

Da verließen die Wachen endlich ihren Posten. »Halt ihn fest!« Sie stürmten den Gang hinunter. »Wir kommen, halte ihn!«

Kaum hatten sie das Versteck passiert, zerrte Savina al-Qabih aus dem Winkel. Gemeinsam rannten sie zum Ausgang und krochen hinaus ins Sonnenlicht. Aus den herabhängenden Wurzeln des Gesträuchs rieselte ihnen Erde ins Genick. Savina führte al-Qabih seitlich am Felsen entlang. Sie wusste, wo die Späher oben in den Felsen ihren Ausguck hatten, und umging, so gut es möglich war, deren Blickfeld. Eine gute Stunde brauchten sie bis zur Vorderseite des Berges. Al-Qabih zeigte unterwegs auf einen Igel, der sich zum Schlafen ins Gestrüpp verzogen hatte, er bestaunte die Schale eines Taubeneis und wollte einer Schildkrötenspur folgen, die durch den Sand zu einer Gruppe verkrüppelter Maulbeerbäume führte. Nur mit strengem Blick und festem Griff konnte Savina ihn davon abhalten.

Als sie endlich den Berg umrundet hatten, hockten sie sich in den Schatten eines Steinkegels, und Savina spähte aus. Das Zeltlager der Araber lag in der Ebene vor ihnen, Hunderte Zelte. Wie viele Dromedare die Araber besaßen! Und wie viele Pferde! Savina staunte über die großen Herden, die in der Steppe grasten.

Al-Qabih zeigte auf die Zelte und sagte: »Arif!«

»Hier trennen sich unsere Wege«, sagte sie. »Näher ran kann ich dich nicht bringen. Sonst nehmen mich deine Leute gefangen, um mich auszuquetschen. Oder sie bringen mich gleich um.« Sie zeichnete mit dem Finger ein Männchen in den Sand, das mit weit ausgestreckten Beinen rannte. »Du musst allein hingehen.« Sie zeigte erst auf das Männchen, dann auf al-Qabih. »Und lauf schnell! Sonst kommt noch einer von unseren Leuten auf die Idee, dir nachzusetzen und dich einzufangen.«

Al-Qabih lächelte sie an.

Hatte er verstanden, was sie von ihm wollte?

Plötzlich kroch er näher und umarmte sie. Er drückte fest zu und sagte etwas in arabischer Sprache.

Bedankte er sich etwa? Savinas Kehle zog sich zu vor Rührung. Er konnte nicht ahnen, wie viel sie für ihn riskiert hatte. Arifs Bruder scherte sich nicht um die Feindschaft zwischen den Völkern. Er liebte, wen er wollte. »Ist mir eine Ehre«, sagte sie leise, »von dir geliebt zu werden, al-Qabih.«

Er lächelte ihr noch einmal zu, dann sprang er auf und rannte auf das Lager zu. Er rannte, als gelte es sein Leben. Tatsächlich hörte man vom Berg her wütende Rufe. Speere wurden al-Qabih hinterhergeschleudert, Savina beobachtete es mit angehaltenem Atem. Aber die Speere verfehlten ihn weit, sie landeten im verbrannten Steppengras. Bald war er außer Reichweite. »Gut gemacht, Kleiner«, murmelte sie.

Sie beobachtete, wie er immer näher an das Lager herankam. Hoffentlich war Arif inzwischen ein Weg eingefallen, ihn vor seinen Gegnern zu beschützen, und der Kleine geriet nicht von einer Gefahr in die nächste.

Am liebsten hätte sie ihn begleitet und mit Arif gesprochen. Wie sonst sollten sie und er sich wiedersehen? Bald tobte die Schlacht, da konnte er nicht mehr die Seiten wechseln. Und Vater hatte ihr angekündigt, dass sie als Familie nach Zoropassos fliehen würden. War sie erst einmal fortgezogen von hier, war Arif der Weg zu ihr versperrt.

Bei der Vorstellung, ihn niemals wiederzusehen, befiel sie eine solche Trauer, dass sie vor Verzweiflung die Hände in die Erde krallte. Keiner in Korama war sanft wie er, keiner war so gut zu einem Tier wie Arif zu seiner Stute Layla. Er besaß diese Stimme, die sie bis ins Innerste erreichte. Sie wollte mit ihm reden, bis sie alt und grau waren, sie wollte jeden Augenblick ihres Lebens mit ihm teilen. Das zu erkennen verursachte ihr Schmerzen. Wie konnte Gott ihr das antun, dass sie sich in einen Feind verliebte? Es musste bei ihren wenigen kurzen Begegnungen bleiben, mehr als sie schon erhalten hatte, würde sie vom Wüstenprinzen nicht bekommen.

Und wenn sie sich nicht damit abfand? Irgendwann musste der Feldzug der Araber beendet sein, sie kehrten heim auf ihre Halbinsel tief im Süden. Konnte Arif dann nicht in Kappadokien zurückbleiben, zumindest eine Zeitlang? Er war mutig genug, allein durch die Ebene zu reiten, das hatte er schon mehrfach bewiesen. Sie musste ihm nur sagen, wo sie hinzogen, damit er sie aufspüren konnte. Er würde einen Weg finden, heimlich zu ihr zu kommen.

Ihr Herz pochte vor Aufregung und Freude. Das Abenteuer musste noch nicht zu Ende sein. Vielleicht hatte es gerade erst begonnen.

Al-Qabih erreichte das Feldlager. Er verschwand zwischen den Zelten. Savina kniff die Augen zusammen. Immer wieder sah sie ihn zwischen den Zeltbahnen auftauchen. Wo ging er hin? Bald würde sie ihn nicht mehr sehen können, zu weit drang er in das Lager vor. In welche Richtung lief er? Es sah aus, als steuerte er auf ein Zelt zu, dessen Spitze die anderen überragte. Natürlich, Arif hatte gesagt, dass sein Vater die Krieger anführte, da leuchtete es ein, dass sie das größte Zelt bewohnten.

Sie kauerte sich wieder in den Schatten des Steinkegels. Es gab nur einen Weg, Arif mitzuteilen, wohin sie flohen. Sie musste ins Heerlager der Araber eindringen.

Yusuf trat von einem Bein aufs andere und blies Atemluft in seine Hände, um sich zu wärmen. »Wird Zeit, dass wir hier wegkommen«, sagte er. »Bald schneit es. Den Winter möchte ich nicht in diesen Bergen erleben. Da friert man sich den Arsch ab.«

»Musst dich eben wärmer anziehen«, knurrte Husayn.

Die Mondsichel am Himmel war messerscharf umrissen. Durch die Müdigkeit empfand Yusuf die Kälte umso ärger. Im Zelt wäre es jetzt gemütlicher gewesen, die Leiber seiner Schwestern und Brüder, der Eltern und der Großmutter wärmten es auf, und es gab weiche Decken.

Er rief sich innerlich zur Ordnung. Es war eine Ehre, so nah am Feind zur Wache eingeteilt zu sein. Sie trugen die Verantwortung für den gesamten Stamm, gemeinsam mit den anderen Wachen, die rings um das Lager aufgestellt waren. »Aus Basra bist du, nicht wahr?«, fragte er. Husayn war schon über dreißig. Einen erfahrenen Krieger wie ihn konnte er einiges fragen über die Schlacht, die ihnen bevorstand. Auch das war ein Grund, die Nachtwache zu schätzen, anstatt wie eine Memme zu frieren.

190

Husayn brummte etwas.

»Gut, dass wir bald gegen dieses Ungeziefer losschlagen, was? Es wird Zeit.«

»Du hast keine Ahnung, wovon du redest, Junge.«

»Ich hab schon mal gekämpft.«

»Ach? Und trotzdem freust du dich darauf?« Der Krieger seufzte. »Dann bist du dümmer, als ich dachte.«

»Ich verstehe nicht. Du bist doch mit uns gezogen, um gegen die Christen zu kämpfen.«

»Nein. Ich bin mit euch gezogen, um Beute nach Hause zu bringen. Das ist ein himmelweiter Unterschied. Ich hab eine Familie zu Hause, verstehst du? Für die mache ich das. Meine Frau wird mit dem erbeuteten Gold in Basra auf den Markt gehen und Pinienkerne aus Jerusalem kaufen und Fisch – bei uns gibt es vierundzwanzig Sorten Fisch auf dem Basar, nicht bloß Weizengries wie hier im Lager! Ich werde wieder in Bananen beißen …«

»Was ist das?«

»Eine Banane? Stell dir eine Frucht in der Form einer Gurke vor. Man muss sie schälen, und innen besitzt sie das Fruchtfleisch einer Wassermelone, nur von feinerem Geschmack und süßer. Hast du noch –« Er verstummte.

»Was ist?«

Der Krieger blickte angestrengt in die Nacht hinaus. »Siehst du das?«, flüsterte er. »Dort vorn bei dem Hügel?«

Yusuf spähte in die Richtung, die ihm Husayn wies. Er bemerkte eine Bewegung im Gras. Sofort war er hellwach. »Sie greifen an, wir müssen Alarm schlagen!«

»Nein. Wenn wir Lärm machen, haut er ab. Das ist kein Angriff. Sie haben einen einzelnen Mann geschickt, um unser Lager auszukundschaften.«

»Was machen wir?«

»Wir fangen ihn. Vielleicht redet er, wenn er ein glühendes Eisen an den Fußsohlen spürt.«

Sie fingen einen Späher ein! Wenn Marwan das morgen hörte, würde er vor Neid platzen.

»Der Späher hat uns längst gesehen bei diesem hellen Mondschein«, sagte Husayn. »Wir bleiben hier stehen und warten, bis er zwischen den ersten Zelten verschwunden ist. Dann schleichen wir ihm nach und greifen ihn uns.«

Sie warteten. Yusuf bemühte sich, nicht allzu oft in die Richtung der dunklen Gestalt im Gras zu sehen, aber es fiel ihm schwer. Sicher würde der Späher sich zur Wehr setzen, wenn sie ihn packten. Wer den Mut besaß, sich ins feindliche Lager zu schleichen, war ein tollkühner Kämpfer. Hoffentlich ist Husayn wirklich so erfahren, wie er sich gibt, dachte Yusuf, sonst schneidet uns der Späher schneller die Kehlen durch, als wir ihm das Schwert in die Rippen stoßen können. Was, wenn der Mann bemerkt hatte, dass sie ihn gesehen hatten, und darauf lauerte, von ihnen beschlichen zu werden? Ihm war mulmig zumute. Alarm zu schlagen, wäre ihm lieber gewesen, auch wenn ihm dadurch die Heldentat entging.

Kaum war die Gestalt zwischen den Zelten verschwunden, verließ Husayn den Posten. Yusuf folgte ihm. Sie eilten durch das Lager. Yusuf verspürte plötzlich einen höllischen

Schmerz am Fußballen. Er biss die Zähne zusammen und stöhnte, was ihm einen wütenden Blick von Husayn einbrachte. Yusuf ging in die Hocke und tastete durch das Gras. Da, ein Spielzeugvogel aus Holz, den die Kinder bei Tage am Strick über ihrem Kopf herumgewirbelt hatten. Er war daraufgetreten, und der Schnabel oder der Schwanz oder irgendein spitzer Teil hatte sich ihm in den Fuß gebohrt. Eilig humpelte er Husayn nach. Er nahm den Vogel mit, um dem Krieger zu zeigen, weshalb er einen Laut von sich gegeben hatte.

Aber Husayn blieb stehen und bedeutete Yusuf stillzuhalten. Sie schlichen langsam um ein Zelt herum. Gerade zwei Zelte vor ihnen stieg die Gestalt, die sie verfolgten, über eine Leine.

Yusuf stutzte. Der Körper bewegte sich ungewöhnlich grazil, und er war weich geformt. Außerdem besaß der Späher lange Haare. War das eine Frau?

Sie folgten ihr bis in die Mitte des Lagers.

So rasch bewegte sie sich voran, dass sie kaum hinterherkamen. Sie machte keine Anstalten, die Bewaffnung oder die Anzahl der Pferde auszukundschaften, im Gegenteil, es schien, als kenne sie sich bestens aus und sei ohne Umschweife auf dem Weg zu einem bestimmten Ort. Vor Harouns Zelt ging sie in die Hocke.

Sie war eine Mörderin, ausgesandt, ihren Heerführer umzubringen!

»Arif«, sagte die Fremde.

Husayn stockte mitten in der Bewegung, sein Schwert, das

er gerade hatte zücken wollen, blieb in der Scheide. Auch Yusuf gefror.

Noch einmal rief sie leise: »Arif!«

Die Zeltplane bewegte sich. Arifs Gesicht erschien. Seine Augen weiteten sich.

Verlorene Ehre

»Diesmal bist *du* wahnsinnig«, flüsterte er und kroch aus dem Zelt. Savina hatte sich mitten in ihr Lager geschlichen! Oder war er nach den sorgenvollen wachen Nachtstunden doch eingeschlafen und träumte nur von ihr? »Wir gehen besser weg von hier, Vater hat einen leichten Schlaf.« Er nahm ihren Arm und führte sie fort. Es war kein Traum. Ihren Arm zu fühlen jagte ihm den Puls bis in den Hals. Savina war zu ihm gekommen.

»Ich musste dich sehen«, sagte sie.

Nun peitschte sein Herz noch wilder. Er brachte sie zu den Vorratszelten, in denen niemand schlief. »Wenn sie dich erwischt hätten …!«

»Haben sie aber nicht.« Sie lächelte.

Auch er musste lächeln. »Al-Qabih hat gesagt, ihr habt gemalt. Du warst sehr gut zu ihm, hat er mir erzählt.«

»Wirst du ihn beschützen können?«

»Ich weiß nicht. Aber bei euch wird es nicht länger gehen. Savina, wir sammeln morgen Holz für die Kriegsbrände, und übermorgen greifen wir an. Ich möchte nicht –« Er stockte.

»Schon gut.«

»Nichts ist gut! Stell dir vor, ich töte deinen Vater! Oder deinen Onkel, deinen Vetter, deinen Großvater. Stell dir vor, wir beide stehen uns in der Schlacht gegenüber, was machen wir dann?« Seine Hochstimmung verflog. Die Lage war aussichtslos für sie.

»Das wird nicht passieren. Ich bin hier, um mich von dir zu verabschieden.«

»Du fliehst, bevor es losgeht? Das ist gut.«

»Wirst du mich vermissen?«

Tränen sammelten sich in seinen Augen. Er wischte sie fort. Natürlich vermisste er sie, sie fehlte ihm jetzt schon, in diesem Augenblick, obwohl sie noch hier war.

»Du weinst ja«, sagte sie sanft. Sie legte ihm die Hand an die Wange und strich darüber.

Hatte er sich nicht geschworen gehabt, nie wieder zu weinen?

»Versprichst du mir etwas?«, sagte sie.

»Was soll ich dir versprechen?«

»Ich verrate dir ein Geheimnis. Schwöre mir, es niemandem zu sagen. Und versprich mir, dass du mich besuchst, sobald dieser Feldzug zu Ende ist.«

»Mein Stamm zieht nach Süden …«

»Du reitest doch nicht zum ersten Mal allein durch feindliches Gebiet, oder?«

»Ich soll meine Familie verlassen?« Er runzelte die Stirn. Was sie ihm zutraute! Sie hielt ihn offenbar für ungeheuer mutig. Ein Gefühl der Stärke durchströmte ihn. »In Ordnung. Ich verspreche es. Ich werde dich besuchen.«

Savina zog ihn zu sich und flüsterte: »Suche eine Stadt namens Zoropassos. Sie befindet sich nordwestlich von Korama. Dort werde ich sein.«

Dieser Wagehals!, dachte Yusuf. Während sie gegen die Ungläubigen in den Krieg zogen, knüpfte Arif Liebesbande zu einer Christin. War es ihm gleichgültig, dass er die Ehre seines Vaters und die Ehre seiner Familie zerstörte? Er scherte sich offenbar weder um sein eigenes Leben noch um das seiner Angehörigen.

Yusuf konnte nicht umhin, Arif zu beneiden. Die schmalschultrige Ungläubige besaß ein bezauberndes Gesicht. Ihre langen Haare schimmerten im Sternenlicht. Keine Frage, sie war ein Geschöpf, für das sich die Tollkühnheit lohnte. Die Streiche, die er mit Marwans Bande ausheckte, waren Kinderspiele im Vergleich zu dem, was Arif gerade aufs Spiel setzte. Am Ende war der Außenseiter mutiger als sie. Aber er würde nicht damit durchkommen. Er hatte zu viel gewagt. Eine Christin! Damit hatten sie endlich das Mittel, um ihn zu zerquetschen und die Zakariyyas endgültig nach vorn zu bringen. Marwan würde ihm, Yusuf, aus Dankbarkeit ein großes Geschenk machen. Vielleicht bekam er ein Kettenhemd? Oder mit Silber verziertes Zaumzeug?

Husayn zog sich hinter ein Zelt zurück. Yusuf folgte ihm. Kaum waren sie außer Hörweite, raunte Yusuf: »Was flüstert sie? Hast du es verstanden?«

»Nein.« Husayn biss sich auf die Lippen. »Aber wir wissen genug. Sie ist nicht hier, um uns auszukundschaften. Lassen wir sie in Frieden.«

Er konnte nicht glauben, was er da hörte. »Du meinst … Wir lassen sie unbehelligt? Sie ist eine Troglodytin! Wer weiß, was Arif ihr über uns erzählt hat!«

»Gewiss nichts, das dem Stamm schadet.«

»Da wäre ich mir nicht so sicher. Und die Gelegenheit! Sie kennt die Verstecke der Christen! Es wäre unverzeihlich, sie gehen zu lassen. Wir müssen sie zum Reden bringen.«

»Hast du mal daran gedacht, was es für Haroun bedeutet, wenn herauskommt, dass sein Sohn eine Liebschaft mit einer Christin eingegangen ist?«

Das würde ihn zu Fall bringen, er würde seinen guten Namen beim Kalifen auf alle Zeiten verlieren. Der Rückhalt im Stamm würde ebenso augenblicklich zerbrechen. »Das hätte sich Arif vorher überlegen müssen.«

»Haroun hat mir in der Schlacht das Leben gerettet«, sagte der Krieger. »Ich werde ihm nicht in den Rücken fallen, und du auch nicht, hast du mich verstanden?«

Von überall her schleppten sie umgehauene knorrige Baumstämme, Buschwerk und Körbe mit trockenem Gras. Vater bereitete den großen Ansturm vor. Ihn, Arif, hatte er angewiesen, einen zusätzlichen Schild mit der Gazellenhaut zu bespannen, die er von der letzten Jagd mitgebracht hatte. Das Leder war blutgetränkt und widerspenstig, es war keine leichte Aufgabe, es mit Nägeln so auf dem Holz zu befestigen, dass kein Teil des Schilds unverdeckt blieb. Bei seinen Versuchen hatte Arif bereits drei Nägel verbogen, er mühte sich, sie wieder gerade zu machen, indem er sie zwischen zwei Steinen zurechtschlug.

Marwan schlenderte auf ihn zu. Der Rivale beugte sich herab

und zischte genüsslich in Arifs Ohr: »Das ist dein Ende. Yusuf hat dich gesehen letzte Nacht.«

Ihm schoss das Blut ins Gesicht. Wenn das stimmte, wenn sie Savina und ihn gesehen hatten, warum hatten sie ihn dann nicht festgesetzt? Es konnte nur ein Verdacht sein. Er musste alles abstreiten. »Wobei denn? Beim Schlafen?«

»Du weißt genau, wovon ich rede.« Marwan lächelte breit. »Gerade berichtet er es deinem Vater.«

Arif sah hinüber zum Zelt. Er stand auf. »Erst die Lügengeschichte über al-Qabih, und jetzt verleumdest du mich schon wieder? Ich sorge dafür, dass dir bis zum Ende deines Lebens niemand mehr glaubt.« Er trat auf das Zelt zu und bemühte sich dabei, seinen rasenden Puls zu drosseln. Wie würde sich einer verhalten, der zu Unrecht beschuldigt wurde? Er würde abstreiten, was man ihm vorwarf, und seinen Anklägern gerade ins Gesicht sehen. Das musste er schaffen, für Savina, für sie beide. Er schlüpfte durch den Zelteingang.

Vater empfing ihn mit einem durchdringenden Blick. Offenbar hatte Yusuf gerade seinen Bericht beendet. Vater fragte nichts, er sah ihn nur an, schweigend. Dann befahl er: »Hole Husayn.«

»Natürlich, gern.« Yusuf verließ das Zelt.

»Marwan steckt dahinter«, sagte Arif. »Welche Geschichte er auch immer ausgeheckt hat, sie ist genauso an den Haaren herbeigezogen wie der Vorwurf, ich hätte al-Qabih ertrinken lassen. Du siehst ja, er lebt und ist wohlauf. Glaub ihnen nicht.«

Stumm musterte ihn Vater. Schließlich sagte er: »Wer es

199

wagt, mir ins Gesicht zu lügen, dass mein Sohn sich mit einer Ungläubigen trifft, muss sehr mutig sein. Yusuf ist nicht mutig. Wenn er also so etwas vorträgt, dann nur, weil er glaubt, dass es wahr ist.«

Es fiel Arif schwer, sich zusammenzunehmen. Seine Knie zitterten, und seine Kehle trocknete aus. »Du weißt, wie sehr sie mich hassen«, krächzte er.

Husayn betrat das Zelt, Yusuf folgte hinter ihm. Husayns breite Schultern ließen Yusuf daneben wie einen Hänfling erscheinen.

»Verzeih, dass wir deinen verdienten Schlaf stören«, sagte Vater.

Husayn wehrte ab. »Ich stehe dir immer zu Diensten, Haroun. Du wirst deine Gründe haben.«

»Ja, die habe ich. Du hattest letzte Nacht den westlichen Wachposten zusammen mit Yusuf. Der Junge behauptet, er hat meinen Sohn dabei beobachtet, wie er sich mit einem Christenmädchen traf.«

»Das kann nicht sein«, sagte Husayn. »Wir haben die gesamte Nacht gemeinsam ausgespäht, und ich habe nichts dergleichen gesehen.«

Entsetzt riss Yusuf die Augen auf. »Aber … Wir sind ihnen doch nachgeschlichen! Wir haben sie flüstern gehört!«

»Lass das dreiste Lügen«, sagte Husayn.

Erleichtert atmete Arif auf. Wie auch immer Yusuf von Savinas Besuch erfahren hatte – er konnte ihnen nichts nachweisen.

»Ich kann sie beschreiben, Haroun«, beteuerte Yusuf. »Sie

hat bleiche Haut und glänzendes dunkles Haar und große Augen, und sie hat Arif versprechen lassen, dass er sie besuchen wird, wenn der Feldzug vorüber ist.«

Vater kniff die Augen zusammen. »Dass du es wagst, den Ruf meiner Familie derart in den Schmutz zu ziehen! Das wird Folgen haben, Yusuf, für dich und deine ganze Sippe. Niemand verbreitet solche Gerüchte über die Asads.«

Yusuf schluckte. »Bitte, du musst mir glauben, ich sage die Wahrheit!«

»Dein Wort steht gegen das Wort eines alten Schlachtgefährten. Willst du behaupten, dass Husayn lügt?«

»Über al-Qabih haben sie auch gesprochen«, sagte Yusuf hastig. »Sie hat mit ihm gemalt. Fragen wir ihn!«

Haroun rief laut: »Al-Qabih! Komm hierher!«

Mit heißen Ohren wartete Arif darauf, dass sein Bruder ins Zelt schlüpfte. Kaum, dass er hineinkam, machte er ihm ein heimliches Handzeichen und sah ihn bedeutungsvoll an. Aber al-Qabih schien es nicht zu bemerken.

»Vater?«, fragte er mit dünner Stimme. Er spürte offenbar die angespannte Lage im Zelt.

»Hast du ein Christenmädchen getroffen?«

Ratsuchend sah al-Qabih sich nach Arif um.

»Schau mich an, nicht deinen Bruder«, donnerte der Vater. »Beantworte meine Frage! Hast du ein Christenmädchen getroffen und mit ihm gemalt?«

Al-Qabih zog den Kopf ein und hielt sich die Hände an die Schläfen.

»Antworte!«

»Mädchen, ja«, hauchte er.

Vaters Blick bohrte sich in Arifs Augen. »Husayn«, sagte er, ohne den Blick von Arif abzuwenden, »ich danke dir, dass du die Ehre meiner Familie schützen wolltest.«

Arif wagte nicht zu atmen. In seinem Kopf drehte sich alles. Es war heraus, sie wussten von ihm und Savina.

»Geht jetzt, lasst mich mit Arif allein.«

Husayn ging. Auch Yusuf verließ das Zelt, seine Stirn glänzte von Schweiß. Al-Qabih sah Arif schuldbewusst an und schlich mit hängendem Kopf hinaus.

»Du hast den Stamm hintergangen, Arif«, sagte Vater. »Du hast dich unseren Feinden zugewendet und deiner Familie größte Unehre bereitet. Warum?«

Er wusste nichts zu sagen.

»Ist dir klar, dass unsere Familie damit am Ende ist? Utman ist tot, und du bist kein würdiger Nachfolger mehr. Wir werden ausgelöscht. Der Name der Asads wird untergehen.«

»Es tut mir leid«, flüsterte er.

»Ach, es tut dir leid?« Vater stürmte heran und schlug ihm hart ins Gesicht. »Es tut dir leid?« Er schlug erneut zu. Und wieder. »Wie kannst du uns zugrunde richten, für nichts als idiotische Gelüste!«

Die Schläge brannten in seinem Gesicht wie Feuer. In seinem Herzen aber brannte es noch ärger. Den Vater so wütend und verletzt zu sehen und zu wissen, dass er der Grund dafür war, tat ihm unfassbar weh. Wie hatte er ihn so enttäuschen können! Al-Qabih war schwachsinnig, Utman war tot, und er, Arif, fiel Vater in den Rücken.

In seinem Schmerz, während der Vater zuschlug und ihm Tränen über die feurigen Wangen liefen, sah er plötzlich Savinas Gesicht vor sich, ihre lebendigen, guten Augen, ihr Lächeln. Savina hatte sich um al-Qabih gekümmert, obwohl sie dadurch in Lebensgefahr geraten war. Sie war mutig zu ihm ins Lager gekommen. Savina, das Mondmädchen. War nicht ihre Freundschaft wertvoller als der Stolz eines Stammes, der so schnell in Zorn umschlagen konnte? Eben noch war er Vaters Lebensretter gewesen, und jetzt galt er als unwürdiger Abschaum. Diese Wechselhaftigkeit war kein guter Boden für Zeltpflöcke, Treibsand war es, der einen zu verschlingen drohte. Ich halte zu dir, Savina, dachte er. Er nahm die Hände fort, mit denen er seinen Kopf zu schützen versucht hatte, und richtete sich auf.

Verblüfft musterte ihn der Vater. »So. Stolz bist du also auch noch darauf.«

»Wir haben kein Recht, die Christen zu überfallen«, sagte er.

Vater keuchte, als hätte man ihm einen Hieb verpasst. »Was sagst du da?«, flüsterte er.

»Sie sind Menschen wie wir, und es ist ihr Land.«

»Wer hat dir so den Kopf verdreht? Habe ich dich gelehrt, solchen Unsinn zu reden? Die Christen sollen sich dem Islam unterwerfen, das hat nichts mit Landbesitz zu tun.«

»Es soll kein Zwang sein im Glauben, lehrt der Koran.«

Vater brauste auf: »Du willst mit mir über den Koran streiten?« Mühsam zügelte er seinen Zorn. »Du hältst dich für klug, nicht wahr? Na los, erkläre mir den Islam! In Sure zwei heißt es: Mein Bund erstreckt sich nicht auf die Ungerechten.«

Arif zog den Rotz hoch. »Und was macht die Christen ungerecht?«

»Das steht klar und deutlich in Sure dreiundzwanzig: Allah hat sich keinen Sohn zugesellt, noch ist irgendein Gott neben ihm. Wenn du mich belehren willst, Söhnchen, musst du früher aufstehen. Sure neun: Die Christen sagen, der Messias sei Allahs Sohn. Allahs Fluch über sie! Wie sind sie irregeleitet! Er ist es, der Mohammed, seinen Gesandten, geschickt hat mit der Führung und dem wahren Glauben, auf dass er ihn siegen lasse über alle anderen Glaubensbekenntnisse.«

»Das gibt uns nicht das Recht, die Christen zu töten«, erwiderte er.

»Wie kannst du es wagen! Allah hat die Christen verworfen. Also nimm du sie nicht in Schutz!«

»Wo steht das, dass Allah sie verworfen hat?«

»Sure drei. Und wer eine andere Glaubenslehre sucht als den Islam: Nimmer soll sie von ihm angenommen werden, und im zukünftigen Leben soll er zu den Verlorenen zählen.«

Diese Texte klangen tatsächlich so, als seien die Christen von Allah verlassen. Warum hatte der Scheich sie ihm verschwiegen? Irrte sich Sulayman, verurteilte der Koran die Christen, und es war ihre Pflicht als Muslime, sie niederzuwerfen? Dem, was Vater da zitierte, konnte er nichts entgegensetzen.

»Hast du denn nichts gelernt?« Maßlose Enttäuschung sprach aus Vaters Stimme. »Schon als Neugeborenem haben wir dir

204

ins Ohr geflüstert: Es gibt keinen Gott außer Allah. Mohammed ist der Gesandte Gottes. Wie kannst du diese Wahrheit
anzweifeln?«

»Ich weiß es nicht, Vater.«

Sie schwiegen.

Der Vater fragte leise, beinahe verletzlich: »Hat sie dir die
Schlupfwinkel der Christen gezeigt?«

Er sah zu Boden.

»Du wusstest die ganze Zeit, wo sie sich versteckt halten,
und hast mir nichts davon gesagt?« Vater packte ihn bei den
Oberarmen. »Was haben sie mit dir gemacht? Wo ist der
Sohn, den ich gezeugt habe?«

Arif würgte erneut an Tränen.

»Du wirst uns führen. Zeige uns, wo wir sie überraschen können. Es muss geheime Zugänge geben, die schlecht bewacht
sind.«

»Ich verrate diese Menschen nicht«, flüsterte er.

Vater verpasste ihm eine schallende Ohrfeige. »Wir sind deine Familie!« Er nahm seinen Gürtel ab, bog Arif die Arme
auf den Bauch, wickelte den Gürtel mit ruppigen Bewegungen um die Handgelenke und verknotete ihn. »Ich kann also
nicht einmal meinem eigenen Sohn trauen. Allah hat die
Asads verlassen.« Er stieß ihn zu Boden und nahm ihm ebenfalls den Gürtel ab, um ihm die Füße zu fesseln.

»Was geschieht mit mir?«, brachte er heraus.

»Über deine Strafe entscheiden die Männer des Lagers.«
Vaters Stimme brach. »Du bist nicht länger mein Sohn.«

Kampfvorbereitungen

Dass die Menschen so wenig Respekt vor dem Tod besaßen! Er, Onnophrios, wusste, welche klaffenden Wunden seine kalte Hand riss. Bald ging hier das große Sterben los, und sie begriffen es nicht. »Die Araber verschonen euch nicht!«, sagte er zu einer Gruppe von Frauen, die sich mit Schwertern bewaffnet hatte.

»Wir sie genauso wenig«, gaben die Frauen kämpferisch zurück.

»Flieht, um eurer Kinder willen«, versuchte er es noch einmal. »Wenn ihr jetzt geht, könnt ihr überleben.«

»Wir kämpfen. Für unsere Kinder.«

Niemand hörte auf ihn, mit gespenstischer Begeisterung bereitete sich das Volk auf den Ansturm der Araber vor. Der kleine Sieg, den sie vorletzte Nacht errungen hatten, machte sie leichtsinnig.

Er sah es an ihrem mitleidigen Blick: Für sie war er nichts als ein Greis, der auf seinen Stock gestützt durch die Gänge wankte und unnütze Warnungen ausstieß. Man gab nichts mehr auf seinen Rat. Vor einigen Jahren hatten sie ihn noch ehrfürchtig angesehen, jetzt aber waren seine Arme dünn, und die Haut hing faltig von den Knochen. Seine körperliche Hinfälligkeit machte jedes Wort, das er sprach, lächerlich. Auch wenn er auf ein Wiedersehen mit Julia hoffte, machte ihm der Tod Angst. Nicht das Sterben an sich, das würde er schon hinter sich bringen. Das, was danach kam, war ihm unheimlich: Er würde Gott begegnen, dem großen König und Weltenerschaffer. Wie würde er ihn ansehen? Kannte er ihn, Onnophrios, wirklich mit Namen? Und würde er ihm seine vielen Sünden vergeben? Er hatte sich sein Leben lang auf das erlösende Blut von Jesus Christus verlassen, aber am Ende entschied Gott, ob es einen neuen Anfang für ihn gab. Genügte sein Glaube?

Und wie lebte man in der Ewigkeit? Jesus hatte Wohnungen angekündigt und eine prachtvolle Stadt. Die Bibel sprach davon, dass es auch in der Ewigkeit Weinberge geben würde und ein Glasmeer und immerwährendes Licht. Von Tieren war die Rede, die friedlich beieinander lebten, von Musik, davon, dass es keine Krankheiten und keine Tränen mehr geben würde. Diese große heile Welt, die ihn da erwartete, war ihm fremd, wie einem Kind die hiesige Welt vor der Geburt fremd war, es hörte ja vorher nur gedämpft die Stimme der Mutter und ihren Herzschlag, was wusste es schon von Pferden und vom Wind? Von Brot und Küssen und vom Tanzen?

»Gott«, betete er, »ich hoffe, du überraschst mich genauso auf eine gute Art. Lass es nicht zu überraschend werden, ich fürchte mich sonst.«

»Mit wem redest du?«, fragte ihn eine Frau. Sie führte an der Hand ein Kind und trug ein weiteres auf dem Arm. »Geht es dir gut?«

»Keine Sorge, mir geht's gut.« Ihren Namen wusste er nicht – das Alter, ihm fielen Dinge einfach nicht mehr ein! Aber er kannte ihr Gesicht. »Bringe die Kinder fort von hier«, sagte er, »ich bitte dich, lass dich nicht zum Kämpfen hinreißen.«

»Meine Mutter nimmt die Kinder mit, ich bin gerade auf dem Weg zu ihr.«

»Und du?«

»Ich kämpfe wie alle tapferen Frauen Koramas.«

Erschüttert blieb er stehen. Sie ging erhobenen Hauptes den Gang hinunter, ohne Zweifel war sie davon überzeugt, das Richtige zu tun. Sie führte ihre Kinder weg und dachte nicht daran, dass sie ohne Mutter würden aufwachsen müssen. Korama steuerte auf seinen Untergang zu.

Ja, er war alt. Aber hier gab es offensichtlich noch eine Aufgabe für ihn zu erledigen. Er kehrte um und machte sich auf den Weg zurück zu den Ältesten, die sich mit den Kriegern berieten. Wenn stimmte, was die Wachen vermuteten, war der arabische Spion entkommen, er setzte Haroun vielleicht gerade darüber in Kenntnis, wo ihn und seine Männer heißes Öl, Rauch oder Sackgassen erwarteten. Gegen einen Heerführer, der ihre Geheimgänge kannte, war es unmöglich, die Stadt zu verteidigen.

Fast hätten sie den Spion gehabt, hatten die Wachen berichtet, der Händler Jonathan war ihm auf den Fersen gewesen, aber der Spion hatte sich freigewunden und war ins Innere Koramas entkommen, sicherlich, um es kurz darauf bei einem anderen Ausgang zu versuchen.

Onnophrios betrat die Versammlungshalle. Ein Krieger stand auf und bot ihm höflich seinen Sitzplatz an. Dankend setzte er sich.

»Zwischen der Weinkelter und den Vorratskammern müssen sie gebückt gehen, die Decke hängt sehr niedrig«, sagte Pantaleon gerade. »Wenn wir dort Rauch einleiten und den Gang verschließen, können wir ein gutes Dutzend von ihnen niedermachen.«

Die Krieger nickten.

Was machte der Händler hier? Jonathan wollte doch gar nicht kämpfen. Der Vater des beschuldigten Mädchens – wie war ihr Name noch gleich gewesen? – hatte angekündigt, dass Jonathan vorhatte, sie zu heiraten und mit ihr nach Konstantinopel zu gehen.

Er fing einen Blick des Händlers auf. Gleich zwickte es in seinem Bauch, es fühlte sich an wie der sanfte Biss einer Eidechse, eine Warnung seiner Instinkte. Verbarg Jonathan etwas vor ihnen? Sein Blick war unstet, er musterte die Krieger, als fürchtete er sie.

Onnophrios dachte nach. Er war selbst in jungen Jahren in Konstantinopel gewesen und hatte erfahren, wie dort Intrigen gesponnen wurden. Konstantinopel verehrte die Listigen. Im Schatten der Porphyrsäule Konstantins des Großen auf dem Forum tauschte man oberflächliche Neuigkeiten aus, in den Villen der Reichen aber, den Prunkhäusern mit Balkonen und Terrassen, Atrien und Erkern, wurden hinter dem Rücken der Betroffenen Ränke geschmiedet. Am Eingang zeigte die Darstellung von Schuhen im Mosaikboden, dass die Besucher ihre Schuhe ausziehen sollten, man gab sich gediegen und sauber. Die Wirklichkeit sah anders aus: Die Finger der Gastgeber waren schmutzig.

Nichts war bei den Byzantinern, wie es schien. Die Männer drehten sich Stücke aus Schilfrohr in die Haare, damit sie falsche Locken bekamen. Viele von den Reichen ließen sich das Haar wie eine Frau bis zum Gürtel wachsen, und selbst bei seiner Farbe täuschten sie den Betrachter, sie färbten es blond und goldglänzend, obwohl sie eigentlich schwarze Haare besaßen. Andere schoren sich und trugen auf dem nackten Schädel fremde Flechten.

Sie knüpften in der Therme Liebesbande zu leichten Mädchen und Jungen, tranken dabei Würzwein mit Sellerie- oder Rosengeschmack und tüftelten aus, wie sie ihren Widersachern heimlich schaden konnten.

Am schlimmsten ging es angeblich im Kaiserpalast zu. Ergebene Diener huschten über seine Fußbodenmosaike, und in den Türmen und Kammern wetzte der Adel die Dolche. Nicht umsonst verzierte eine Schlangensäule aus dem Apollonheiligtum von Delphi das Hippodrom, in dem sich die Bevölkerung am dreizehnten Mai zum Geburtstagsfest der Stadt versammelte, als wollte sie die Bürger ermahnen, heimtückisch zu sein.

Auch hier übte man das Intrigieren, nicht einmal die Wagenrennen im Hippodrom waren frei von politischen Machenschaften. Jeder der vier Rennställe besaß in der Stadt eine eigene Anhängerschaft. Man benannte sie nach der Farbe der Zirkuspartei die Blauen, die Weißen, die Roten und die Grünen. Ihre berühmten Wagenlenker begrüßten die Parteien mit Lobeshymnen. Wenn aber der Kaiser in seiner Loge erschien, gab es vorher abgesprochene Protestrufe oder gar einen kleinen Aufstand, Buhrufe gegen die Steuerlast, Klagen wegen schwerer Fehler in der Kriegsführung oder wegen des anstößigen Privatlebens des Kaisers. Auf diese Weise hatte man in der Vergangenheit schon zwischen Wagenrennen, Akrobatenstücken, Tierschauen und Theaterszenen den Kaiser gestürzt und einem genehmeren Kandidaten Platz verschafft.

Die Einwohner Konstantinopels verfolgten ihre Ziele nicht offen, sie taten es verdeckt. Welcher Sache hatte sich der Händler verschrieben? Onnophrios musterte den bärtigen langen Kerl mit der sonnengegerbten Haut. War er einer von diesen in Seide gewandeten Intriganten gewesen? Eigentlich schwer vorstellbar. Allerdings wurde der Bursche unter seinem Blick unruhig. Die Atmung des Händlers verriet ihn, seine Nasenflügel bebten, und er streifte unsicher mit der Hand über seinen Arm, als gäbe es dort eine Fliege zu verscheuchen.

Ein reines Gewissen hat er nicht, dachte Onnophrios. War es nicht seltsam, dass er Savina verriet, obwohl er beabsichtigte, mit ihr nach Konstantinopel zu ziehen und sie zu heiraten? Wer war so hartherzig, dass er seine Braut auslieferte? Gewiss, dass sie einen Araber in die verborgene Stadt eingelassen hatte, war ein Fehler gewesen, und es war ein Unglück, dass es ihnen nicht gelungen war, ihn zu fangen. Nur Jonathans Rolle dabei war ihm nicht klar.

Womöglich gab ihm die Sache das Werkzeug in die Hand, mit dem er die wichtigste Frage beantworten konnte: Wie es anzustellen war, dass das Volk Korama verließ und sich in Sicherheit brachte, anstatt in eine Schlacht zu ziehen, die sie alle das Leben kosten würde. Er biss sich auf die Unterlippe. Früher waren ihm kluge Entscheidungen leichtgefallen. Ich kann zehntausend Menschenleben retten!, mahnte er sich. Einmal muss ich noch klug sein, und wenn es das letzte Mal ist.

Der Alte durchschaute ihn. Sein Blick verriet, dass er über ihn nachdachte. Und es war kein freundlicher, sondern ein prüfender, zweifelnder Blick, wie wenn ein Mann Waren begutachtete, die er für mangelhaft hielt. Er, Jonathan, hatte auch nichts hier zu suchen, er hatte sich nur zu den Beratungen der Ältesten gesellt, weil er gehofft hatte, etwas über Savina zu erfahren.

Wieder und wieder sah er sie vor seinem inneren Auge blutüberströmt am Boden liegen, getötet von den Arabern, die Korama belagerten. Sie hätte sich nicht nach draußen wagen sollen! Und er hätte ihr nie und nimmer dabei helfen dürfen.

War es nicht seine Aufgabe gewesen, sie zu beschützen? Stattdessen hatte er sie durch seinen Verrat derart in Bedrängnis gebracht, dass sie keinen anderen Ausweg mehr gesehen hatte, als mit dem Jungen nach draußen zu gehen. Ich habe sie in den Tod getrieben, dachte er und erschauderte.

Das Gewicht der Schuld lastete schwer auf seinen Schultern. Wenn sie überlebt, lasse ich sie nie wieder aus den Augen. Niemals! Ich werde sie beschützen, solange ich lebe, keiner wird ihr ein Haar krümmen.

Er hatte sie doch nur an sich binden wollen, hatte als ihr starker Helfer ihre Liebe gewinnen wollen! Sie sollte sich von diesem Arabern abwenden und nur ihm gehören. Dass es so kommen würde, hatte er nicht wissen können!

Er hielt es nicht länger aus, er konnte nicht herumstehen und den Plänen der Ältesten zuhören und sich von Onnophrios mustern lassen, während Savina sich womöglich durch das Gestrüpp schleppte und an einer Pfeilwunde verblutete. Ich gehe hinaus, dachte er. Ich mache mich auf die Suche nach ihr, und wenn es mich das Leben kostet.

Ohne ein Wort verließ er die Versammlungshalle. Er musste sich ein Schwert beschaffen und einen Schild, wenn möglich. Seit sich sogar die Frauen in Korama entschlossen hatten, zu den Waffen zu greifen, waren die Waffenkammern wie leergefegt. Einem Krieger konnte er Schwert und Schild sicher nicht abschwatzen. Wer würde ihm eine Ausrüstung leihen?

Ihr Vater! Den musste er fragen. Savinas Familie bangte genauso wie er und würde froh sein, wenn er sich auf die Suche nach Savina machte. Jonathan kletterte den Schacht hinauf zu ihrem Stockwerk.

Noch bevor er es erreichte, hielt er in der Bewegung inne und lauschte. Jemand summte dort oben ein fröhliches Lied. War das nicht Savinas Stimme? Sein Herz wurde weit. Sie lebte! Er kletterte eiliger, hievte sich das letzte Stück hinauf und kam auf die Füße. Hastig folgte er dem Gang um die Ecke, da sah er sie bereits, sie trug eine Kiste aus der elterlichen Wohnung und sang dabei, als befänden sie sich nicht auf der Flucht, sondern auf dem Weg ins Paradies.

»Du lebst!«, sagte er.

Sie stellte die Kiste ab. »Hast du dir Sorgen gemacht?«

»Und wie! Warum bist du so lange weggeblieben?«

»Ich hab al-Qabih um den Berg herumgeführt, bis zum Lager der Araber. Jetzt ist er in Sicherheit.«

»Du beschützt dieses Araberkind, als würde es zu deiner eigenen Familie gehören. Manchmal bist du mir wirklich ein Rätsel, Savina.«

»Was ist das: Es ist leichter als eine Feder, und doch kann kein Mensch es lange halten.«

»Ich möchte jetzt kein Rätsel lösen.«

»Der Atem!« Sie lachte. »Verstehst du?«

»Du freust dich offenbar sehr, diesem Berg zu entkommen.«

»Warum fragst du?«

»Na ja, du lachst und singst Lieder und deine Augen leuchten, dabei ist uns der Tod so nahe wie noch nie. Hast du keine Angst, dass uns die Flucht misslingen könnte?«

»Ich bin eben gut aufgelegt. Das klappt schon. Die Tunnel sind sicher.«

»Ist dir nicht klar, dass die Araber uns nachjagen werden? Wir sind noch längst nicht gerettet, nur weil wir Korama verlassen.« Seltsam: Er hatte erhalten, was er sich sehnlichst gewünscht hatte – Savina lebte. Ihre Fröhlichkeit aber ärgerte ihn. Warum war sie nicht zu ihm gekommen oder hatte zumindest nach ihm gesucht? War ihr nicht klar gewesen, dass er sich um sie sorgen würde? Stattdessen packte sie Hab und Gut zusammen und summte dabei, als sei es der schönste Tag ihres Lebens.

Er stutzte.

»Wie nahe bist du ans Lager gekommen?«, fragte er.

»Sehr nahe.«

»Bist du jemandem begegnet?«

»Nein, niemandem. Es war Nacht, und ich war vorsichtig.«

Das Vorratszelt, in das man Arif schleppte, bestand aus dicht vernähten Kamelhäuten, nur wenig Licht drang ins Innere. Arif lag im Dunkeln und roch das geröstete Getreide. An jedem anderen Tag hätte ihm bei diesem Duft der Magen geknurrt, aber er spürte nichts davon, nur die Schläge des Vaters auf seinen brennenden Wangen und dort, wo er ihn am Schädel getroffen hatte, ein schmerzhaftes Pochen. Die Hände schliefen ihm ein. Wenn er am Gürtel zerrte, der ihm die Handgelenke zusammenschnürte, stellte sich die Empfindung von zahllosen Ameisen ein, die ihm über die Handflächen krabbelten.

Jemand kam ins Zelt, für einen kurzen Moment blendete ihn heller Sonnenschein. Arif blinzelte. Er erkannte Sulayman, und er versuchte, sich aufzurichten.

»Bleib liegen, Junge«, sagte der Scheich. Er kauerte sich zu ihm. »Wir müssen schnell machen. Ich dürfte gar nicht hier sein.«

»Was geschieht mit mir?«

»Sie beraten gerade darüber. Ich muss dorthin zurück, habe mich nur kurz fortgeschlichen.«

»Ich habe nichts verraten! Sie denken, ich helfe den Christen, aber das hab ich nicht getan.«

»Du liebst sie, die junge Christin?«

Er schluckte.

»Zumindest verstehe ich jetzt, wie du solche Fragen stellen konntest. Du bist sehr unvorsichtig, Arif. Diese Liebe kann dir den Tod bringen.« Er reichte ihm eine Tonscherbe. »Wenn ich fort bin, zerschneide dir damit die Fesseln. Warte nicht zu lange mit der Flucht. Ihr Urteil könnte hart ausfallen, ich möchte nicht, dass sie dich in die Finger bekommen.«

Er versuchte, die Scherbe mit den tauben Fingern festzuhalten. »Warum hilfst du mir?«

»Natürlich helfe ich. Was hast du gedacht? Du bist ein Lichtblick für unser Volk, dein Herz ist stark. Ich kann doch nicht erlauben, dass es zu schlagen aufhört.« Er legte ihm die Hand auf die Schulter und drückte sie. Dann stand er auf, um zu gehen.

»Du bist mutig, Sulayman«, flüsterte Arif. Wieder blendete ihn die Sonne.

Er wartete einen Moment, bevor er sich aufrichtete. Mit der Scherbe zwischen den Fingern versuchte er, seine Hand so weit zu biegen, dass er die scharfe Scherbenkante an den Gürtel brachte. Es gelang ihm nicht. Stattdessen jagte ein stechender Schmerz durch sein Handgelenk. Als er es erneut versuchen wollte, stach es ihn bereits zu Beginn. Er musste sich im Inneren des Handgelenks verletzt haben.

Arif versuchte es mit der anderen Hand, aber auch sie reichte nicht weit genug, er bog und bog sie, bis ihm vor Zittern die Scherbe zu Boden fiel. Über seine Hände liefen abertausende Insektenbeinchen, und Schwindel ergriff ihn.

Eben noch hatte er geglaubt, gerettet zu sein. Verzweiflung würgte ihn. Der Scheich hätte die Fesseln durchschneiden sollen! Wenn er ihm schon half, warum ging er nicht auch noch den letzten Schritt? Hatte er Angst, von den anderen gefragt zu werden, und wollte den Unschuldigen geben?

»Verflucht«, zischte er.

Er verrenkte sich, um die Scherbe aufzuklauben. Irgendwo musste er sie befestigen, dann konnte er die Handgelenke darüberreiben und den Gürtel auf der Scherbenkante zermahlen. Er sah sich um. Die Getreidesäcke taugten nicht. Sollte er den Zeltboden zerschneiden und die Scherbe in die Erde stecken? Aber auch dann würde sie nicht fest genug klemmen, um die Fessel daran zu zerteilen.

Er hob die gefesselten Hände ans Gesicht und steckte sich die Scherbe in den Mund. Sie schmeckte nach Staub. Vorsichtig schob er sie mit der Zunge zwischen die Zähne und drehte sie so, dass die Schneide nach außen zeigte. Nun biss er fest zu. Er rieb mit der Handfessel über das scharfkantige Tonstück. Im Inneren der Schneidezähne pochte es unangenehm bis in den Kieferknochen, aber er ließ nicht nach, immer hektischer fuhr er mit dem Gürtel über die Scherbe, bis endlich ein Strang des Seils riss. Er richtete sich auf, keuchte. So würde es noch lange dauern. Hoffentlich nicht zu lange. Er musste von hier verschwinden, bevor sie ihn holen kamen.

Die Flucht

Kaum war Jonathan fort, sank Savina auf eine der Kisten nieder. Das glückliche Flattern in ihrem Bauch war noch da, auch die Ohren und der Hals kribbelten. Aber zugleich setzte Beklemmung ein. Jonathan war gegangen, um seine Sachen zu holen; er rechnete damit, dass sie gemeinsam aus Korama flohen. Wie lange konnte sie ihn noch hinhalten? Er war doch längst misstrauisch geworden, immer verzweifelter warb er um sie. Was würde passieren, wenn er begriff, dass sie einen Araber liebte?

Sie zog den Spiegel aus der Kiste und sah hinein. Auf der schwarzglänzenden Obsidianfläche strahlten sie fiebrige Augen an. Musste ihr nicht jeder ansehen, dass sie sich nach Arif sehnte? Sie konnte ja kaum aufhören zu lächeln!

Pherenike schleppte einen Krug heraus. Als sie Savina sitzen sah, rollte sie ärgerlich die Augen. Vater, der hinter ihr folgte, sagte: »Beeile dich, Savina, hole deinen Strohsack. Wir sollten ein gutes Stück Weg geschafft haben, bevor die Araber Korama angreifen.«

Lieber Gott, betete sie, beschütze meinen Wüstenprinzen, lass ihm nichts zustoßen! Wenn nur Arif bei diesem Angriff keinen Schaden erlitt! Als Sohn des Anführers würde Arif an vorderster Front kämpfen müssen. Sie hatte ihn gewarnt vor dem heißen Öl, den tückischen schmalen Gängen und dem

Rauch, aber es blieb ihm ja keine Wahl, er musste voranstürmen und sich Koramas Kriegern stellen.

Männer kamen den Gang entlanggerannt, ihre Schwertgurte schepperten. Ging der Angriff bereits los? Savina wandte rasch das Gesicht ab, es war besser, man erkannte sie nicht.

Sie hörte, wie sich die Schritte verlangsamten. Eine grobe Hand fasste nach ihrem Kinn. »Bist du nicht das Mädchen, das an die Wände malt?«

Sie riss sich los und schüttelte den Kopf. Zur Wand gerichtet, tat sie so, als würde sie in der Kiste einen Platz für den Spiegel suchen.

»Komm weiter«, sagte jemand.

»Nein, das ist sie! Die Lehrerstochter, Savina.« Der Mann packte ihren Arm. »Endlich haben wir dich. Los, steh auf!«

Vater trat aus der Wohnung. »Was macht ihr da? Lasst sofort meine Tochter los!«

»Sie hat einen arabischen Spion eingeschleust. Ich bringe sie zum Rat. Tut mir leid, unsere Anweisungen sind unmissverständlich.«

Während sie durch den Gang davongezerrt wurde, sah sie zurück in Vaters verwirrtes Gesicht. Sie sagte: »Das klärt sich alles auf. Zieht ohne mich los, ich komme mit Jonathan nach!«

Einen Strang nach dem anderen zerschnitt Arif mit der Tonscherbe. Endlich kamen seine Hände frei. Die Fessel hatte tiefe Spuren in die Haut gegraben, sie brannte vor Schmerzen. Er rieb sich die Handgelenke. Dann löste er den Gürtel, der ihm die Füße aneinanderband. Er lief zur Rückseite des Vorratszeltes und hob vorsichtig die Plane an. Die untergehende Sonne färbte das Gras, die Zelte und das Fell der Dromedare glutrot. Drüben bei Vaters Zelt standen in großer Runde die Krieger beisammen, auch die Jüngeren hielten sich in der Nähe, um den Beratungen zu folgen. Redeten sie so lange über ihn? Er konnte Marwan ausmachen, ein Grinsen saß ihm im feisten Gesicht.

Wenn er nur Zeit gehabt hätte! In einer Stunde, in der Dunkelheit, wäre die Flucht viel leichter gewesen. Er schlich zur Seite des Zelts, die den Beratungen abgewandt war, und kroch hinaus. Kam er irgendwie an Layla heran? Die Pferde waren von etlichen Kriegern bewacht. Sich durchs Gras davonzuschleichen, war aber ebenso aussichtslos: Rings um das Lager standen aufmerksame Wächter.

Sulayman muss mich für sehr fähig halten, dachte er und lächelte bitter. Er sah sich nochmals um. Dann schlich er zum Nachbarzelt. Er blieb in der Hocke und umrundete es zur Hälfte. Von der anderen Seite bot sich ihm ein besserer Überblick. Bei den Dromedaren, die gemächlich grasten, hatte man Reisig aufgehäuft. Nuh schleppte gerade weiteres heran, sicher eine Strafarbeit, die ihm Marwan aufgebürdet hatte.

Arif zog den Augenachat am Lederband hervor und küsste ihn. »Inshallah.« Nachdem er sich kurz gesammelt hatte, kroch er zum nächsten Zelt, das ihn näher zu den Tieren brachte.

Nuh warf das Reisigbündel zu den anderen. Er rieb sich den Rücken. Die dornigen Zweige hatten ihm die Haut blutig gekratzt. Ein Dromedar trottete näher und streckte den Kopf nach dem Reisig aus. »Lass das«, sagte er.

Es hörte nicht darauf. Ungeachtet der Dornen fraß es vom Reisig, die Zweige knirschten in seinem Maul, während es sie zermalmte.

Nuh hob einen Stock auf und trieb das Kamel mit kleinen Schlägen gegen die Beine zurück. Es grunzte ärgerlich, wandte sich aber wieder dem Gras zu und ließ die Reisigbündel in Frieden.

Eine Schlange zischte hinter ihm. Er drehte sich langsam um. Während er reglos dastand, suchte er das Gras mit den Augen ab. Wenn sie ihn anging, musste er schnell sein mit dem Stock. Es zischte erneut, aber das Zischen schien weiter weg zu sein, bei den Zelten. Er hob den Blick.

Jemand kauerte hinter dem letzten Zelt und winkte ihm, er solle näherkommen. Eine weitere von Marwans Peinigungen? Unwillig gehorchte Nuh und ging auf den Versteckten zu. Aber das war ja Arif! Wie war er entkommen? Nuh bückte sich und tat so, als würde er Zweige auflesen, die er beim Tragen verloren hatte. Wie zufällig streunte er zum Zelt. Er bückte sich erneut und raunte: »Was hast du vor?«

»Ich brauche meine Stute«, sagte Arif. »Hilfst du mir?«

»Du willst fliehen? Das kannst du nicht schaffen, überall sind Wachen, sie werden dich verfolgen!«

»Ich bin ein guter Reiter. Ehe sie aufgesessen sind, hab ich einen ordentlichen Vorsprung. Holst du mir Layla her?«

»Ich will dir ja helfen, aber wie soll ich dein Pferd aus der Koppel holen, ohne dass es die Wächter merken?«

»Lass dir was einfallen. Aber mach schnell! Wenn sie fertig sind mit den Beratungen, geht's mir an den Kragen.«

Nuh schluckte. Er konnte womöglich Arifs Leben retten. Ohne Arif wäre er selbst längst zum Fraß der Wölfe und Geier geworden. Allerdings erwartete ihn eine furchtbare Strafe, wenn er Arif zur Flucht verhalf. »Warte hier.«

Er hatte sich schon zum Gehen gewandt, als Arif hinter ihm noch fragte: »Sie werden dich übel drannehmen. Willst du nicht lieber mit mir fliehen?«

Nuh verharrte. Dann schüttelte er den Kopf. »Mutter braucht mich. Wenn ich gehe, lassen sie ihre Wut an ihr aus.« Er wandte sich der Koppel zu. Ohne zu wissen, was er sagen würde, näherte er sich den Pferden.

Er suchte Arifs Stute. Sie stand abseits von den anderen, es war nicht schwer, sie zu finden. Würde sie überhaupt auf ihn hören? Sie an der Mähne zu führen, gelang ihm sicher nicht.

»Was willst du?«, fragte einer der Wächter. »Sollst du wieder Pferdeäpfel auflesen?« Er grinste.

Dass er neuerdings zu den Rangniedrigsten gehörte, sprach sich offenbar schnell herum. Marwan sorgte dafür, dass jeder wusste, er konnte ungestraft seinen Spott mit ihm treiben. Dadurch, dass Arif Unehre über seine Familie gebracht und die Asads in die Bedeutungslosigkeit hinabgestoßen hatte, würde es noch ärger werden. An Marwan und seinem Vater kam keiner mehr vorbei. »Ich soll Arifs Stute holen«, sagte er. »Wozu denn das?« Der Wächter runzelte die Stirn.

»Weiß nicht. Der sollte doch längst die Kehle durchgeschnitten werden. Vielleicht verlangen sie, dass Arif es eigenhändig tut.«

»Unsinn, Nuh!« Der Wächter trat näher. »Ich sage dir, was sie vorhaben: Arif soll von seiner Stute durch die Steppe geschleift werden. Sie binden ihn an ihr fest und machen sie mit Fackeln wild. Dann jagen sie die Stute aus dem Lager. Man wird seine Leiche kaum von einem Gestrüpp unterscheiden können. So geht es einem, der die Familie und den Stamm an die Feinde verrät!«

»Hast du einen Strick für mich, damit ich sie führen kann? Layla ist bekannt dafür, dass sie störrisch ist.«

Der Wächter lachte. »O ja. Sie schlägt aus und beißt. Selbst schuld, wenn du nichts mitgebracht hast. Sieh zu, wie du mit ihr zurechtkommst, von mir kriegst du keine Hilfe.«

»Besten Dank auch.« Er wandte sich um und ging auf Layla zu. Bevor er sie erreichte, hob sie bereits den Kopf und spielte unruhig mit den Ohren.

Er rupfte etwas Gras und hielt es ihr auf der ausgestreckten Hand entgegen. »Hast du Hunger?«

Die Stute reagierte nicht. Ihre Augen waren weit geöffnet, und unter dem fahlroten, vernarbten Fell spannten sich die Muskeln an.

Er ließ die Halme fallen. »Es geht um Arif. Sie wollen ihm weh tun. Wir müssen zu ihm hingehen und ihm helfen. Bitte komm mit mir, Layla.«

Als sie ihren Namen hörte, drehte sie die Ohren nach vorn.

Er machte kleine Schritte auf sie zu und redete weiter. »Ich werde Ärger bekommen, weil ich ihm helfe. Sei wenigstens du nett zu mir.«

Die Stute sah zur Seite und musterte ihn aufmerksam mit dem zugewandten Auge.

»Ich bin schon mal auf dir geritten, erinnerst du dich? Du kennst mich. Komm, Layla. Arif hat nur wenig Zeit.« Er streckte die Hand vor und ließ sie daran schnuppern. Die Haare ihrer Nüstern rührten weich an seine Haut. Mutig fasste er in die Mähne und versuchte, die Stute mit leichtem Ziehen dazu zu bringen, mit ihm zu gehen.

Stur blieb sie stehen.

Er seufzte. Er zeigte auf das Zelt, hinter dem Arif sich verbarg. Undeutlich konnte man einen kauernden Körper sehen. »Das ist Arif. Siehst du ihn? Er braucht dich.«

Die Stute hob ruckhaft den Kopf. Sie nahm Witterung auf, er sah, wie sich ihre Nüstern blähten. Sie wieherte und lauschte anschließend, als erwarte sie eine Antwort. Erneut wieherte sie. Layla trabte los, quer über die Koppel auf Arifs Versteck zu.

Nuh rannte ihr nach. »Nicht da entlang!«, rief er, um den Posten zu täuschen.

Der Wächter schüttete sich aus vor Lachen. Auch die anderen Wachen stimmten in das Gelächter ein.

Am Zaun der Koppel blieb Layla stehen, den Blick auf den versteckten Arif gerichtet. So würde sie ihn verraten. Nuh zwängte sich dazwischen und versuchte, die Stute vom Zaun abzudrängen. Mit seinem ganzen Körpergewicht schob er Layla, bis sie einige Schritte ging. Gleich nahm er sie an der

Mähne und zog sie weiter, hin zum Koppeltor. Er führte sie hinaus und von dort außen entlang des Zauns in Arifs Richtung.

»Wo gehst du hin, Bursche?«, rief ihm der Wächter nach.

Neben dem Zelt, hinter dem Arif sich verborgen hielt, brachte Nuh die Stute zum Stehen. »Allah sei mit dir«, sagte er.

»Danke, Nuh. Du bist ein guter Freund.« Arif hob den Kopf: »Layla, jetzt brauchen wir all deine Kraft. Das wird der Ritt unseres Lebens. Vielleicht wird es unser letzter sein.« Er trat aus dem Schatten, sprang auf ihren Rücken und gab ihr die Fersen.

Nach einem Augenblick der Verblüffung schlugen die Wächter Alarm. Arif preschte in die Ebene hinaus. Er zog eine lange Staubwolke hinter sich her. Bald folgten ihm die ersten Reiter. Sie schlugen ihre Tiere mit Gerten, verlangten ihnen das Äußerste ab.

Nuh wusste, die Pferde der Verfolger waren schneller, es waren junge, unverbrauchte Tiere, sie waren Layla an Kraft und Schnelligkeit überlegen. Er kauerte sich in den Zeltschatten und betete: »Allah, verschone sein Leben. Er war gütig zu mir. Verzeih ihm seine Fehler, und lass ihn den Kriegern entkommen. Du bist der Barmherzige und Gnädige, dir dienen wir, und dich bitten wir um Hilfe.«

Arif sah sich nach den Männern um, die ihn verfolgten. Mahmud war ihm am nächsten, dahinter ritten Abd al-Aziz und Usama. Er wandte sich wieder nach vorn. Der Wind trieb ihm Tränen in die Augen.

Jeder der drei hatte schon bei ihnen im Zelt gesessen und gespeist. Usama hatte ihm freundlich Fragen über Raubvögel beantwortet, und Abd al-Aziz hatte letztes Jahr mit ihm geübt, den Speer zu werfen.

Jetzt jagten sie ihn wie einen räudigen Hund.

Auf Layla konnte er ihnen nicht entkommen. Sie würden ihn einholen und abdrängen, bis sie die Stute zum Stehen gebracht und ihn hinuntergestoßen hatten. Oder sie schlugen gleich mit dem Schwert zu.

Noch lebe ich, dachte er. Ihr werdet euch wundern, was Layla und ich zuwege bringen! Wenn er am Ende starb, dann wenigstens nicht im stickigen Zelt oder vor den Gaffern im Lager, sondern hier draußen, in der Weite, die er so liebte.

Sie kamen näher, er hörte schon den Fuchs schnaufen, auf dem Mahmud ritt. Die Hufschläge der Pferde donnerten. Blieb ihm genug Zeit? Er hielt geradewegs auf die Schlucht zu, in der er mit al-Qabih übernachtet hatte. Sie besaß eine schmale Stelle, dort war er damals mit dem Bruder hinabgeklettert.

Layla durfte auf keinen Fall nachlassen, sonst schafften sie den Bogen nicht. Er wendete entlang der Schlucht, ritt nur eine leichte Kurve, damit ihm die Verfolger nicht den Weg abschneiden konnten. Dennoch, der Bogen war wichtig, um sie zu täuschen.

Zu seiner Linken tauchte die Schlucht auf. Vereinzelte Bäume säumten ihre Kante. Dort vorn war die schmale Stelle. Mahmud kam heran, er streckte bereits die Hand nach ihm aus, um ihn zu packen.

Arif lenkte Layla in eine scharfe Kurve nach links, auf die Schlucht zu. Wie sie reagieren würde, wusste er nicht, alles war möglich, dass sie gemeinsam in den Tod stürzten oder dass sie stehenblieb und den Gehorsam verweigerte. »Auf, Layla!«, rief er.

Er legte die Beine an ihren Leib, nicht hart, aber so, dass er jeden ihrer Galoppsprünge spürte. Nach vier Sprüngen waren sie am Rand der Schlucht angelangt. Layla verlangsamte nicht, sie setzte ihre Sprünge fest und klar. Mit Kraft nahm sie den letzten Satz. Arif erhob sich beim Absprung und beugte sich weit nach vorne, er verlagerte sein Gewicht in Sprungrichtung. Sie flogen, die Schlucht zog unter ihnen vorbei.

Hart setzten Laylas Vorderläufe auf der anderen Seite auf. Steine fielen in die Schlucht hinab. Aber der Schwung trieb die Stute weiter, sie lief die ersten Schritte. Ihm schlug wild das Herz in der Brust. Sie hatten es geschafft! Es musste heraus aus seiner Brust, die angestaute Angst löste sich in einem Freudenschrei.

Auf der anderen Seite antworteten wütend die Verfolger. Sie wagten den Sprung nicht. Stattdessen trieben sie ihre Pferde an, ritten entlang der Schlucht, um einen ungefährlicheren Übergang zu finden.

Layla flockte der Schweiß vom Fell. Sie keuchte vor Anstrengung. Aber er durfte ihr keine Ruhe gönnen, wenn er überleben wollte. Er klopfte ihr den Hals. »Du bist das beste Pferd der Welt, weißt du das?« Er drückte die Fersen in ihre Seiten und trieb sie erneut in den Galopp.

Der Beschluss

Mit allem hatte sie gerechnet, nur nicht mit dieser Frage. »Wie ich zu Jonathan stehe?«, wiederholte sie ungläubig.

Einer der Ältesten sagte: »Onnophrios, das ist doch Zeitvergeudung. Wir haben eine Verteidigungsschlacht vorzubereiten.«

Aber der Greis blieb hartnäckig. Sein Gesicht war unbeweglich wie die Rinde eines uralten Baums. »Ich halte es nicht für Zeitverschwendung«, sagte er. »Ich hätte gern eine Antwort auf diese Frage.«

Die Ältesten saßen auf den Bänken entlang der Wände des Versammlungsraums. Nur sie, Savina, musste stehen. Es gab ihr ein beklemmendes Gefühl, von allen angeschaut zu werden. »Er ist ein Freund.«

»Nur das? Ist er nicht auch dein Geliebter?«

Sie spürte, wie ihr das Blut ins Gesicht schoss. »Nein. Ein Freund und nicht mehr.«

»Das sieht er anders.«

»Onnophrios«, setzte der andere Älteste erneut an, »ich weiß wirklich nicht, was diese Befragung bringen soll.«

»Wir haben Wichtigeres zu besprechen«, murrte ein weiterer Ältester.

Onnophrios stand auf. »Erzähle uns von dem Spion, den du in die Höhlenstadt eingeschleust hast.«

»Er ist nicht mehr hier. Und er war kein Spion, er war ein Kin–« Sie stockte. Man erzählte sich überall, dass Onnophrios dagegen gestimmt hatte, Korama zu verteidigen. Vielleicht hatte er sie nicht vor den Rat gebracht, um über eine Strafe für sie zu verhandeln, sondern suchte eine letzte Gelegenheit, die Männer vom Kämpfen abzubringen. Natürlich, das musste es sein! »Ein Krieger«, sagte sie.

»Ein Krieger, soso. Was hat dieser arabische Krieger gesehen, in welche Teile der Stadt hast du ihn gebracht?«

Sie musste Onnophrios zuarbeiten. Wenn es ihnen gelang, die Ältesten zu überzeugen, und wenn am Ende alle Einwohner Koramas flohen, anstatt zu kämpfen, dann entging auch Arif auf der Gegenseite der gefahrvollen Schlacht. Um den Schein zu wahren, sagte sie: »Er hat kaum etwas gesehen, wir sind ohne Umwege zu den Gräbern hinabgestiegen.«

»Hatte er nicht auf dem Weg dahin die Gelegenheit, die steinernen Türen in Augenschein zu nehmen?«

Sie schwieg.

»Hatte er nicht die Gelegenheit, die Löcher in der Decke mancher Gänge zu sehen, und konnte schlussfolgern, dass wir in der Lage sind, Angreifern heißes Öl auf die Köpfe zu gießen?«

Er machte seine Sache gut! Sie verbiss sich ein Lächeln und schwieg weiter.

»Hat er nicht sehr wohl unsere Holzvorräte gesehen? Ein geübter Krieger erkennt sofort die Gefahr darin, er weiß, dass wir niemals heizen, weil der Rauch unser Versteck verraten würde, und durchschaut den Zweck der Vorräte, nämlich dass wir in den Höhlengängen den Rauch als tödliche Waffe einsetzen.«

Die Ältesten sahen betroffen zu Boden. Einer sagte: »Wie konntest du das tun, Savina? Du hast uns ans Messer geliefert.«

Sie zögerte. Schließlich sagte sie: »Ich liebe ihn.«

Ein böses Raunen lief durch den Raum.

»Sie lügt doch!« Pantaleon stand ebenfalls auf. »Glaubt ihr im Ernst, eine junge Frau bringt es fertig, ihre Familie dem Tod preiszugeben?«

Sie sagte: »Er ist kein Spion. Wir wollten nur zusammen sein.«

Onnophrios lachte. »Das wollte er dich glauben machen. Ein Araber liebt keine Christin. Seine süßen Worte waren allein dazu da, dich zu täuschen.«

Pantaleon setzte sich wieder. »Hast du die Folgen nicht bedacht, Mädchen?«, sagte er ärgerlich.

»Die Araber haben alle Vorteile auf ihrer Seite«, fasste Onnophrios zusammen. »Sie kennen unsere Eingänge und unsere Abwehrvorkehrungen. Sie sind in der Überzahl. Und ihre Männer führen seit Jahren die Waffen, sie sind uns in Schnelligkeit und Kampferfahrung weit überlegen.« Er ließ den Blick wandern, sah jedem der Ältesten einmal in die Augen. »Wollt ihr wirklich unser Volk in den Tod schicken? Noch können wir fliehen und verlieren nur an Hab und Gut. Wenn wir bleiben, wird keiner von uns überleben.«

Die Krieger standen in Gruppen beisammen und berieten sich. Haroun bat den Scheich um ein Gespräch unter vier Augen.

Sofort löste Sulayman sich aus der Runde, in der er gestanden hatte, und wandte sich ihm zu. »Ein furchtbarer Tag für dich.«

»Nein, furchtbare Jahre«, widersprach er. »Ein Fluch lastet auf meiner Familie. Erst al-Qabih, dann Utmans Tod, nun auch noch Arif. Alle meine Söhne sind verflucht. Du kennst den Koran wie niemand sonst. Was kann ich tun, um das Böse abzuwehren?«

Der Scheich sah ihn schweigend an. »Die Wege Allahs werden dir zu schwer«, sagte er schließlich.

»Wie meinst du das?«

»Wenn wir im Leben vor Herausforderungen gestellt werden, müssen wir Entscheidungen treffen, wir müssen um unser Wohlergehen kämpfen. Manchmal haben wir etwas zu erdulden, auch das ist ein Kampf, ein Ringen um Kraft. Du hast immer gekämpft. Jetzt aber willst du die Waffen niederlegen.«

»Das habe ich nicht gesagt.«

»Doch, Haroun. Indem du sagst, ein Fluch lastet auf euch, gibst du die Verantwortung ab. Du sagst damit, dass du wehrlos bist – denn wer könnte einem Fluch entgehen? Du suchst nicht Kraft, um das Leid aushalten zu können, sondern einen Zauber, der es für dich beseitigt.«

Er dachte nach. Vielleicht hatte der Scheich recht. Aber wie sollte er kämpfen, wenn vor seinen Augen die ganze Familie zerbrach? Alles, was sein Vater und sein Großvater aufgebaut hatten, ging zugrunde. Welchen Sinn hatte das Leben noch? »Allah bestraft mich. Ich will keinen Zauber, ich will nur wissen, warum mich die Strafe trifft. Was habe ich verbrochen?«

Staubige, verschwitzte Krieger kamen auf den Platz. »Er ist entkommen«, sagten sie. »Wir konnten ihn nicht einholen.«

Haroun zischte: »Ihr habt schnellere Pferde als er! Wie kann er euch mit dieser alten Mähre entwischen?«

»Dein Sohn reitet wie ein Dschinn«, verteidigten sie sich. »Er ist mit seiner Stute über eine Schlucht hinweggesetzt, als hätte das Pferd Flügel.«

Er rieb sich das bärtige Kinn. Insgeheim verspürte er Stolz auf ihn. Arif hatte einen tödlichen Fehler gemacht, aber er war kein Schwächling. Mit seinen Reitkünsten war er den besten Kriegern des Stammes entkommen. Gut, dass sie ihn nicht zu packen bekommen hatten. Vielleicht lebte er in der Fremde weiter.

Auch wenn er es nicht zeigen durfte, er liebte Arif, immer noch. Während er innerlich aufatmete, sagte er streng: »Wie konnte er zu Layla gelangen? Er war gefesselt!«

Sie stießen den schwarzhäutigen Nuh vor sich hin. »Er hatte einen Helfer. Diesen da!«

Nuh fiel auf die Knie und beugte das Haupt.

Erneut dieser Heimlichtuer. Offenbar hatte er von Arifs Liebschaft gewusst. »Du hast den Verräter befreit?«

»Nein«, stammelte Nuh, »das … Ich habe nur das Pferd …«

»Reitet er zu den Ungläubigen?«

»Ich weiß es nicht.«

Der Junge tat ihm leid. Seit Tagen wurde er nur noch herumgestoßen, er hatte immer wieder gesehen, wie ihn die Gleichaltrigen quälten. Nach diesem Zwischenfall würde es noch ärger werden. Was Nuh brauchte, war ein Neuanfang. Aber es musste wie eine Strafe aussehen.

Er sagte: »Du hast dich als unwürdig erwiesen, Teil unseres Stammes zu sein, Nuh. Fortan wirst du ein Sklave sein wie deine Mutter. In der nächsten Stadt werdet ihr verkauft.«

Marwan trat vor. »Aber wir wollen sie behalten.«

»Schweig!«, befahl er. »Noch bin ich der Beauftragte des Kalifen, und ich dulde keine Verräter in unserem Lager. Nuh kann nicht länger in unserer Mitte leben. Wir können ihm nicht trauen. Ihr erhaltet den Erlös, kauft euch meinetwegen neue Sklaven davon.«

Jonathan stürmte in den Raum. »Ist euer Versprechen nichts mehr wert?«, stieß er zwischen den Zähnen hervor. »Ihr habt mir euer Wort gegeben, ihr nichts zu sagen!«

»Und daran haben wir uns gehalten«, erwiderte Pantaleon.

»Wo ist sie? Ich will sie sehen!«

Onnophrios trat an ihn heran. »Im Vertrauen, Jonathan: Sie liebt einen anderen. Den Spion.«

Er lachte bitter auf. »Der Spion ist ein Kind und geistesschwach obendrein. Eine Missgeburt!«

Verwirrt standen die Ältesten auf. »Bist du sicher?«, fragte einer.

»Ob es schwachsinnig ist oder nur so tut, kann ich nicht

beschwören, aber es ist ein Kind.« Was war bloß in ihn gefahren? Erst die Angst, Savina könnte von seinem Verrat erfahren haben, dann die Behauptung, sie liebe einen anderen, das war zu viel für ihn, er verlor die Beherrschung. Reiß dich zusammen, dachte er, du machst es sonst nur schlimmer!

»Einer von euch lügt«, sagte Pantaleon. »Ich würde dir gerne glauben, mir wäre nichts lieber, als dass es nur ein schwachsinniges Kind ist, das nichts von unseren Schlachtvorbereitungen versteht. Aber du verstrickst dich in Märchen, Jonathan, während Savina uns ihre wahren Beweggründe gestanden hat. Was sollen wir dir denn glauben? Das, was du gestern behauptet hast, als du uns sagtest, ein Spion sei bei ihr? Oder deine Beteuerungen heute, dass der Spion nur ein Kind ist?«

Sein Gesicht wurde heiß. »Ich habe bereits gestern gesagt, er ist sehr jung.«

Ein langgezogener Ton war zu hören, oberirdisch von einem Horn gespielt. Der Angriff begann.

»Holt die Wächter in die Stadt und schließt die Tore«, befahl Onnophrios den Kriegern vor dem Versammlungsraum. Sie rannten davon. Einen weiteren Krieger, der vorbeistürmen wollte, hielt er auf. »Nimm den Mann aus Konstantinopel und schaffe ihn fort. Er soll sich nicht länger frei in Korama bewegen.«

Der Wächter packte ihn an der Schulter und schob ihn nach draußen.

»Du brauchst nicht grob zu werden«, sagte Jonathan, aber weder bekam er eine Antwort, noch lockerte der Wächter seinen schmerzhaften Griff. Er brachte ihn ein Stockwerk nach unten und stieß ihn in eine dunkle Kammer ohne Licht. Jonathan hörte die Tür zuschlagen hinter sich, eine der wenigen Türen in Korama, es war ein ungewohntes Geräusch seit Monaten. Ein schwerer Riegel wurde vorgeschoben.

Das hast du nun davon, sagte er sich. Hast du denn gar nichts gelernt? Als Händler durfte man sich nicht in die Bücher schauen lassen. Seine Glaubwürdigkeit war dahin. Und wie sollte er jetzt Savina finden, um mit ihr nach Konstantinopel zu fliehen?

Weil ihn eben noch die Fackel des Wächters geblendet hatte, konnte er nichts sehen. Aber er hörte ein Atmen, es war noch jemand hier. Oder täuschte er sich? Draußen polterten die Schritte von Männern vorüber, einer rief: »Macht die Kessel heiß!«

»Ist hier jemand?«, fragte er.

»Ja, Jonathan. Ich bin's, Savina.«

Warum hatte sie geschwiegen, obwohl sie ihn erkannt hatte? Hatten die Ältesten doch zu viel angedeutet, und sie ahnte, dass er sie verraten hatte? »Sie behandeln uns wie Diebe«, sagte er.

»Was werfen sie dir vor?«

Sie wusste also nichts. Er sagte: »Sie haben unsere List mit der Flucht durchschaut.«

»Es tut mir leid, Jon. Ich hätte dich da nicht mit hineinziehen dürfen.«

»Schon gut, mach dir keine Vorwürfe.« Wenn sie die Wirklichkeit kennen würde! »Warum hast du gelogen? Warum hast du ihnen gesagt, du liebst den Spion?«

»Das haben sie dir erzählt?«

»Ja.«

Sie schwieg eine Weile. Dann sagte sie: »Du würdest es nicht verstehen, Jon.« Ihre Stimme bebte.

Mit einem Ruck wurde die Tür geöffnet. Der Wächter, der ihn gerade erst hierhergebracht hatte, leuchtete mit der Fackel in die Kammer und sagte: »Der Rat will euch sehen, alle beide.«

Jonathan hatte ein flaues Gefühl im Magen. Draußen griffen die Araber an, und der Rat hatte Zeit für ihren Fall? Da stimmte etwas nicht.

Sie überholten im Gang einige Frauen, die Wassereimer nach oben schleppten. Ihre Kleider waren durchgeschwitzt, es war ein weiter Weg vom Brunnen im achten Untergeschoss bis hierher.

Ein dicker Mann kam ihnen entgegen, er versuchte, seine Ziege am Strick hinter sich herzuziehen, während das Tier offenbar Angst vor der dunklen Tiefe hatte, in die es hinabsteigen sollte. Irgendwo weinte ein Säugling.

Der Wächter stieß sie in den Versammlungssaal. Ein Araber stand dort inmitten der Ältesten, in staubiger Wüstenkleidung, das braungebrannte Gesicht mutig erhoben. Jonathan konnte ihn riechen: Er roch nach Pferden und Leder. Seine dunklen Augen blitzten herausfordernd. Wer war das? Hatte er eine Nachricht von den Feinden gebracht?

Als sich Jonathan umsah, um aus den Gesichtern der Ältesten etwas abzulesen, fing er einen Blick von Savina auf. Furchtbare Angst sprach daraus, aber nicht Angst *vor* dem

Araber. Sie hatte Angst *um* ihn. Besorgt blickte sie ihn an, die Augen voller Feuer.

Da begriff er, was geschehen war.

»Das ist er nicht!«, sagt er. »Der Spion war kleiner, jünger. Der da ist ein neuer Spion! Sie halten uns zum Narren, sie schleusen immer mehr Krieger hier ein. Die Araber wollen uns heimtückisch unterwandern!«

Ohne auf ihn einzugehen, fragte Onnophrios Savina: »Kennst du den jungen Mann?«

Sie nickte. »Sein Name ist Arif.«

Jonathans Blut kochte in den Adern. »Wie kannst du dich mit diesem Mörder zusammentun?« Er sprang zwischen die beiden. »Er gehört zu denen, die mit ihren Schwertern hier eindringen und alle töten wollen! Begreifst du das nicht?«

Es schien, als würde sie ihm überhaupt nicht zuhören. Ihr Blick hatte sich mit dem des Arabers verbunden, unverwandt sahen sie sich an. Jonathans Brust verengte sich, er bekam keine Luft mehr. Ein greller Schmerz zog ihm durch den ganzen Körper. Er stürzte nach draußen, rannte ohne Fackel in die dunklen Gänge Koramas, tief hinab, tief, um irgendwo einen Winkel zu finden, in dem er ungesehen zu Asche zerfallen konnte.

Arif sah in die Gesichter der alten Männer. Immer noch schlug sein Herz hart gegen die Rippen. Als ihn die Krieger vor dem Eingang der Höhlenstadt zu Boden geworfen hatten, war er nicht sicher gewesen, ob sie ihn an Ort und Stelle erstachen. Hinter ihm, in der Ebene, rückte Vaters Heer heran, da war ein Feind wie der andere, ob wehrlos oder nicht. »Der Mann, gegen den ihr kämpft, ist mein Vater«, sagte er.

»Du bist Harouns Sohn?«

Ich war es, dachte er und nickte.

»Bringst du eine Botschaft von ihm?«

Die Haut der alten Männer war hell. Sie trugen Felle, um sich in der kühlen Höhle zu wärmen. Verschlagen oder geizig sahen sie nicht aus. Vaters Hass richtete sich auf einfache Greise. »Ich musste lügen, damit mich eure Wächter nicht töten. Es gibt keine Botschaft.« Mit erhobenen Händen war er auf den Höhleneingang zugegangen, nachdem er Layla in einem abgelegenen Tal freigelassen hatte. Er hatte gerufen, dass er eine Botschaft bringe. Anders hätte er es nie und nimmer lebend bis hierher geschafft. Er sagte: »Aber ich weiß Dinge, die euch helfen könnten.«

»Warum solltest du uns helfen?«, erwiderte einer der alten Männer. »Haroun hat dich geschickt, damit du uns mit einer Finte in seine Arme treibst!«

Sie glaubten ihm nicht, und warum sollten sie auch? Er blickte zu Savina. In ihren Augen las er Angst, sie wusste genauso wie er, dass ihm der Tod drohte. »Kein Vater schickt seinen Sohn mit einer solchen Aufgabe zum Feind. Er wüsste, sobald ihr merkt, dass es eine Falle ist, schneidet ihr mir die Kehle durch.«

»Vielleicht bist du gar nicht Harouns Sohn, sondern ein junger Krieger, der sich Ehre machen möchte. Vielleicht hoffst du zu entkommen, bevor wir deine Lügen aufdecken. Und selbst wenn du es nicht schaffst – ist es nicht so, dass euch eurem Glauben nach große Belohnungen im Paradies erwarten, wenn ihr im Krieg gegen Andersgläubige sterbt?«

»Er ist Harouns Sohn«, sagte Savina.

Die Alten starrten sie an. »Woher willst du das wissen, Mädchen?«

»Ich habe mich ins Lager der Araber geschlichen, nachts. Arif schlief im größten Zelt.«

»Du hast *was* getan?«

»Ich war im Lager der Araber. Dort habe ich Arif besucht.«

Der Älteste der Alten, ein Mann, der so schwach war, dass er sich auf einen Stock stützen musste, sagte: »Hören wir, was er zu sagen hat.«

»Vater hat eine Schwachstelle.« Nun tat er es doch. Er half den Feinden. Aber der Feldzug war ungerecht. Indem er die Feinde rettete, bewahrte er seinen Stamm davor, große Schuld auf sich zu laden. »Vater hat keine Zeit. Er muss euch in den nächsten zwei Tagen besiegen, oder er ist gezwungen, unverrichteter Dinge abzuziehen. Der Kalif hat ihn für einen anderen Kriegszug zur Festung Saniana gerufen. Wenn ihr die Schlacht hinauszögert, ist er gezwungen aufzugeben.«

»Ich bin Onnophrios«, sagte der Greis. »Arif, ich bin bereit, dir zu glauben. Aber es ist zu spät dafür, die Schlacht hinauszuschieben. Uns bleibt nur die Flucht. Während wir hier reden, stürmt das arabische Heer auf unsere Schächte zu.«

»Schließt die steinernen Tore«, sagte er.

»Das ist bereits geschehen.«

»Vater hat viel Reisig sammeln lassen. Sie stoßen qualmende

Zweige in eure Lüftungsschächte, damit der Rauch euch zermürbt und hinaustreibt.«

»Du rätst uns also zur Flucht?«

»Ihr seid zu langsam mit Frauen und Kindern. Die Krieger meines Vaters werden euch verfolgen und erschlagen. Aber auch der offene Kampf ist aussichtslos. Vater hat eintausend gut ausgebildete Krieger mit Helm, Schild, Schwert und Speer, etliche tragen Panzerhemden. Ihr könntet niemals gegen sie bestehen. Sie haben gegen die Soldaten Indiens gekämpft, haben sich in Spanien christlichen Heeren entgegengeworfen, haben Konstantinopel belagert. Sie würden euch knicken wie wehrlose Halme.«

Rauch strömte in die Höhle. Beim Einatmen kratzte es im Hals, Arif musste husten. Von oben drang das Geräusch zersplitternder Felsteile hinab. Ein gleichförmiges Hacken am Steintor war zu hören. »Eure Tore sind dick«, sagte er, »sie werden Vater einige Stunden aufhalten. Er wird nicht aufgeben, er hat zwei Tage, bis er zur Festung aufbrechen muss. Aber es gibt einen Weg, diesen Krieg zu gewinnen.«

Misstrauisch sahen ihn die alten Männer an.

Donnergrollen

Jonathan stolperte erneut in der Finsternis. Der Lederbeutel rutschte über den Felsgrund, sein Inhalt verteilte sich scheppernd über den Boden. Fluchend rieb er sich die schmerzenden Knie. Er versuchte, seine Habseligkeiten einzusammeln, darauf gefasst, in einen Abgrund zu greifen. Er wusste nicht mehr, wo er war. Ohne Licht war die unterirdische Stadt gefährlich. Aber ihm lag nichts mehr am Leben. In der leeren Brust klopfte sich sein Herz zu Tode.

Savinas Name, der ihm seit Monaten süß wie Honig im Mund gelegen hatte, schmeckte nun bitter. Zum Narren hat sie mich gehalten, dachte er. Sie hat mich geküsst und geneckt, dabei ist sie die ganze Zeit diesem Araber nachgestiegen.

Bald drangen oben seine muslimischen Freunde in die Stadt ein und mordeten, wen sie antrafen. Ihr hübscher Jüngling war ein Ungeheuer, auch wenn sie das nicht einsehen wollte.

»Ich hätte mich um dich gekümmert«, sagte er in die Schwärze hinein. »Ich hätte dir Kleider aus Seide gekauft. Wir wären zur Tierschau und zum Zirkus gegangen und hätten in der Hagia Sophia den Gesängen gelauscht. Wir hätten am Meerufer gestanden und hätten den Sonnenuntergang bewundert. Aber du wolltest mich nicht.« Er wischte sich Tränen aus den Augen. »Du hast mich nicht gewollt.«

Er tastete über den kalten Boden und suchte seinen Besitz zusammen. Die Bleigewichte. Die Waage. Die Lederlappen, in die sie eingewickelt gewesen waren. Dann war da eine Münze, er befühlte sie. Mit dem Fingernagel erspürte er den Buchstaben K auf ihrem Rücken, zwanzig Nummi waren es also. Er fand eine weitere, mit dem Buchstaben M, das waren vierzig Nummi.

Als er an der Wand des Schachts den Goldsolidus entdeckte, schloss er die Faust um das Geldstück und seufzte. Der Besitz tröstete ihn. Auch wenn er die Münzen gern gegen Savina eingetauscht hätte, auch wenn ihm ihr freches Mundwerk und ihr Lachen lieber gewesen wären als alles Gold der Welt, vermittelte ihm das Geld Sicherheit.

Das kann ich, dachte er. Da macht mir keiner was vor. Ich bringe Waren von einem Ort an den anderen, kaufe sie, wo es sie im Überfluss gibt, und verkaufe sie wieder, wo man sie dringend braucht und bereit ist, dafür gutes Geld zu bezahlen oder sie gegen Wertvolles einzutauschen. Ich bin Händler. Nicht irgendwer, sondern ein fähiger, kluger Händler.

Die vier silbernen Miliarense waren nicht aus dem Beutel gerollt, und auch die Bronzestücke fand er alle, bis auf eines im Wert von zehn Nummi, aber er gab nicht auf, er tastete so lange über den Boden, bis er es gefunden hatte. Er verschnürte die Münzen im Säckchen und steckte es mit der Handwaage und den Gewichten in den Lederbeutel zurück.

Bald sehe ich die Sonne wieder, sagte er sich. Dann stehe ich auf großen Marktplätzen unter freiem Himmel und preise meine Waren an. Er tastete sich weiter in die Dunkelheit hinab. Nach oben zurückzugehen und eine Lampe zu holen kam nicht in Frage, schon der Gedanke daran presste ihm das Herz zusammen. Dort oben war Savina.

Arif staunte darüber, wie weich und formbar das Tuffgestein war. Um ihn herum hackten, kratzten, schlugen die Einwohner Koramas auf die Wände ein. Ein spitzer Gegenstand genügte, um Stücke aus der Wand zu schlagen. Da man ihm misstraute, wollte ihm niemand einen Hammer oder eine Hacke geben, geschweige denn ein Schwert, obwohl manche der Männer den Felsen recht erfolgreich mit dem Schwertknauf traktierten. Also schnappte er sich einen Eimer und schleppte den Schutt davon.

Als er wiederkehrte, malte Onnophrios gerade mit einem Stück Kohle an die Wand des Gangs. »Diese Stützen müssen stehenbleiben«, sagte er, »sonst fällt uns die Decke auf den Kopf. Achtet auf meine Striche! Wir reißen die Stützen erst ganz zum Schluss ein.«

Der Alte hütete die Stützen wie seinen Augapfel. Wenn ihre Umgrenzung im Staub verlorenging, zeichnete er sie erneut, und er verteidigte sie gegen übereifrige Steinarbeiter. Arif trug er auf, die aus der Wand gelösten Steine in den über ihnen liegenden Gang zu bringen. »Die Decke muss beschwert werden«, sagte er, »damit sie am Ende unter ihrem Gewicht zusammenstürzt.«

Jedes Mal, wenn er mit leerem Eimer zurückkehrte, hatte sich die Höhle weiter vergrößert. Allerdings strömte auch immer mehr Rauch durch die Luftschächte hinein. Vater wusste genau, wie er den Widerstandswillen der Christen schwächen konnte. Bald hackten nur noch die Stärksten verbissen auf die Wände ein, während sie sich nasse Lappen vor Mund und Nase hielten. Auch Arif erhielt ein feuchtes Tuch. Der Qualm biss ihn in die Augen.

Savina ließ den Hammer sinken. »Ich muss Jonathan suchen.«

»Wen?«

»Den Mann, der dich vorhin einen Mörder genannt hat.«

Ihr zusammengepresster Mund beunruhigte ihn. »Wir sollten zusammenbleiben«, sagte er und stellte den Eimer ab. »Ich komme mit dir.«

Als sie die Höhle verlassen wollten, stellte sich ihm ein kräftiger Krieger in den Weg. »Du bleibst hier, Bursche. Ich will nicht, dass du deinen Leuten irgendwelche Zeichen gibst.«

Arif rollte die Augen. »Begreift ihr das nicht? Ich hab mich auf eure Seite geschlagen. ›Meine Leute‹ gibt es nicht mehr, sie hassen mich genauso wie euch!«

»Das glaube ich erst, wenn wir hier gemeinsam erstickt sind.«

Savina sagte: »Jonathan ist ein Freund von mir. Ich finde nie wieder Ruhe, wenn er sich etwas antut. Ich muss ihn suchen gehen.«

»Dann gehst du alleine«, sagte der Wächter.

Sie gab Arif einen langen Blick. »Ich komme wieder, versprochen.« Damit wandte sie sich um und verschwand in den Rauchschwaden.

Er spürte ein Ziehen in seinem Bauch. So wütend, wie die-

244

ser Jonathan vorhin gewesen war, sah das nicht nach Freundschaft aus. Eher schien es ihm, als wäre der Mann eifersüchtig gewesen. Und Savina sorgte sich offenbar mehr um Jonathan als um ihn.

Wütend drehte er sich zum Krieger um. Er griff blitzschnell nach dem Schwert in dessen Scheide und zog es heraus. Der Krieger fuhr zurück, er hielt seine Spitzhacke vor sich, um sich zu verteidigen. »Wenn ich schon hier mit euch ersticken soll«, sagte Arif, »dann lass mich wenigstens arbeiten.« Er schlug den Schwertknauf mit Kraft gegen die Wand. Ein handgroßer Steinbrocken polterte zu Boden.

»Sie leisten keine Gegenwehr.« Haroun fuhr sich nachdenklich über den Nacken. Er hob die Hand. »Hört auf! Alle aufhören!«

Seine Männer legten die Hämmer beiseite. Das große Tor, das den Höhleneingang der Christen ausfüllte, war kaum beschädigt. Es bestand aus einem harten Gestein, mit Sicherheit stammte es nicht aus dieser Region, sondern war von den Troglodyten mit einem Ochsengespann hertransportiert worden aus einem Gebiet, in dem es widerstandsfähigere Felsen gab. Kaum war das Heer in Sichtweite gekommen, hatten die Christen ihre Höhle damit verschlossen.

Doch auch das härteste Material gab irgendwann nach. Den Troglodyten musste klar sein, dass es nur eine Frage der Zeit war, bis seine Männer den Stein zerstört hatten. Warum wehrten sie sich nicht? Er hatte in der Gegend überall Späher aufgestellt. Wenn sie versuchten, durch einen anderen

Ausgang zu entkommen, würden die Späher Alarm schlagen. Die Christen waren offenbar noch in ihrem Versteck. Was bereiteten sie darin vor?

»Ruhe!«, befahl er. Er trat an den Stein heran und legte sein Ohr darauf. Deutlich hörte er ein Schaben und Hacken. Einen Moment lang glaubte er, die Christen hätten sich versehentlich eingeschlossen und kämpften, um nicht im Rauch zu ersticken, von drinnen genauso gegen das Felsentor, wie sie es von draußen taten. Aber für so viele Arbeiter war der Stein nicht umfangreich genug, dort hackten Dutzende Menschen.

Sulayman trat neben ihn und lauschte ebenfalls. »Was tun sie da drin?«

Da fiel es ihm wie Schuppen von den Augen. »Die bringen Steine zwischen sich und uns. Arif! Er muss ihnen verraten haben, dass uns nur wenige Tage bleiben.« Er trat zurück und brüllte: »Macht weiter! Gebt alles, Männer. Wir müssen schnell sein!«

Je weiter Savina hinabkletterte, desto dichter wurde der Zug von Menschen. Ein Fackelmeer erleuchtete den Fluchttunnel zur benachbarten unterirdischen Stadt. Sie zwängte sich an einer Frau vorbei, die an beiden Händen Kinder führte, und fragte: »Hast du Jonathan gesehen, den Händler?«

Die Frau schüttelte den Kopf.

Vor ihr lief eine Gruppe Halbwüchsiger. Ein dicklicher Junge mit verschnittenen Haaren sagte gerade: »Dein Vater ist ein Feigling, dass er hier Sachen fortträgt anstatt zu kämpfen.«

»Das bringt doch nichts, gegen die Araber zu kämpfen«, verteidigte sich der andere. »Wir müssen die Stadt sowieso aufgeben.«

»Trotzdem müssen die Männer kämpfen! Wenn sie die Araber nicht aufhalten, finden die den Tunnel und kommen uns nach und bringen alle um.«

»Mein Vater kämpft oben gegen die Araber«, sagte ein Dritter, »der kann es mit den Stärksten aufnehmen.«

Der Zweite zischte: »Meiner ist einfach zu klug, um in eine verlorene Schlacht zu ziehen.«

Die beiden anderen stürzten sich auf ihn und schlugen ihn mit Fäusten. Savina hastete vorüber. Hundert Leute überholte sie, zweihundert, dreihundert. Ein Dutzend Mal fragte sie nach Jonathan. Da endlich sagte eine Grauhaarige: »Der läuft dort vorn, glaube ich.«

Kurz darauf sah sie ihn. Sie verlangsamte ihre Schritte. Eben noch hatte sie sich verzweifelt gewünscht, ihn zu finden. Jetzt war sie sich plötzlich gar nicht mehr so sicher, ob sie überhaupt innerlich für die Begegnung gewappnet war. Er machte kraftvolle große Schritte und trug seinen Ledersack auf dem Rücken. Offenbar hatte er es eilig, die Vergangenheit hinter sich zu lassen. Sicher war er wütend auf sie. Warum konnte ich ihn nicht lieben?, fragte sie sich. Sie hätte ein gutes Leben geführt an seiner Seite, wäre umsorgt gewesen, hätte Geschenke und liebe Worte von ihm erhalten, es wäre ihr bessergegangen als vielen Frauen in Korama. Aber aus irgendeinem Grund schaffte er es nicht, ihr Herz anzurühren, wie Arif es tat.

Sie ging eine ganze Weile hinter ihm her, bis sie genug Mut gesammelt hatte, um ihn anzusprechen.

Als er seinen Namen hörte, blieb er stehen. Er drehte sich um. »Was willst du, Savina?«, fragte er.

Aus der Stimme sprach eine so tiefe Verletzung, dass es ihr die Kehle zuschnürte. »Ich will mich entschuldigen.«

Er fragte leise: »Liebst du ihn?«

Sie nickte.

»Warum er und nicht ich? Weil er jünger ist?«

»Ich weiß es nicht.«

»Wenn du diesen Araber liebst, warum hast du mich dann geküsst?«

»Du hast mich darum gebeten, schon vergessen?«

»Aber ich wusste nicht … Warum hast du mir nichts gesagt? Ich dachte, wir sind Freunde.«

»Ich wollte dir nicht weh tun. Ich konnte nicht! Du hättest mich angesehen, wie du mich jetzt ansiehst. Das konnte ich nicht ertragen, dich so zu enttäuschen.«

»Du hast es ja trotzdem getan.«

Sie sah zu Boden. »Es tut mir leid, Jonathan.« Einige Leute drängelten sich vorbei.

»Wie denkst du dir das überhaupt? Willst du mit ihm zu den Arabern ziehen und Muslima werden? Oder meinst du, er wird Christ?«

Wie er das sagte, klang es, als gäbe es keine Möglichkeit für Arif und sie. Ihr Kopf suchte nach einer Antwort, nach einer Lösung. Ihr fiel keine ein.

»Du kannst in so etwas nicht einfach hineinstolpern, Savina!

Jetzt erscheint er dir reizvoll, wie alles Verbotene anziehend erscheint, aber was soll aus euch werden? Was wird aus dir?« Fürsorge trat in sein Gesicht. »Komm mit mir. Du wolltest mit diesem Araber ausbrechen, du hattest Angst, festgelegt zu werden, und hast dein Leben schon vorgezeichnet gesehen, das magst du nicht, ich weiß. Aber glaub mir, es wird auch in Konstantinopel abenteuerlich werden, anders geht es gar nicht in diesen Zeiten. Dreh dich nicht um, denk nicht mehr an ihn. Wir schlagen uns nach Konstantinopel durch, du und ich, und sind wieder gut zueinander wie in den alten Zeiten.«

Arif fuhr zusammen. Wütende Schreie in arabischer Sprache hallten durch die Gänge, Schlachtrufe: »Allahu akbar! Allah ist groß!« Man hörte das Ächzen von Sterbenden, Waffen klirrten, und es gab ein Stoßen und Krachen.

Neben ihm zückten die Troglodytenkrieger die Schwerter.
»Ihr könnt sie nicht aufhalten«, sagte er. »Es sind zu viele. Flieht!« Schon hörte er den Kampfeslärm näherkommen, es waren nur noch Augenblicke, dann würden die ersten Krieger aus dem Gang in die Höhle vorstoßen, Vater, Abd al-Jabbar, Usama, Mahmud. »Lauft, lauft!«

Onnophrios sah enttäuscht zur Decke der Höhle. »Wir waren zu langsam. Gott, verschone die Frauen und Kinder!« Er nahm Arif das Schwert aus der Hand und humpelte auf den Gang auf der gegenüberliegenden Seite der Höhle zu.

Wollte dieser Greis sich dem Heer entgegenwerfen und geübte Krieger aufhalten?

Aber Onnophrios lief nur bis zur Mitte der Höhle. Dort hieb er unter lautem Ächzen auf eine der stützenden Säulen ein. Woher der Alte die Kraft hatte, war ihm unerklärlich. Die dünne Stütze zerbrach. Keuchend sank der Greis neben dem Geröll auf die Knie, er hielt sich die Brust, sein Atem pfiff.

Da knurrte der kräftige Krieger, der Arif vor einer Stunde gezwungen hatte hierzubleiben: »Sagt meiner Frau, dass ich es für sie getan habe, und für die Kinder!« Er schnappte sich seinen Hammer und stürmte zu Onnophrios vor, passierte ihn, schlug auf die benachbarte Säule ein.

Gerade, als er die dritte Stütze zerstörte, stolperte auf der gegenüberliegenden Seite ein blutüberströmter Troglodyt in die Höhle und brach zusammen. Hinter ihm strömten arabische Krieger hinein, die Schwerter erhoben.

Obwohl keine Säulen mehr standen, hielt die Decke. Sie waren gescheitert. Vaters Heer würde Korama einnehmen.

Usama erkannte ihn. Er zeigte auf ihn und brüllte wütend: »Da ist der Verräter!« Er rannte auf ihn zu.

Das war also die Stunde seines Todes. Gegen den schlachterprobten Kämpfer konnte er nicht gewinnen. Trotzdem hob Arif das Schwert.

Der kräftige Troglodytenkrieger in der Mitte der Höhle richtete sich auf und schlug seinen Hammer gegen die Decke. »Nun brich endlich, verdammt! Mach ein Ende!« Er brüllte vor Wut, immer wieder krachte der Hammer an das Höhlendach, Steine bröckelten herab, Staub rieselte dem Krieger ins Gesicht.

Ein Donner rollte durch den Berg. Risse liefen die Höhlendecke entlang, wie von unsichtbarer Hand gezeichnet. Aus der Decke brachen Felsbrocken heraus und krachten zu Boden, erst wenige, dann immer mehr. Onnophrios hob die Arme in die Höhe wie zum Dank und ging im Steinhagel zu Boden. Auch der Troglodytenkrieger wurde von Felsen erschlagen, nicht weit von ihm Usama.

Ein fürchterlicher Steinregen ging hernieder, ein Prasseln und Poltern und Tosen. Arif wich zurück, und neben ihm die Troglodyten. Sie flohen in den Gang, während sich aus der Höhle Schutt in den Gang ergoss, bis zur Decke hinauf.

Der Kuss

»Was ist das?« Jonathan legte die Hand an die Felswand, sie zitterte. Ein Rumpeln lief durch den Berg. »Was auch immer da oben passiert, es ist nichts Gutes. Lass uns von hier verschwinden.«

Er wollte sich umwenden, aber Savina blieb stehen. Wortlos sah sie ihn an. Herzweh stand ihr ins Gesicht geschrieben.

»Dein Vater läuft vorn mit den Schulkindern«, sagte er, »und Pherenike habe ich auch schon gesehen. Sie sind in Sicherheit. Komm schon, wir haben keine Zeit zu verlieren!«

»Letztes Jahr im Sommer habe ich roten Ton aus dem Halysufer gegraben. Ich habe mit einer selbstgebauten Töpferscheibe Krüge geformt, hab die Scheibe mit den Füßen gedreht und mit den Händen den nassen Ton gestaltet.«

»Warum erzählst du das?«

»Jon, ich bin von Gott auf gewisse Weise geformt, wie von einem Töpfer, und du genauso. Aber wir passen nicht zueinander.«

»Das kannst du doch nicht wissen. Wir haben nie zusammen gelebt, und in letzter Zeit haben wir uns so selten getroffen, ich weiß ja kaum noch, wie du heißt!« Er versuchte ein Lächeln.

Savina blieb ernst.

»Heute denkst du so und morgen schon ganz anders. Du kennst dich doch selbst, deine Stimmung ändert sich laufend. Ich mag das an dir, du bist immer für eine Überraschung gut. Gib unsere Freundschaft jetzt nicht auf. Hast du die guten Gespräche vergessen, das Lachen?«

»Ich habe nichts vergessen. Du warst mir ein wunderbarer Freund, Jon. Leb wohl.« Sie trat auf ihn zu und umarmte ihn.

Er spürte ihren Körper, die kleinen festen Brüste, den Bauch.

»Warte, lass uns reden«, sagte er.

Aber sie löste sich aus der Umarmung, drehte sich um und ging. An den Flüchtenden, die ihr entgegenkamen, schob sie sich vorbei. In ihrem nachtschwarzen Haar spiegelte sich der Fackelschein. Sie kehrt zurück nach Korama, dachte er, als gäbe es dort keine arabischen Krieger. Nein, korrigierte er sich, sie kehrt zurück *wegen* eines arabischen Kriegers.

Nicht einmal jetzt, wo sie ihn so verletzte, konnte er sie hassen. Ihre Unvernunft, sich in den jungen Araber zu verlieben, war nur ein erneuter Beweis für die kindliche Art, die er an ihr liebte. Selbst ihre Fehler verstärkten noch seine Sehnsucht nach ihr.

Lass sie überleben, betete er innerlich, und einsehen, dass sie einen Fehler macht. Hilf, dass der Araber ihr nichts antut. Bei der Vorstellung, dass die beiden sich küssten, schoss ihm stechendes Gift durch die Adern. Er stöhnte innerlich auf.

»Wir müssen nicht mehr fliehen«, rief jemand durch den Gang. »Gebt es nach vorn weiter: Der Rat sagt, wir können Korama halten!«

Die Flüchtenden blieben stehen, sahen sich unschlüssig an.

»Wie haben sie das geschafft?«, fragte einer.

»Ein junger Araber hat geholfen. Das muss ein Teufelskerl sein!«

Als die Ersten zögerlich umkehrten, bat Jonathan um eine Fackel und machte sich auf in die Finsternis des Tunnels. Dumpf und betäubt wanderte er, ohne Hoffnung.

Schon nach wenigen Stunden strömte durch die Luftschächte wieder frische Luft. Mit vereinten Kräften arbeiteten die Troglodyten drei Tage, sie schleppten Trümmer in entlegene Kammern, bis ein neuer Korridor durch die eingestürzte Höhle führte. An den Ausgängen wurden die Mühlsteine fortgerollt, und die Menschen traten zum ersten Mal wieder ohne Angst hinaus in die Sonne.

Arif sah das Mondmädchen von der Seite an. Sie war ihm fremd und zugleich bereits vertraut. Sie hielt die Augen geschlossen und reckte ihr Gesicht der Sonne hin. In den Mundwinkeln saß ein genussvolles Lächeln. »Ich gehe Layla suchen«, sagte er, »kommst du mit?«

»Gern!«

Wenn sie wüsste, was ich vorhabe, dachte er. Sie würde mir nie und nimmer dabei helfen, die Stute wiederzufinden. »Hoffentlich hat Vater sie nicht entdeckt oder ein Bergleopard.«

Sie stiegen ins Tal hinab und folgten von dort aus den zerklüfteten Schluchten. Immer wieder pfiff Arif nach Layla. Sie durchwanderten eine Schlucht nach der anderen. Der

Himmel zog sich zu, und ein frischer Wind kam auf. Ohne die wärmende Sonne auf der Haut wurde es empfindlich kalt.

Die dornigen Hagebuttensträucher zerrissen Arifs Kleidung und verpassten ihm tiefe Kratzer am Bauch und an den Armen. Savina sah ähnlich zugerichtet aus. Dann begann es zu schneien. Er bereute es, sie mitgenommen zu haben, diese Wildnis war kein Platz für eine Frau.

Zu seiner Verwunderung klagte das zarte Mondmädchen aber nicht, obwohl sich ihre Finger und die Wangen durch die Kälte längst rot färbten. Im Gegenteil, sie tanzte einige Schritte und hielt die Handflächen nach oben, um die weißen Flocken einzufangen. »Schnee«, jauchzte sie, »und ich bin draußen!« Sie blieb stehen, streckte die Zunge heraus und ließ die Flocken darauf niedersinken. »Das schmeckt, probier mal!«

Er schüttelte den Kopf.

»Komm schon, koste den Schnee!«

Verschämt schob er die Zunge ein Stück aus dem Mund. Eine Schneeflocke landete darauf und schmolz, es kitzelte.

»Ich schmecke nichts«, sagte er.

Sie trat an ihn heran. »Wärmst du meine Hände?«

Vorsichtig, als seien sie zerbrechlich, nahm er ihre kalten Finger zwischen die Hände und hauchte warme Luft darauf. »So?«

Sie sagte nichts, sah ihn nur an.

Obwohl es ihm ungehörig erschien, zog er ihre Hände an seinen Mund und küsste sie. Er küsste jeden Finger und zum

Schluss noch die Handfläche. »Ich bin so froh«, sagte er, »dass wir leben.«

Da entriss sie ihm die Hände und blickte ihm streng in die Augen. »Euer Glaube erlaubt es euch, zwei Frauen oder sogar drei oder vier zu heiraten, richtig?«

»Bis zu vier Frauen. Bedingung ist aber, dass der Mann sie alle ehrenhaft und gerecht behandelt. So steht es im Koran.«

»Das wird es mit mir nicht geben. Wenn du mich zur Frau haben willst, bin ich die einzige.«

Er lächelte. »Wer würde neben dir noch eine weitere brauchen?«

»Das hast du schön gesagt«, flüsterte sie.

Er umarmte sie behutsam, und so standen sie, während die Schneeflocken auf sie fielen. Er schloss die Augen, spürte die Wärme, die von ihrem Körper ausging. Ihre Hand drückte sanft seinen Rücken, als wollte sie ihn näher an sich heranziehen.

Er küsste ihre Stirn. So weich war ihre Haut, so zart ihr Haar! In seiner Brust herrschte Aufruhr, es zog ihn zu ihrem Mund hin. Durfte er Savina küssen? Als könnte sie diese Gedanken lesen, wanderte ihr Blick zu seinem Mund. Sie sah ihm wieder in die Augen, schaute erneut zum Mund. Er neigte sich zu ihr, näher und näher an die geliebten Lippen heran, konnte gleichzeitig nicht fassen, dass er das wagte. Ihr warmer Atemhauch rührte an sein Gesicht. Er verharrte, zögerte. Da kam sie ihm entgegen und küsste ihn.

Als er vor Aufregung keine Luft mehr bekam, trennte er sich von ihren Lippen und schloss sie fest in die Arme. Savina so zu halten, weckte in ihm das Bedürfnis, sie zu beschützen, ein Leben lang. »Würdest du mich heiraten?«, fragte er.

Sie nickte, er spürte es an seiner Schulter.

Lange standen sie so, atmeten und fühlten, wie sich der Brustkorb des anderen hob und senkte. Schließlich löste sich Savina aus der Umarmung und sah ihm ins Gesicht. Zuerst lächelte sie, nach und nach aber wurde ihr Blick ernster. »Etwas macht dich traurig.«

Erst jetzt, da sie es sagte, wurde er sich wieder der Schwere in seinem Herzen bewusst. Der beglückende Moment mit ihr hatte alle Trauer zugedeckt. Sie musste eine gute Menschenkennerin sein, wenn sie hinter seine Freude sehen konnte.

»Ich seh's in deinem Gesicht«, sagte sie. »Was ist es?«

»Eigentlich habe ich gar nicht mehr daran gedacht. Es ist so schön mit dir, ich will nicht hier weg. Aber mein Bruder, al-Qabih, macht mir Sorgen. Ich hab die Familienehre zerstört, bin ein Verräter. Vorher ging es dem Kleinen auch schon nicht gut. Jetzt wird es noch ärger werden. Sie werden ihn quälen und ihre ganze Verachtung an ihm auslassen.«

»Er kann nichts dafür, dass sie den Feldzug verloren haben.«

»Das spielt keine Rolle. Wenn sie mich nicht kriegen, rächen sie sich an ihm.« Er zögerte. »Denkst du, al-Qabih könnte hier mit uns leben?«

»Natürlich. Korama verdankt dir so viel, sie werden dir keinen Wunsch abschlagen.«

»Dann folge ich dem Heer, sobald wir Layla gefunden haben, und hole ihn.«

»Du willst deinem Volk hinterherreiten? Du hast doch selbst

gesagt, dass sie dich hassen! Arif, bitte tu das nicht. Wie willst du al-Qabih denn aus dem Zeltlager holen? Wenn du erwischt wirst – ich mag mir das nicht ausmalen!«

»Auf dem Weg zur Festung Saniana stellen sie nicht mehr so viele Wachen auf wie hier, sie werden keinen Angriff der Christen erwarten. In der Nacht kann ich mich zu Vaters Zelt schleichen.«

»Ich möchte nicht, dass sie dich fangen und dir sonst was antun. Bleib hier, Arif.«

Sie verstand ihn nicht. Er hatte keine Wahl, der Bruder brauchte ihn! »Wie soll ich mit dir glücklich sein, während al-Qabih leidet?« Er wandte den Blick ab. »Suchen wir weiter«, sagte er.

Stumm trotteten sie über die frische Schneedecke und hinterließen bei jedem Schritt einen dunklen Abdruck im Weiß. Nach einer Weile sagte sie: »Ich hab deinen Mut immer bewundert. Aber es gibt auch Grenzen für Mut. Du hast vor drei Tagen eine ganze Stadt gerettet, das genügt für ein Menschenleben. Jetzt schütze dich selbst, tu's für mich!«

Auch dieses Tal mussten sie erfolglos verlassen. Sie betraten ein weiteres. Schnee sank leise durch die Zweige eines Walnussbaums. Auf dem Boden verrotteten die fleischigen Fruchthüllen der Nüsse, sie waren nicht mehr grün, sondern braunschwarz und zusammengerollt. Arif hob eine auf und zerbröselte sie. Er stutzte. »Da ist ein Hufabdruck«, sagte er. »Und da noch einer!« Sie waren nicht klar umrissen, weil der Schnee die Abdrücke aufgefüllt hatte. Aber bei genauerem Hinsehen erkannte er eine ganze Spur. Er pfiff nach Layla.

»Layla«, rief Savina.

Sie folgten der Fährte, riefen immer wieder. Endlich hörten sie aus dem hinteren Teil des Tals ein Wiehern wie einen erfreuten Gruß. Sie gingen zügig darauf zu, aber bald hielt es ihn nicht mehr, er rannte.

Die Stute kam hinter dichtem Gesträuch und verkrüppelten kleinen Maulbeerbäumen hervor, sie trabte ihnen ebenfalls entgegen. Vor dem Weiß der Landschaft stach ihr rötliches Fell deutlich heraus, dunkel zeichneten sich darauf die Narben der Wunden ab, die ihr die anderen Pferde zufügt hatten.

Arif empfing sie, klopfte ihr den Hals, streichelte den Kopf. »Wie geht es dir, meine Gute, hast du mich vermisst?« Laylas Mähne war verfilzt, von nur einer halben Woche in der Wildnis, und Kletten hingen darin.

Die Stute schnaubte wohlig unter seinem Streicheln.

Al-Qabih hatte einmal gesagt, als sie schnaubte: »Layla niest!« Anschließend hatte er gelacht, als wäre es für ihn das Witzigste der Welt, dass auch ein Pferd niesen konnte. Ein anderes Mal, auf dem Weg nach Korama, war Layla lautstark ein Wind abgegangen. Damals hatte al-Qabih verblüfft gerufen: »Pfurzt!« Und dann vermeldet: »Ich auch.«

Sein kleiner Bruder war so schutzlos, so schwach. Sie würden ihm sein frohes kleines Herz verbittern mit ihren Hänseleien, wenn sie ihm nicht gar Schlimmeres antaten, sobald Vater einmal beim Kalifen und Mutter unaufmerksam war.

Er sprang auf Laylas Rücken und reichte Savina von oben

die Hand, um ihr hinaufzuhelfen. »Ich bringe dich nach Hause.«

»Was heißt das, du bringst mich? Was ist mit dir?« Sie nahm seine Hand nicht.

»Ich darf keine Zeit verlieren. Ihre Spuren schneien zu.«

»Arif –«

»Ich bin nur ein paar Tage weg«, unterbrach er sie, »dann komme ich mit al-Qabih wieder.«

»Unsinn!« Tränen schossen ihr in die Augen. »Du gehst in den Tod, weil du nicht begreifen willst, dass du nicht zurückkannst in dein altes Leben. Bin ich dir so gleichgültig? Erst küsst du mich, und dann lässt du mich allein. Tu das nicht, reite nicht deinem Stamm hinterher!«

»Ich will doch gar nicht in mein altes Leben zurück. Ich will nur al-Qabih holen und das neue Leben mit ihm teilen.«

»Bitte, Arif, höre auf mich. Ich hab ein ungutes Gefühl. Wenn du jetzt wegreitest …« Sie schluckte, wischte sich Tränen aus dem Gesicht. »Irgendetwas sagt mir, dass du nicht wiederkommst, dass wir uns nie wiedersehen werden.«

»Du bist müde, wir sind weit gelaufen heute.«

»Ich weine nicht, weil ich müde bin!«, schrie sie. »Verstehst du nicht? Ich weine, weil ich dich nicht verlieren will!«

»Komm, steig auf.«

»Versprichst du mir hierzubleiben?«

»Das kann ich nicht.«

Sie schluchzte laut auf. Dann hob sie die Hände, als müsste sie ihn abwehren, und machte kehrt, sie ging.

Er lenkte Layla neben sie. »Savina, ich …«

»Sei still! Du kannst das nicht mit mir machen, mir das Herz nehmen und damit verschwinden.«

»Ich verschwinde doch nicht.«

»Lass mich in Ruhe!«

Ein würdiger Sohn

Viertausend Menschen hinterließen eine breite Spur, dazu einhundert Pferde und Hunderte Dromedare, beladen mit Zeltstangen, Planen, Töpfen und Getreidesäcken – der Weg, den der Stamm gen Süden nahm, war nicht zu übersehen. Er reiste nicht schnell, ihn einzuholen war ein Leichtes für Arif. Damit ihn niemand bemerkte, hielt er sich abseits der Spur, ritt durch benachbarte Täler, sorgte dafür, dass sich immer ein Hügelzug oder ein Wäldchen zwischen ihm und dem Stamm befand. Nachts schlich er sich auf Blickweite an das Lager heran und spähte aus, wo die Wachen postiert waren.

Er wartete auf eine günstige Nacht, Neumond oder einen bewölkten Himmel. Seine Kürbisflasche war leer, Savina und er hatten bei der Suche nach der Stute viel getrunken. Er aß den Schnee von den Bäumen, kaute Rinde.

Einmal lagerte der Stamm unweit eines weißen Sees, Arif fand ihn, als er zu einem Hügel ritt, um das Lager aus der Ferne beobachten zu können. Der See lag am Fuß des Hügels, auf der Seite, die dem Zeltlager abgewandt war. Als er vom Pferd stieg und am Ufer niederkniete, sah er, dass sich über dem Wasser eine Kruste gebildet hatte, dicke weiße Klumpen. Er nahm etwas davon in den Mund. Das war Salz! So kostbar waren die weißen Körnchen, und hier gab es einen ganzen See davon! Er setzte den Fuß auf die Fläche. Sie trug ihn, also ging er ein Stück darauf. Das Salz gab nicht nach. Arif brach sich einige Bröckchen Salz ab und verbarg sie in seinem Hemd. Er sah zum Himmel hinauf. Kein Flecken Blau war zu sehen, Wolken bedeckten das gesamte Firmament. Es war so weit. Heute Nacht, dachte er.

Er kniete am Ufer nieder für das Abendgebet. Da er weder Wasser noch Sand hatte, um sich zu reinigen, vollführte er die rituellen Waschbewegungen mit leeren Händen, er fuhr sich über die Lippen, die Nase, den rechten Unterarm, den linken Unterarm, das Gesicht. Anschließend strich er sich über den Kopf, die Ohren, den rechten und den linken Fuß.

Seine Muskeln spannten sich an, er verneigte sich Richtung Süden, nach Mekka hin. »La ilaha illa'llah. Muhammadun rasul Allah.« Hatte er ein gottgefälliges Leben geführt? Drüben im Lager würde das jeder bezweifeln, bis auf den Scheich. Er sagte: »Vielleicht ist es mein letztes Gebet, Gott. Ich möchte meinen Bruder retten. Bitte hilf mir in dieser Nacht. Schenke, dass ich Savina wiedersehen darf.«

Als er die Augen öffnete, sah er Layla, die ihren Hals auf den See hinausreckte. Sie leckte an den weißen Salzklumpen. Er stand auf, stellte sich vor sie und drängte sie zurück an Land. »Das ist nicht gut für dich, du bekommst Durst davon.«

Er saß auf. Bald würde es stockfinster sein, ihm blieb nicht viel Zeit. Er ritt fort vom Lager, um einen weiten Bogen zu machen.

Der Salzsee hätte Savina gefallen. Sie staunte gern. Ob er

einmal mit ihr hierher reisen würde? Wollte sie ihn überhaupt noch haben, nachdem er ihr Flehen ignoriert hatte? Möglicherweise befreite er seinen Bruder und wurde anschließend auch von den Troglodyten verstoßen. Sie gehörten dann weder zum arabischen Volk noch zu den Troglodyten, sie waren Ausgestoßene, die zwischen den Völkern in der Wildnis zugrunde gingen.

Im letzten Abendlicht näherte er sich dem Lager, diesmal von der anderen Seite. Er ließ Layla in einem felsigen Tal zurück und kletterte die steile Wand hinauf. Oben, vom Rand aus, konnte er die Dromedare grasen sehen. Auch die Pferde befanden sich auf dieser Seite, und erst dahinter begann das Meer der Zelte. Das war ungünstig, bei den Pferden stellten sie für gewöhnlich die meisten Wachen auf. Andererseits gelangte er durch das Tal ungesehen dicht an das Lager heran, aus jeder anderen Himmelsrichtung hatte er nach Einbruch der Dunkelheit einen Weg von mehr als einer Stunde zurückzulegen, um zum Lager zu gelangen. Jedes Rascheln oder knackende Gezweig konnte ihn verraten.

Er beschloss, es von hier aus zu versuchen. Die Pferde mussten seinen Geruch noch kennen, und eine leichte Unruhe in der Herde würde den Wächter –

Arif kniff die Augen zusammen. Verflucht. Den kräftigen Konturen nach hielt Abd al-Jabbar zur Rechten der Pferde Wache und mit ihm zwei weitere Krieger. Dem alten Recken machte man so leicht nichts vor. Auf der anderen Seite, wer war das? Die Schemen glichen denen Mu'awiyas. Bei ihm konnte er es versuchen. Wer da bei ihm stand, war nicht zu erkennen, aber Mu'awiya schwatzte gern, womöglich lenkte er sich und die anderen ab.

Einen letzten Schluck vom Schneewasser nahm Arif aus der Kürbisflasche, dann zog er sich den Riemen über den Kopf und versteckte die Flasche zwischen den Felsen. Schon musste er die Augen anstrengen, um Layla unten im Tal zu sehen. Es wurde rasch dunkel. Er hob wieder den Kopf über den Rand der felsigen Wand. Die Feuerstellen im Zeltlager warfen einen flackernden Schein auf die Zeltbahnen. Es gab bereits dunkle Flecken im Meer der Zelte, und sie würden größer werden, je mehr Feuer verloschen.

Er vertrieb sich die Zeit damit, dass er zu jedem einzelnen Zelt aufzuzählen versuchte, wer darin wohnte. Bei einigen gelang es ihm ohne großes Nachdenken. Andere konnte er nur als ganze Zeltgruppe mit dem Namen des Großvaters benennen.

Wehmut ergriff ihn. Viele der Menschen, an die er dachte, waren freundliche Zeitgenossen, sie würden ihm fehlen. Da war Said, der zwar zehn Jahre älter war als er, der ihn aber trotzdem immer wie einen Ebenbürtigen behandelt hatte. An Ayyub musste er denken, der ihm gezeigt hatte, wie man mit einem Haken und einem Köder im Fluss Fische angelte. In die hübsche Shayar war er einige Zeit heftig verliebt gewesen, hatte aber nie gewagt, sie anzusprechen. Mit Hamid hatte er Pferde eingeritten und Backgammon und Schach gespielt. Weshalb ihre Freundschaft zerbrochen war, wusste er bis heute nicht zu sagen.

Würde er seine Heimat je wiedersehen? Und die Mutter?

Sie war nicht immer warmherzig gewesen, trotzdem tat es ihm weh, sie zu verlassen. Als er klein war, hatte sie ihn jedes Mal getröstet, wenn er sich die Knie aufgeschlagen hatte. Abends hatte sie ihm Schlaflieder gesungen. Solange Utman noch lebte, war die Familie viel fröhlicher gewesen.

Es ist zu spät, dachte er. Die Würfel sind gefallen. Den Menschen dort im Lager gelte ich als Verräter.

Immer schwerer wurde es, einzelne Zelte auszumachen. Die Planen aus schwarzem Kamelhaar versanken in der Nacht, auch die Feuer waren heruntergebrannt, nur noch wenige glommen als schwacher roter Schein. Arif hielt sich die Hand vor das Gesicht und entfernte sie. Wenn er den Arm ganz ausstreckte, war sie nicht mehr zu sehen für ihn. Es hatte lange keine so dunkle Nacht mehr gegeben. »Danke, Allah«, flüsterte er.

Er warf einen letzten Blick zum Himmel, um sicherzugehen, dass die Wolken nicht aufzureißen drohten. Aber er konnte keine Sterne und keinen Mond erblicken. Also stemmte er sich über die Kante und schlich auf das Lager zu.

Er hielt sich zur Linken, um Abd al-Jabbar auszuweichen. Die Pferde blieben ruhig, wie er gehofft hatte. Bald hörte er die Stimme von Mu'awiya. Der Krieger sagte: »Dann kaufst du ihr eben etwas Rosenwasser oder einen Armreif aus Glas, so etwas mögen die Frauen.«

»Bei meiner Frau ist das nicht so einfach.«

»Ach was, ein Tuch aus Brokat, ein neuer Krug, schon ist der Familienfrieden wiederhergestellt. Glaub mir.«

Jetzt durfte ihm kein Fehler passieren. Arif kroch nur wenige

Schritte von den Kriegern entfernt auf allen vieren an ihnen vorbei. Er bewegte sich langsam wie eine Schildkröte, tastete sich mit den Händen voran, legte behutsam Zweige beiseite, bog hohe Halme und bezähmte seinen Atem.

Allmählich verlor er das Gefühl in den Fingern, und die Zehen brannten vor Kälte. Zwar war der Schnee hier geschmolzen, aber die Kälte stieg aus dem harten Boden direkt in seine Glieder auf.

»Was hältst du übrigens von diesen Hemden, die aus Seide und Baumwolle gefertigt sind? Nicht für den Feldzug, natürlich, aber zu Hause möchte ich mir schon so eines zulegen.«

Die Männer sprachen über Kleidung, über Essen und wieder über Frauen. Endlich erreichte er die Zelte. Immer weiter entfernte er sich von den Plaudernden, drang tief in das Lager ein. Wo er Licht sah, wich er aus. Er hörte Tuscheln in den Zelten und Schnarchen.

Unbehelligt gelangte er zum Zelt der Eltern. Nun kam der schwierigste Teil. Vater besaß einen leichten Schlaf, er würde aufwachen, wenn al-Qabih auch nur einen Laut von sich gab. Dummerweise waren wegen des Wintereinbruchs die Seitenplanen nicht mehr hochgerafft. Arif schob die Finger unter die Seite des Zelts und hob es vorsichtig an. Er lauschte. Die Atemzüge im Zelt gingen ruhig. Fingerbreit für Fingerbreit schob er sich hinein, bis er vollständig im Zelt war.

Da lag al-Qabih, immerhin, sie hatten ihm eine Decke gegeben. Er schlief gekrümmt, als müsste er sich gegen die Gefahren der bösen Welt schützen. Mutter schlief dort hinten, und Vater –

Haroun war nicht da. War er austreten gegangen? Dann konnte er jeden Moment zurückkehren und würde ihn entdecken. Arifs Herz polterte zu einer wilden Jagd. Er kroch eilig zu al-Qabih hinüber und legte ihm die Hand auf die Lippen. »Ich bin's, kleiner Bruder«, flüsterte er. War sein Gesicht nass? Arif fühlte mit dem Daumen über die Wange. Al-Qabih musste sich in den Schlaf geweint haben. »Du musst aufwachen«, raunte er ihm ins Ohr, »aber sei leise.«

Haroun war froh über die Dunkelheit, sie verbarg sein sorgenvolles Gesicht. Ihm lag eine solche Wehmut auf den Schultern, dass ihm das Atmen schwerfiel. Auf dem Bettlager hatte er es nicht mehr ausgehalten, er hatte hinausgemusst, er brauchte die Sterne und den Mond, um seiner Traurigkeit Raum zu geben.

Er stellte sich zwischen die Zelte und legte den Kopf in den Nacken. Aber da waren keine Sterne, Allah wollte ihm nicht einmal den Nachthimmel zeigen.

Enttäuscht senkte er die Stirn. Er hätte nie geglaubt, dass sein Leben innerhalb weniger Wochen eine weitere, noch ärgere böse Wendung nehmen würde. Nicht nur, dass ihm nach Utman auch noch Arif verlorengegangen war – zudem war der gesamte Feldzug gescheitert. Der Rang der Familie innerhalb des Stammes war endgültig verloren. Die Asads galten nichts mehr.

Wie anders war das in seiner Kindheit gewesen! Jeder hatte Abu Bishr, seinen Vater, bewundert, niemand kämpfte mutig wie er. Asad, den Großvater, verehrte man ebenfalls, seine

Weisheit war weithin bekannt. Dass die Asads eine Führungsrolle einnahmen, stand außer Zweifel, es hätte niemand gewagt, auch nur ein beleidigendes Wort über diese Familie zu sagen, selbst wenn niemand es hörte.

»Haroun«, hatte der Vater ihn gelehrt, »mit der Geburt in unsere Familie kommt eine große Verantwortung.« Und er hatte die Verantwortung gern getragen! Hatte er nicht Asad und Abu Bishr stolz gemacht über viele Jahre?

Wenn Vater und Großvater noch leben würden, was hätten sie heute getan? Sie wären entsetzt gewesen zu sehen, wie die Familie zugrunde ging. Hätte er verbissener kämpfen sollen?

Es war zu spät. Der angesehenste Krieger war jetzt Talha, Marwans Vater, das hatten sie ihn heute deutlich spüren lassen. Noch vor einigen Tagen hatte man ihm im Rat der Männer mit Respekt in die Augen gesehen, wenn er sprach, und hatte zu seiner Rede genickt. Heute aber hatten sie abschätzig die Köpfe gewiegt, waren ihm ins Wort gefallen, hatten widersprochen. Talha hingegen hatte laut und selbstbewusst geredet, und keiner hatte es gewagt, ihn zu kritisieren.

Es war nur noch eine Frage der Zeit, bis sein Name, Haroun ibn Abu Bishr ibn Asad, auch aus der Diwanliste des Kalifen gestrichen wurde. Bei der nächsten Schlacht, sagte er sich, stürze ich mich tief in die feindlichen Reihen. Töten sie mich, so habe ich wenigstens ein letztes Mal die Ehre der Familie hochgehalten, und überlebe ich, mag es ein Zeichen Allahs für mich sein, dass das Schicksal sich eines Tages zum Guten wenden wird.

Er zuckte zusammen. Jemand flüsterte im Zelt. Die Plane bewegte sich, und ein dunkler Körper schob sich an der Seite heraus. War das al-Qabih? Warum verwendete er nicht den Zelteingang? Der Junge hatte doch nichts als Unsinn im Kopf.

Ein zweiter Körper folgte.

Harouns Hals verengte sich. Das war Arif. Was machte er hier, und warum holte er al-Qabih? Womöglich sollte es einen Angriff der Christen geben, und er wollte zuvor seinen Bruder retten! Aber würden die Troglodyten riskieren, den Vorteil der Überraschung einzubüßen, nur damit ein zurückgebliebener Junge keinen Kratzer abbekam? Unwahrscheinlich.

Die beiden schlichen sich davon. Angespannt folgte er ihnen durch das Lager. Er ließ genügend Abstand, so dass sie ihn nicht bemerkten.

Das musste es sein: Die Troglodyten wollten sichergehen, dass das Kind sie nicht verriet! Al-Qabih hatte zu viel gesehen, als er in den Höhlen gewesen war. Haroun ballte die Fäuste. Er hätte ihn strenger befragen sollen, es war ein Fehler gewesen, seinen Sohn als dumm abzutun. Er hätte sich ihm vor der Planung des Angriffs ausführlicher widmen müssen.

Waren die Christen womöglich stärker als gedacht, schlugen sie zurück? Er tastete seinen Gürtel ab. Nicht einmal den Dolch trug er bei sich. Bei Iblis! Aber wenn er eines der Zelte betrat, um sich ein Schwert zu holen, fand er anschließend die Jungs nicht wieder. Es war zu finster. Verlor er sie einmal aus den Augen, waren sie entkommen.

Am Rand des Lagers blieben die beiden plötzlich stehen. Er konnte spüren, wie Arif sich umdrehte und die Dunkelheit hinter sich mit den Augen abtastete. Mit angehaltenem Atem wartete er. Ein Unerfahrener hätte sich rasch hinter das Zelt zurückgezogen. Er aber wusste, dass jede Bewegung ihn verraten würde, allein Reglosigkeit konnte ihn vor den Augen seines Sohns verbergen.

Tatsächlich flüsterte Arif: »Komm, weiter.« Sie verließen das Lager, schlichen über die Ebene davon.

Er folgte ihnen. Arif war klug, er hatte die beste Nacht ausgewählt und zudem einen günstigen Ort gefunden, wo er das Lager betreten und verlassen konnte. Die Pferde und die Dromedarherde waren gut bewacht, hier aber, neben den Herden, rechnete niemand mit einem Angriff, schon gar nicht mit einem einzelnen Angreifer.

Warteten dort bei den Hügeln die Troglodyten? Am besten warf er Arif hier und jetzt zu Boden. Wenn er ihm mit Wucht die Luft aus den Lungen presste, würde er keinen warnenden Schrei mehr an seine Verbündeten abgeben können, und al-Qabih, nun, den brachte er schon durch ein strenges Wort zum Schweigen.

Näher und näher schlich er sich heran, die beiden waren langsam, obwohl sie längst außer Hörweite des Lagers waren, vermieden sie immer noch trockene Äste, Buschwerk und Geröll. Gerade wollte er zum Sprung ansetzen, da hörte er Arif leise sagen: »Du hast geweint beim Einschlafen, nicht wahr? Was haben sie dir angetan?«

Auf seltsame Art rührte ihn die Frage. Arif lag wirklich an

seinem Bruder. Schon immer hatte er eine Schwäche für die Außenseiter gehabt, selbst Layla, seine Stute, zählte dazu.

Al-Qabih sagte mit gepresster Stimme: »Ich hau Marwan Auge!«

»Das lässt du besser bleiben.«

»Ganze Auge raus!«

Früher, als er sich mit den Fäusten gegen andere junge Männer behauptet hatte, war Haroun diese Wut des Unterlegenen häufig begegnet. Sobald er dem Besiegten den Rücken zugedreht hatte, sobald der Schwächere sich vor weiteren Schlägen in Sicherheit gewähnt hatte, hatte er Flüche ausgestoßen und ihn, Haroun, beleidigt, aber nur so lange, bis er sich wieder herumdrehte und den Unterlegenen drohend ansah. Da verebbten die Herausforderungen rasch. Al-Qabih war Marwans Truppe wehrlos ausgeliefert. Hier draußen jedoch, an der Seite des Bruders, konnte er seine Wut herauslassen.

»Stock auf Kopf rauf!«, sagte al-Qabih.

»Nicht so laut. Man darf uns nicht hören.«

»Wo gehen wir?«

»Ich bringe dich nach Korama. Weißt du noch? Wo du mit Savina Bilder gemalt hast. Niemand wird dir mehr etwas antun, Bruder.«

»Hab Hunger.«

»Fang nicht jetzt schon damit an. Wir haben einen langen Ritt vor uns.«

Haroun blieb stehen. Es gab keinen Angriff. Arif hatte sein Leben aufs Spiel gesetzt, um den kleinen Bruder vor weiteren Hänseleien zu bewahren. Er holte ihn zu sich, das Kind, das niemand haben wollte. Es kümmerte ihn nicht, ob der Bruder ihm Spott einbrachte, er sorgte für ihn.

Du machst es richtig, mein Sohn, sagte er in Gedanken. Wie konnte ich mich so in dir täuschen? Aus Liebe zu einem Mädchen hast du dich gegen deinen Vater gestellt und hast alles verlassen, was du kanntest und mit dem du aufgewachsen bist. Du hast dich deinem ganzen Volk entgegengestellt. Wer ist so mutig wie du? Keiner von uns. Und jetzt rettest du deinen Bruder.

Soll ich das lernen, Allah, aus dieser dunklen Stunde?, betete er in Gedanken. Soll ich lernen, dass es nicht darauf ankommt, was die anderen zu sehen meinen? Auch wenn niemand sich auf Arifs Seite geschlagen hatte, er hatte getan, was er für das Richtige hielt.

Asad und Abu Bishr wären stolz auf dich gewesen, Arif, dachte er. Ich bin stolz auf dich. Dein Mut ist eines Asads würdig.

Er sah in die Dunkelheit, dorthin, wo seine beiden Söhne davonschlichen. Ein Gefühl von Würde durchströmte ihn. Er streckte die Schultern, richtete sich hoch auf. Die Asads mochten vor dem Kalifen und vor den anderen im Volk tief fallen. Im Herzen aber und vor Allahs allwissenden Augen waren sie eine Familie, die ihrem Namen Ehre machte.

Geh, mein Sohn, dachte er. Geh zu deinem Mädchen, das du liebst.

273

Für immer

In der Nacht drückten sie sich in eine Höhle, sie froren und zitterten und konnten nicht schlafen. Früh am nächsten Morgen schon kletterten sie hinaus. Kalter Wind blies ihnen ins Gesicht. Über den Boden wehten Wolken von gefrorenem Schnee, leise klirrend. »Wenn wir gut sind«, sagte Arif, »schaffen wir es heute Abend.«

Al-Qabih sagte nichts.

Dass der Bruder nicht mehr klagte, machte ihm mehr Sorgen als das Jammern zuvor. »Hältst du es noch so lange aus? Alles wird gut, Bruder. Die nächste Nacht schläfst du bei einem wärmenden Feuer, ich versprech's.« Die Kälte biss ihn in die Wangen. »Setz du dich auf Layla, ich werde laufen. Nachher wechseln wir.« Er half dem Bruder hinauf.

Die dünne weiße Schneedecke ließ das Land fremd erscheinen. Ein Araber gehörte nicht hierher, ein Araber gehörte dorthin, wo die Sonne schien. Vater floh zu Recht in den Süden, der Wintereinbruch lähmte alles Leben, er saugte die Wärme aus den Menschen und Tieren. Dieser Art von Gefahr war man nicht gewachsen, wenn man aus dem Jazirat al-Arab stammte.

Andererseits strahlte das weiße Land auch eine raue Schönheit aus. Es war nicht zu bändigen, genauso wie Savina eine junge Frau war, die sich in ihrer Wildheit nicht bändigen ließ.

274

Zürnte sie ihm noch? Das Versprechen, dass sie die nächste Nacht im Warmen verbringen würden, konnte er möglicherweise gar nicht halten.

Wie gut kenne ich sie?, fragte er sich. Die wenigen Male, die er Savina gesehen hatte, machten es ihm schwer, sie einzuschätzen. War sie nachtragend? Oder schlimmer noch, so wechselhaft, dass sie sich inzwischen einem anderen an den Hals geworfen hatte?

Nein, das glaubte er nicht. Er war überzeugt davon, dass sie ihm verzeihen würde. Die Vorstellung, sie zu umarmen, wärmte ihn auf dem weiten Weg nach Korama. Sie gab ihm Kraft.

Als sie sich endlich den Steinkegelhäusern näherten, gellte ein hoher Schrei über die Ebene. Arif fuhr vor Schreck zusammen. Ein Mensch rannte auf sie zu, dick eingepackt in Felle. Schwarzes langes Haar flog auf, bei jedem seiner Sprünge. Einmal fiel der Mensch in den Schnee, aber er rappelte sich sofort wieder auf, nahm sich nicht die Zeit, die weißen Batzen aus dem Fell zu klopfen, die darin hängen geblieben waren, sondern rannte weiter.

Arif hieß Layla stehen zu bleiben. Was hatte das zu bedeuten?

»Savina«, sagte al-Qabih vom Pferderücken herab.

»Nein, das ist nicht Savina.« Oder war sie es doch? Er ging dem Menschen zögerlich entgegen. Da erkannte er sie: Die Wangen rot vor Kälte, die Hände in Fell gewickelt, die Beine dick umhüllt. Sie lachte, sie strahlte ihn an, während sie heranstürmte.

Er fing sie auf und umarmte sie.

»Ich habe jeden Tag gewartet«, sagte sie, »jeden Tag habe ich nach dir Ausschau gehalten. Du lebst!«

»Ja, ich lebe.«

Sie sah ihm ins Gesicht. »Du glaubst nicht, wie sehr ich es bereut habe, dass ich mich nicht richtig von dir verabschiedet hab. Was, wenn das unser letztes Mal gewesen wäre, was, wenn du getötet worden wärst?«

»Sag so etwas nicht.«

»Es war zu gefährlich, du hättest es nicht tun sollen. Das hab ich immer wieder gedacht. Und dann wurde mir klar, dass ich dich genauso liebe. Du sollst der Arif sein, der du bist. Für immer.«

»Für immer?« Er lächelte.

»Ja.«

Dachte sie dasselbe wie er?

Al-Qabih ließ sich vom Pferd rutschen. Er sagte: »Hunger.«

»Ihr bekommt zu essen, so viel ihr wollt. Friert ihr nicht fürchterlich? So dünn, wie ihr angezogen seid. Kommt rein! Wir wohnen jetzt wieder oberirdisch, aber die Häuser sind gut beheizt.«

Arif atmete tief ein. Seine Brust zerbarst fast vor Glück.

»Mama«, sagte al-Qabih.

»Was?« Das Mondmädchen runzelte die Stirn.

Arif lachte. »Das hat noch ein bisschen Zeit.«

Nachwort

Die Angriffe der Araber verebbten während des zehnten Jahrhunderts, als Kaiser Nikephoros II. und seine Frau, Kaiserin Theophanu, herrschten. Nikephoros führte eine Berufsarmee ein und errang entscheidende Siege über die Araber, unter anderem eroberte er Kreta, Zypern, Kilikien, mehrere Städte Syriens und Antiochia.

1071 aber besiegten die seldschukischen Sultane das Heer des byzantinischen Kaisers Romanos IV. Diogenes und eroberten auch Kappadokien. Den Kriegern folgten mehr und mehr Muslime, und so wurde das Gebiet allmählich vom Islam geprägt. Nichtsdestotrotz verschonten die Sultane die Christen. In Açıksaray zum Beispiel standen in dieser Zeit Kirchen und Moscheen dicht beieinander.

Über Jahrhunderte lebten in Kappadokien Christen und Muslime friedlich zusammen. Das Gebiet wurde zu einer Ausnahme inmitten von Kriegen und Streit. Erst 1923 verließen infolge des griechisch-türkischen Bevölkerungsaustauschs die letzten Christen ihre Höhlenwohnungen und zogen gen Westen.

Historischer Hintergrund

Unterirdische Städte

Kappadokien besitzt eine einmalige, märchenhafte Landschaft. Der Felsen dort besteht aus weichem Tuffgestein. Über die Jahrhunderte haben Regenwasser und Wind es zu pilzförmigen Kegeln geschliffen, dort, wo harter Basaltstein die Oberflächen schützt. Diese Gebilde nennt man *Feenkamine*. Von den Ansässigen wurden sie zu Häusern ausgehöhlt.

Näherten sich Krieger oder Räuber, dann verließen die Bewohner ihre Steinkegel und flohen in unterirdische Tunnel und Höhlen. Allmählich bauten sie diese Tunnelsysteme zu ganzen Städten aus.

Es gab mindestens sechsunddreißig unterirdische Städte in der Region Kappadokien. Verbindungstunnel zwischen diesen Städten sind zum Teil nachgewiesen, zum Teil bisher nur mündlich überliefert. So soll beispielsweise die größte bisher gefundene unterirdische Stadt, Derinkuyu, durch einen Tunnel mit der neun Kilometer entfernten unterirdischen Stadt Kaymakh verbunden sein. Teile des Tunnels hat man gefunden. Seine Luftschächte sind heute mit Erde und Steinen gefüllt und der Tunnel streckenweise zerfallen.

In den unterirdischen Städten gab es Viehställe, Waffenkammern, Küchen, Schulen, Versammlungsräume, Toiletten, Vorratsräume, Kirchen und Weinkeltern. Zu großen Städten wie

Derinkuyu gehörten Hunderte Räume. Bis zu zehntausend Menschen fanden in Derinkuyu Zuflucht.

Die unterirdischen Städte reichen sieben, acht Etagen unter die Erde, in Ausnahmefällen sogar zwanzig. Das entspricht einem ganzen Hochhaus, nur dass es nach unten gebaut ist, in die Tiefe.

Auf meiner Recherchereise nach Kappadokien sprach ich mit Latif Acer, dem ehemaligen Muezzin der Moschee in Özkonak. Heute ist er ein alter Mann. Er berichtete mir stolz, wie er 1972 bei der Arbeit in seinem Garten den Zugang zu einer unterirdischen Stadt entdeckte. Ich bin selbst hinuntergestiegen und habe gestaunt über die glatten Wände, aber auch darüber, wie eng manche Gänge sind: Teilweise musste ich in der Hocke hindurchkriechen. In einer unterirdischen Stadt darf man keine Platzangst haben.

Solche engen Tunnel baute man mitunter, um sich gegen Angreifer zu wehren. Steckten sie in einem dieser bis fünfzehn Meter langen Tunnelschläuche fest, schloss man den Tunnel auf beiden Seiten und leitete durch ein Loch Rauch ein, so dass die Angreifer erstickten.

Der Weg von einem Stockwerk zum anderen bestand an manchen Stellen nur aus Grifflöchern in der Wand. Auch damit wollte man es Eroberern schwermachen. Hinzu kamen in einigen Tunneln Löcher in der Decke, durch die man siedendes Öl auf die Angreifer goss.

Jede Etage der Höhlenstadt konnte einzeln verschlossen werden. Die Steintüren dafür wurden von weither beschafft, aus einem Gebiet mit widerstandsfähigem Fels.

Durch dünne Röhren gelangte frische Luft in die Stadt. Sie reichten fünfzig, mitunter sogar siebzig oder achtzig Meter in die Tiefe, um jeden Höhlenraum zu belüften. Die Christen legten auch Kommunikationsröhren an, durch die sie sich zwischen den Etagen verständigen konnten.

Außerdem bauten sie Kanäle für das Regenwasser. Es floss durch ein unscheinbares Loch im Felsen in die Stadt und wurde mittels Kanälen in eine Vorratskammer geleitet. In deren Boden hatte man amphorenförmige Löcher geschlagen, die das Wasser sammelten.

Namen und Orte

Konstantinopel bedeutet Konstantins Stadt. So nannte man das frühere Byzantion zu Ehren des Kaisers Konstantin des Großen. Heute heißt die Stadt Istanbul.

Der Halys heißt heute Kizilirmak. Es ist der längste Fluss der Türkei, nach 1355 Kilometern mündet er ins Schwarze Meer.

Korama war nicht der Name einer einzelnen unterirdischen Stadt. Die Christen, die sich in die Höhlenstädte zurückzogen, nannten so ein ganzes Tal. Heute ist es unter dem Namen Göreme bekannt.

Islam und Christentum

Bei den Recherchen für diesen Roman habe ich mich als Christ zum ersten Mal näher mit dem Islam befasst. Ich war verblüfft, in wie vielen Aussagen sich Koran und Bibel gleichen: In beiden schafft Gott die Erde in sechs Tagen, es gibt einen Baum, von dem Adam und Eva nicht essen sollen, Noah, die Arche und die Sintflut werden beschrieben und Joseph, Mose, David.

Zuerst habe ich den Kopf geschüttelt darüber, dass diese beiden Weltreligionen, das Christentum und der Islam, sich so unwillig gegenüberstehen, obwohl ihre heiligen Schriften sich doch zu großen Teilen ähneln. Bis mir klarwurde, dass sie am entscheidenden Punkt verschieden sind: Wenn es um den geht, von dem das Christentum seinen Namen hat, Jesus Christus. Der Koran betont immer wieder, Gott habe keinen Sohn. Jesus wird als ein Prophet geehrt, aber weiter zu gehen und ihn als Teil einer dreieinigen Gottheit zu bezeichnen, ist für Muslime schlimmste Blasphemie.

Christen hingegen – und auch ich – finden es gerade entscheidend, dass Jesus laut den Evangelien über sich sagte: »Ihr seid von dieser Welt. Ich bin nicht von dieser Welt.« Er bezeichnete sich als den Sohn des Schöpfers, sagte sogar, er und der Schöpfer seien »eins«. Das machte die Leute damals derart wütend, dass sie ihn wegen Gotteslästerung umbringen wollten.

Ich habe in den vergangenen Monaten viel im Koran gelesen. Nach der Vorstellung der Muslime, so war mein Eindruck, beurteilt Gott jeden Menschen gerecht, jeder bekommt am Ende das, was er verdient. Im christlichen Glauben ist es anders, und vielleicht ist das der größte Unterschied. Christus hat, so glauben Christen, mit seinem Opfertod die Schuld der Menschen bezahlt. Wer sich darauf beruft, wer sich also »an Christus hängt«, wie Martin Luther es formulierte, der wird gerettet, auch wenn er es nicht verdient.

In beiden Religionen geht es um eine Heimkehr zu Gott. Im Islam hat der Gläubige diesen Weg selbst zu schaffen, durch seine Waschungen, Gebete, das Spenden an Arme und die korrekte Lebensführung. Auch das Christentum fordert zur Hilfe für Bedürftige auf und ermahnt dazu, ein gutes Leben zu führen. Ewiges Leben lässt sich dadurch aber nicht verdienen. Im Christentum kommt Gott seinen Geschöpfen entgegen, er bezahlt für sie und versöhnt sich selbst mit ihnen, sofern sie dazu bereit sind.

Dass Christen und Muslime in Kappadokien über Jahrhunderte hinweg friedlich beieinander lebten, nachdem sie lange Jahre Krieg gegeneinander geführt hatten, sollte uns ermutigen. Bei aller Unterschiedlichkeit des Glaubens – mein Wunsch ist, dass wir uns mit Respekt und Wohlwollen begegnen und Freundschaften entstehen. Dann braucht dieser Planet weder Bunker noch unterirdische Städte.

Der Autor dankt

Islam Taslik, der mit Humor und beeindruckenden Kenntnissen durch Kappadokien führt. Ich freue mich auf ein Wiedersehen, Islam!

Elli Bochmann für wertvolle Hinweise zum Manuskript.

Herbert Nolte und Andreas Walter dafür, dass sie mich auf Kappadokien neugierig gemacht haben.

Helga Preugschat, meiner Lektorin, für die beflügelnde Zusammenarbeit.

Nicht nur Sterne leuchten im Dunkeln

Nürnberg um 1473

»Das wirst du noch bereuen!« sind die Worte von Severin Tucher, als die zwölfjährige Kaufmannstochter Marie seinen Heiratsantrag zurückweist. Ein Jahr später wird sie von der Inquisition gejagt. Einer der eifrigsten Inquisitoren ist Severin Tucher, der sich für die erlittene Demütigung rächen möchte. Zusammen mit dem Taschendieb Ullrich gelingt Marie die Flucht aus dem Kerker. Ullrich nimmt Marie unter seine Fittiche und versteckt sie bei dem Astronomen Regiomontanus. Marie ist fasziniert von ihm und seiner Sternwarte. Doch ist sie wirklich sicher dort?

Kathrin Lange
Das Geheimnis des Astronomen
Historischer Roman
Umschlagzeichnung von
Ludvik Glazer-Naudé
384 Seiten, gebunden

Fischer Schatzinsel

fi 85253 / 1

Das Lächeln der Mona Lisa

»Das ist es!«, sagt Giuliano. »Das ist das Lächeln, das Ihr malen sollt, Leonardo. Das schönste Lächeln auf der Welt. Malt es so, dass ich es immer sehe, wo im Raum ich auch gerade stehe.«

Donna Jo Napoli erzählt die Geschichte Mona Lisas. Eine Geschichte der Leidenschaft, des Abschiednehmens und vor allem der Liebe.

Donna Jo Napoli
Das geheimnisvolle Lächeln
Aus dem Amerikanischen
von Anne Braun
368 Seiten, gebunden

Fischer Schatzinsel

fi 85378 / 1